KB080510

데미안

데미안

DEMIAN

헤르만 헤세 김연신 옮김

열림원

데미안

에밀 싱클레어의 젊은 날에 관한 이야기

차례

일러두기

1. 번역 대본으로는 Hermann Hesse, *Demian. Die Geschichte von Emil Sinclairs Jugend* (Suhrkamp, 2013)를 사용했다.

2. 본문의 각주는 모두 옮긴이 주이다.

나는 내 속에서 우러나오려는 것을 살아보고자 했을 뿐이다.
그게 왜 그리도 힘들었을까?

내 이야기를 하려면 한참 이전부터 시작해야 한다. 할 수
만 있다면 훨씬 더 이전으로 거슬러 올라가야 할 거다. 내
유년의 초창기까지, 그리고 그 너머 내가 유래한 저 아득한
곳까지 말이다.

작가들은 소설을 쓸 때면 마치 자신이 신이라도 되는 양,
그래서 그 어떤 인간사를 훤히 꿰뚫어보고 이해하며, 신이
자기 자신에게 그 이야기를 들려주기라도 하듯 그렇게, 아
무것도 은폐하지 않고 어디서나 의미있게 서술할 수 있는
것처럼 굴곤 한다. 나는 그렇게 하지 못한다. 작가들이 그렇
게 할 수 없는 것과 마찬가지로. 하지만 어떤 작가에게 자신
의 얘기가 중요한 것 이상으로 내게는 내 이야기가 중요하

다. 그건 바로 나 자신의 이야기이자, 한 인간의 이야기이기 때문이다. 꾸며낸 인물이나 존재 가능한 인간 혹은 이상적인 인간의 이야기, 또는 존재하지도 않는 사람의 이야기가 아니라, 정말로 실재하고, 단 한 번뿐이며, 살아 있는 한 사람의 이야기인 까닭이다. 정말로 살아 있는 인간이라는 것, 그게 뭘 말하는지 오늘날 사람들은 그 어느 때보다도 잘 모르고 있다. 그래서 인간을 무더기로 쏴 죽이는 거다. 하나하나가 값지고 한 번뿐인 자연의 시도인 그 사람들을 말이다. 우리가 한 번뿐인 인간보다 더한 무엇이 아니라면 정말로 한 사람 한 사람을 총으로 쏴서 세상에서 완전히 없애버릴 수 있을 것이다. 그러면 이야기를 한다는 건 더 이상 아무 의미가 없게 될 거다. 그런데 개개의 인간이란 그 사람 자신일 뿐만 아니라, 단 한 번뿐이고 아주 특별하며, 어떤 경우에든 중요하고 놀라운 하나의 지점이기도 하다. 그 지점에서 세상의 현상들이 교차하는데, 딱 한 번만 그럴 뿐 다시는 되풀이되지 않기에 각 사람의 이야기는 중요하고 영원하며 신성하다. 그래서 살아가며 어떻게든 자연의 의지를 실천하는 한 모든 인간은 경이로운 존재이고 주목받을 가치가 있다. 개개의 인간 속에서 정신은 형태를 갖추며, 개개의 인간 속에서 피조물은 고통받고, 개개의 인간 속에서 한 구세주가 십자가에 못 박힌다.

인간이 무엇인지, 오늘날 그걸 아는 사람은 얼마 되지 않는다. 많은 사람들이 그게 뭔지 느끼며, 그래서 더 편안한 마음으로 죽는다. 내가 이 이야기를 다 쓰고 나면 더 편안하게 죽을 것처럼.

난 나 자신을 지자라고 불러서는 안 될 거다. 나는 구도자였으며, 그건 지금도 마찬가지다. 하지만 더 이상 별이나 책속에서 길을 찾지는 않는다. 난 내 몸속의 피가 속삭이는 가르침의 소리를 듣기 시작했다. 내 이야기는 편하지 않다. 꾸며낸 이야기처럼 달콤하지도, 조화롭지도 않다. 더 이상 어떤 거짓말도 하지 않으려는 사람들의 삶이 모두 그렇듯 거기선 부조리와 혼란, 광기와 꿈의 맛이 느껴진다.

모든 인간의 삶은 자기 자신을 향해 가는 길이자, 그 길로 가고자 하는 시도이며, 어느 좁은 길에 대한 암시라고 하겠다. 일찍이 그 누구도 온전히 자기 자신이 되어본 적이 없다. 그럼에도 누구나 그렇게 되려고 애를 쓴다. 누군가는 막연하게, 누군가는 보다 확실하게, 각자 할 수 있는 만큼 애를 쓴다. 누구나 출생의 잔재물을, 태고의 점액과 알껍질을 죽을 때까지 몸에 지니고 산다. 어떤 이들은 결코 인간이 되지 못하고 개구리나 도롱뇽으로, 또는 개미로 남는다. 어떤 이들은 위쪽은 인간이고 아래쪽은 물고기로 남는다. 그러나 그들 각자는 자연이 인간을 목표로 삼아 내던진 존재들이다. 우리가 유래한 근원은 하나같이 어머니들이다. 우리는 동일한 심연에서 나온 거다. 하지만 그 깊은 곳에서 내던져진 시도이자 투척물인 개개의 인간은 자신만의 목적을 향해 매진한다. 우리는 서로 이해할 수는 있겠지만, 해석은 오로지 자기 자신에 관해서만 내릴 수 있다.

제1장
두 개의 세계

내가 열 살이었을 때, 우리 소도시의 라틴어 학교에 다니던 시절에 겪었던 일로 얘기를 시작하려 한다.

그 시절로부터 짙은 향기가 뿜어져 나와, 내면에서 아픔과 쾌적한 전율을 일으키며 마음을 뭉클하게 한다. 어둑한 골목길, 밝은 주택과 탑들, 시간을 알리는 종소리와 사람들의 얼굴, 아늑함과 따스한 쾌적감에 둘러싸여 있던 방들, 비밀과 귀신에게 느끼는 깊은 두려움으로 가득 찼던 방들. 따스한 밀착의 냄새, 토끼와 하녀들의 냄새, 민간요법제와 말린 과일의 냄새가 풍겨 나온다. 거기선 두 개의 세계가 뒤섞여 흘러갔으며, 두 개의 극으로부터 낮과 밤이 왔다.

그중 한 세계는 아버지의 집이었다. 게다가 그 세계는 더

좁혀져, 따지고 보면 나의 부모님만이 거기에 속했다. 이 세계의 대부분은 내가 잘 아는 것들로, 어머니와 아버지라 불렸으며, 사랑과 엄격함, 모범과 학교라고 불렸다. 부드러운 빛과 명료함과 청결함이 이 세계에 속했으며 온유하고 다정한 말들, 깨끗이 씻은 손과 정갈한 옷과 올바른 예절이 이 세계를 지배했다. 여기선 아침 찬송가가 불리고 크리스마스 축하연이 열렸다. 이 세계엔 미래로 이끄는 올곧은 선들과 길들이 있었으며, 의무와 죄, 양심의 가책과 참회, 용서와 선한 의도들, 사랑과 존경, 성경 말씀과 지혜가 있었다. 삶이 맑고 정갈하며, 아름답고 정돈되어 있으려면 이 세계에 발을 딱 붙이고 있어야만 했다.

그에 반해 다른 한 세계는 바로 우리 집 한가운데서 시작했으며 완전히 달랐다. 거기선 다른 냄새가 났고 다른 식으로 말했으며 다른 것을 약속하고 요구했다. 이 두 번째 세계엔 하녀들과 견습공들, 유령 이야기와 스캔들에 관한 소문들이 있었다. 거기엔 끔찍하고 유혹적이며 무섭고도 수수께끼 같은 일들이 가지각색으로 넘쳐흘렀다. 도살장과 감옥, 술 취한 사람들과 싸움질하는 아낙네들, 새끼 낳는 소들과 쓰러진 말들 같은 것, 도둑이 들었다거나 누굴 때려죽였다거나 목숨을 끊었다는 이야기들 말이다. 아름답고도 소름 끼치며 거칠고도 끔찍한 이 온갖 일들이 사방에 널려 있었

다. 바로 옆 골목에, 바로 옆집에 말이다. 순경과 떠돌이들
이 사방에 돌아다녔고 술 취한 사내들은 마누라를 두들겨
팼으며 저녁이면 한 무리의 어린 소녀들이 공장에서 쏟아져
나왔다. 나이 든 여인들은 누군가를 홀려 병들게 할 수 있었
다. 숲속엔 도적들이 살았으며 방화범들은 순경에게 붙잡혔
다―어디서나 이 두 번째 격렬한 세계가 흘러나왔고 냄새
를 풍겼다. 어디서건 말이다. 단 우리 집 방에서만큼은, 어
머니와 아버지가 계신 그곳만큼은 아니었다. 그건 정말 다
행이었다. 여기 우리 집엔 평화와 질서, 안식이 있다는 것,
의무와 올바른 양심, 용서와 사랑이 있다는 것, 그건 멋진
일이었다―그리고 그 모든 다른 것들도 있다는 것, 시끄럽
고 조야한 것, 음침하고 폭력적인 것, 거기서 한번 풀쩍 뛰
기만 하면 어머니의 품 안으로 도망칠 수 있는 그 모든 게
있다는 것도 멋졌다.

  그런데 가장 신기한 건 이 두 세계가 서로 얼마나 맞닿아
있는가, 얼마나 가까이서 공존하고 있는가 하는 점이었다!
가령 우리 집 하녀 리나는 저녁 무렵 거실에서 하는 기도식
에선 문가에 앉아 밝은 목소리로 함께 노래를 불렀으며 매
끄럽게 펼쳐진 앞치마 위에 깨끗하게 씻은 두 손을 올려놓
았다. 그럴 때면 그녀는 온전히 아버지와 어머니의 세계에,
우리들의 세계에, 밝음과 올바름의 세계에 속했다. 그런 후

금방 부엌이나 나뭇광에서 내게 머리 없는 난쟁이 이야기를 해주거나 작은 가게 안에 있는 정육점에서 옆집 여자와 싸움질을 할 때면 전혀 딴사람이었고 다른 세계에 속했으며 비밀에 둘러싸여 있었다. 모든 것이 그랬는데 가장 많이 그런 것이 나 자신이었다. 당연히, 나는 밝고 올바른 세계에 속했다. 내 부모님의 자식이니 말이다. 하지만 내가 눈과 귀를 돌리는 곳이면 어디든 그 다른 세계가 있었고, 난 그 다른 세계에서도 살았다. 그게 자주 낯설고 두렵기도 하고, 또 거기서 매번 양심의 가책과 두려움을 느끼곤 했지만 말이다. 게다가 더러는 그 금지된 세계에서 사는 게 가장 좋았다. 그럴 때면 밝은 곳으로의 귀가는—피할 수 없고 올바른 일이라 해도—덜 아름다운 곳으로, 더 지루하고 황폐한 곳으로 되돌아오는 것과 다를 바 없었다. 나는 내 인생의 목적이 아버지와 어머니처럼 되는 것이며 그렇게 밝고 순수하게, 그렇게 우월하고 정돈되게 살아가는 것이라고 때때로 느끼긴 했다. 하지만 그렇게 될 때까진 길이 멀었고, 그때까지는 학교에 앉아 공부하고 연습하고 시험을 치러야 했다. 그런데 그 길은 언제나 다르고 더 어두운 그 세계를 스쳐 지나갔고 그 세계를 통과해 갔다. 그러다 보니 거기 주저앉아 안주한다는 게 전혀 불가능하지 않았다. 그렇게 되어버린 탕자들의 이야기가 있다. 나는 그 얘기들을 열광적으로 읽었다. 거기 나오는 아버지와 선한 세계로의 귀향은 언제나 너무도 구원에 차 있고 거창해서 난 오로지 그것만이 올바르고 선한 일이자 바람직한 것이라고 뼛속까지 느꼈다. 그럼에도 그런 이야기들 중에서 사악하고 타락한 자들 사이에 벌어지는 일들이 훨씬 더 매력적이었다. 그래서 내가 이런 말을 하고 또 터놓아도 된다면, 사실 탕자가 참회하고 다시 깨달음을 얻는 게 때론 정말이지 안타깝기 그지없었다. 하지만 그런 말은 하지도 못했고 또한 생각도 못 했다. 그건 그저 예감이자 가능성으로서 감정 아주 깊숙한 곳에 어렴풋이 존재했을 따름이다. 만일 악마를 상상한다면, 난 얼마든지 그가 저 아래쪽 거리에 있다고 상상할 수 있었다. 그가 변장했건 모습을 드러냈건, 아니면 야시장에 있건 술집에 있건 말이다. 하지만 절대 우리 집은 아니었다.

나의 누이들도 마찬가지로 밝은 세계에 속했다. 내가 자주 느꼈듯, 누이들은 본성에 있어 아버지와 어머니에게 더 가까웠다. 누이들은 나보다 더 착하고 예의도 더 바르고 잘못도 덜 했다. 누이들에게도 결핍된 점, 버릇없는 점들이 있었지만, 내가 보기에 그건 그리 심하지 않았으며 내 경우와는 달랐다. 내 경우엔 악과의 접촉이 너무 힘들고 고통스러울 때가 많았으며, 어두운 세계가 훨씬 더 가까이 있었다. 누이들은 부모님과 마찬가지로 보호받고 존중받아야 했다.

그래서 만일 내가 누이들과 다투기라도 했다면 그 후 양심에 비추어 보아 항상 나쁜 놈이요, 싸움의 원흉이요, 용서를 빌어야 하는 건 바로 나였다. 누이들에게 가한 모욕이란 바로 부모님, 선하고 명령을 내리는 힘에 대한 모욕이었기 때문이다. 내겐 누이들과 나누기보다는 오히려 가장 악랄한 동네 부랑아들과 공유할 수 있는 비밀들이 있었다. 세상이 환하고 양심이 올곧은 선한 날엔, 누이들과 같이 놀면서 선량하고 얌전하게 지내며 행실이 바른 고상한 모습의 자신을 보는 것이 곧잘 유쾌했다. 우리가 천사였다면 틀림없이 바로 그런 모습이었을 거다! 그거야말로 우리가 아는 최상의 것이었으며, 그래서 성탄절과 행복처럼 해맑은 울림과 향기에 둘러싸여 천사가 된다는 건 감미롭고 멋진 일로 생각되었다. 아, 하지만 그런 시간과 날들은 얼마나 드물게 왔던가! 누이들과 놀다 보면 얌전하고 아무런 해를 끼치지 않는 허용된 놀이였음에도 나는 자주 격정과 격분에 휩싸였다. 그건 누이들에겐 너무 심한 짓이었고 그래서 다툼과 불행으로 이어졌다. 그러다 분노가 덮치면 나는 끔찍하게 돌변해서 못된 짓을 하고 사나운 말을 퍼부어댔는데, 그 와중에도 그게 얼마나 사악한 짓인지 속 깊이 뼈저리게 느꼈다. 그러고 나면 불쾌하고 음울한 후회와 참회의 시간이 왔다. 그러면 내가 용서를 구하는 쓰라린 순간이 오고, 그러고 나면 다시 몇 시간 혹은 잠시 동안 밝음의 햇살이, 불화 없는 고요하고 감사에 찬 행복이 찾아왔다.

나는 라틴어 학교에 다녔다. 시장의 아들과 삼림 감독관의 아들이 나와 한 반에 있었고, 가끔 내게 다가와 어울리곤 했다. 거친 녀석들이긴 했으나 선하고 허락된 세계의 일원이었다. 그런데도 나는 이웃집 사내아이들, 평소엔 우리가 멸시하던 공립학교 학생들과 가까이 지냈다. 그들 중 한 아이로 내 이야기를 시작해야 한다.

수업이 없던 어느 오후에 —내가 열 살을 넘긴 지 얼마 되지 않았을 때다— 난 이웃에 사는 사내아이 두 명과 이리저리 쏘다니고 있었다. 그때 덩치가 좀 더 큰 애가 끼어들었다. 그는 열세 살가량의 힘이 세고 거친 사내아이로 공립학교에 다녔으며 재봉사의 아들이었다. 그 애 아버지는 술꾼이었고 전 식구가 악명이 자자했다. 프란츠 크로머는 나도잘 알고 있었기에 난 그 애가 무서웠다. 그래서 지금 그 애가 우리와 합친 것이 영 내키지 않았다. 그 애는 벌써부터 다 큰 남자 행세를 했는데 공장에 다니는 젊은이들의 걸음걸이와 말투를 흉내 냈다. 크로머의 지휘 아래 우리는 다리 옆의 강가로 내려가 다리의 첫 아치 밑에 몸을 숨겼다. 아치형으로 휘어진 다리의 벽과 굼뜨게 흘러가는 강물 사이에 놓여 있는 비좁은 강기슭엔 순전히 쓰레기들만이, 유리 조각과 잡동사니들, 엉켜 있는 녹슨 철삿줄 뭉치와 다른 오물들이 뒤덮여 있었다. 가끔씩 거기서 요긴한 물건들이 눈에 띄기도 했다. 우리는 프란츠 크로머의 지시에 따라 그 구간을 샅샅이 뒤졌고, 찾아낸 물건은 그에게 보여줘야 했다. 그러면 그는 그걸 가로채든가 물속에 내던졌다. 그는 납이나 놋쇠 혹은 주석으로 된 물건들이 있는지 유심히 살펴보라고 명했으며, 찾아낸 건 모두 자기가 가졌고 뿔로 된 낡은 빗도 낚아챘다. 나는 그와 어울리면서 가슴이 조여드는 걸 느꼈다. 아버지가 아시면 이런 교제를 금하실 걸 알아서가 아니었다. 그건 프란츠, 그에 대한 두려움 때문이었다. 나는 그가 나를 다른 애들과 똑같이 대하고 다루는 게 기뻤다. 그는 명령하고 우리는 복종했는데, 나로선 처음 그와 같이한 자리였지만 마치 오랜 관례이기나 한 듯이 느껴졌다.

마침내 우린 땅바닥에 앉았고, 프란츠는 물속에 침을 뱉었으며 어른처럼 보였다. 그는 이빨 틈새로 침을 내뱉어 그걸 원하는 곳에 명중시켰다. 이야기판이 벌어졌다. 사내아이들은 갖가지 학생 영웅담과 못된 짓거리들을 늘어놓으며 자랑하고 허풍을 떨기에 이르렀다. 나는 묵묵히 있었지만 바로 그 때문에 눈에 띄어 크로머의 화를 자초할까 걱정이 되었다. 내 동무 둘은 처음부터 내게서 떨어져 나가 크로머와 한 짝이 되었다. 그들 사이에서 나는 이방인이었다. 그래서 내 옷이나 방식이 그들에겐 도발적일 거라고 느꼈다. 라틴어 학교 학생이자 상류층 자식인 나를 프란츠가 좋아할 리는 절대 없었고, 다른 두 애는 여차하면 당장 내게 등을 돌리고 날 저버릴 거라고 또렷이 느꼈던 거다.

마침내 순전히 두려움 때문에 나 또한 얘기를 시작했다. 나는 엄청난 도둑 이야기를 꾸며내고 나 자신을 주인공으로 내세웠다. 한밤중에 동네 모퉁이 방앗간에 딸린 과수원에서 한 친구와 사과를 한 자루 가득 훔쳤다고 말이다. 그 사과는 보통 사과가 아니라 순전히 레네테와 골드파르메네 같은 최상품종이었다고 했다. 난 순간의 위험에서 벗어나고자 이 이야기로 도망친 것이다. 이야기를 꾸며내고 늘어놓는 데 나는 능숙했다. 다만 이야기를 금방 다시 멈추지 않으려고, 아니 어쩌면 더 나쁜 일에 말려들지 않으려고 나는 내 작품 전체에 광택을 냈다. 우리 중 하나는 다른 하나가 나무에 올라 사과를 밑으로 던지는 동안 줄곧 망을 봐야 했다고 말이다. 자루가 너무 무거워져 마지막엔 자루를 다시 열고 절반은 남겨두고 가야만 했다고, 하지만 반 시간 후엔 되돌아와 나머지도 가져갔다고 말이다.

얘기가 끝나자 난 얼마간의 갈채를 기대했다. 마지막엔 몸이 달아올랐고, 이야기를 꾸며내는 데 심취해 있었다. 어린 두 녀석은 상황을 지켜보며 잠자코 있었다. 그런데 프란츠 크로머는 반쯤 감은 눈으로 나를 뚫어질 듯 쳐다보더니 위협적인 음성으로 이렇게 물었다. "그 얘기 정말이야?"

"그럼" 하고 나는 대답했다.

"그러면 사실이고 정말이란 말이지?"

"그래, 사실이고 정말이야" 하면서 속으로는 무서워 숨이 막힐 지경이었지만 나는 고집스럽게 단언했다.

"맹세할 수 있어?"

난 몹시 놀랐으나 금방 "그래"라고 말해버렸다.

"그럼 하느님과 신의 은총에 대고! 라고 해봐."

"하느님과 신의 은총에 대고!"라고 난 말했다.

"그렇다면,"이라고 하더니 그는 몸을 돌렸다.

난 그걸로 다 끝났다고 생각했고 그가 곧 몸을 일으키며 돌아가자고 하자 기뻤다. 우리가 다리 위에 이르렀을 때, 난 조심스럽게 이젠 집에 가야 한다고 말했다.

"그렇게 서두를 것 없잖아"라고 프란츠가 웃으며 말했다. "우린 길이 같은데 뭘 그래."

그는 계속 어슬렁거리며 천천히 걸었고 나는 도망칠 엄두를 내지 못했다. 그런데 그는 정말로 우리 집 쪽으로 걸어갔다. 우리가 집에 도달했을 때, 우리 집 대문과 황동으로 된 두꺼운 손잡이와 창문에 비친 해와 그리고 어머니 방에 걸린 커튼을 보고서야 난 안도의 숨을 깊이 내쉬었다. 오, 집에 돌아온다는 것! 집으로, 밝음의 세계로, 평화의 세계로 돌아오는 행복하고 축복받은 귀가여!

내가 재빨리 대문을 열고 안에 들어가 막 문을 닫으려고 했을 때, 프란츠 크로머가 함께 밀고 들어왔다. 마당으로부터만 빛이 들어오는 서늘하고 어두운 타일 복도에서 그는 내 옆에 서 있었고, 내 팔을 붙잡더니 나지막이 이런 말을 했다.

"그렇게 서두르지마, 야!"

나는 놀라서 그를 쳐다보았다. 그는 쇳덩어리처럼 단단하게 내 팔을 붙잡고 있었다. 그가 무슨 생각을 품은 건지, 혹시 내게 못된 짓을 하려는 건 아닐까 하고 생각했다. 만일 내가 지금 소리를 친다면, 크고 격렬하게 소리를 질러댄다면 그러면 혹시 저 위에 있는 누가 나를 구하러 재빨리 와줄까 하고 생각했다. 하지만 나는 포기하고 말았다.

"왜 그러는데?"라고 나는 물었다. "바라는 게 뭐야?"

"많지는 않아. 그저 너한테 좀 더 물어볼 게 있어서. 딴 애들은 들을 필요가 없거든."

"그래? 좋아, 뭔 말을 더 듣고 싶은 거지? 난 올라가야 하거든."

"모퉁이 방앗간의 과수원이 누구 것인지는 알지?"라고 프란츠가 나지막이 말했다.

"아니, 몰라. 방앗간 주인 것 아닌가."

프란츠가 내 몸에 팔을 두르고 나를 자기 쪽으로 바싹 끌어당겼기에 난 그의 얼굴을 바로 코앞에서 봐야만 했다. 그의 눈은 사악했다. 그는 흉측한 미소를 지었고 얼굴은 잔인함과 위력에 차 있었다.

"그래, 이 친구야, 그 과수원이 누구 건지 내가 말해주지. 난 사과가 도둑맞은 걸 이미 일찌감치 알고 있었고, 또 그 주인이 누가 과일을 훔쳐 갔는지 말해주는 사람에겐 누구나 2마르크를 주겠다고 한 것도 알고 있거든."

"하느님 맙소사!" 나는 소리쳤다. "하지만 주인에겐 아무 말 안 할 거지?"

그의 명예심에 호소하는 건 아무 소용없다는 걸 난 느꼈다. 그는 다른 세계의 사람이었으며 그에게는 배신이 범죄가 아니었다. 난 그걸 또렷이 느꼈다. 이런 일에서 '다른' 세계의 사람들은 우리와 같지 않았다.

"아무 말도 안 해?" 크로머는 웃었다. "이 친구야, 내가 무슨 화폐 위조범이어서 척척 2마르크를 만들어낼 거로 생각하는 거야? 난 가난한 놈이고, 너처럼 돈 많은 아버지가 없어요. 그러니 2마르크를 벌 수 있다면 벌어야지. 어쩌면 주인은 거기다 더 얹어 줄지도 모르지."

그러더니 그는 나를 풀어주었다. 우리 집 복도에선 더 이상 평화와 안전의 냄새가 풍기지 않았다. 내 주위의 세계는 무너져 내렸다. 그는 나를 신고할 거고, 나는 범죄자이며 사람들은 그걸 아버지께 말할 거고, 어쩌면 경찰까지 올지도 모른다. 혼란의 경악이 모두 나를 위협했으며, 온갖 추악하고 위험한 것들이 나를 향해 몰려왔다. 내가 아무것도 훔치지 않았다는 사실은 조금도 중요하지 않았다. 거기다 난 맹세까지 하지 않았던가.

하느님 맙소사, 하느님 맙소사!

눈물이 솟구쳐 올랐다. 난 내 몸값을 치러야 한다고 느꼈으며 그래서 절망적으로 주머니들을 모두 샅샅이 뒤졌다. 사과도, 주머니칼도, 아무것도 없었다. 그때 내 시계가 떠올랐다. 오래된 은시계였는데, 더 이상 가지는 않았지만 난 그걸 '그냥' 갖고 다녔다. 그건 할머니가 쓰셨던 것이다. 난 잽싸게 시계를 끄집어냈다.

"크로머"라고 나는 말했다. "내 말 좀 들어봐. 날 신고할 필요는 없잖아. 그러는 게 뭐 좋아. 내 시계를 줄게. 자, 보라고. 아쉽지만 이것밖에 없어. 이 시계는 가져도 돼. 은으로 된 거야. 그리고 세공이 괜찮아. 작은 결함이 하나 있지만 수리하면 되고."

크로머는 웃더니 그 큰 손으로 시계를 쥐었다. 이 손을 바라보며 이것이 내게 얼마나 거칠고 적의에 차 있는지, 얼마나 이 손이 나의 삶과 평화를 낚아채려고 내뻗쳐 있는지를 느꼈다.

"은으로 된 거야." 나는 조심스레 말했다.

"이따위 은과 낡은 시계 따위엔 콧방귀도 안 뀐다!"라고 그는 깊은 경멸감을 드러내며 말했다. "너나 가져다 고쳐 써!"

"하지만 프란츠," 나는 그가 가버릴까 봐 겁에 질려 떨며 소리쳤다. "잠깐 있어봐! 그 시계 가져가라고! 정말 은으로 된 거야. 사실이고 진실이야. 그리고 난 그것 말곤 아무것도 없어."

그는 나를 차갑고 경멸스럽게 쳐다보았다. "넌 내가 누구에게 갈 건지 알 거야. 아니면 난 그걸 경찰에 말할 수도 있어. 그 순경 아저씨 잘 알거든."

그가 가려고 몸을 돌렸다. 나는 그의 소맷자락을 붙잡았다. 그래서는 안 되었다. 만일 그가 이대로 가버린다면, 그 다음에 일어날 일들을 다 참아내느니 차라리 죽는 게 나을 지경이었다.

"프란츠……"라고 나는 흥분해서 쉰 목소리로 애원했다. "그런 바보 같은 짓은 제발 하지 마! 그치, 그냥 재미로 그러는 거지?"

"그럼, 재미지, 하지만 네겐 큰코다칠 일이지."

"프란츠, 내가 뭘 해야 할지 말해봐! 뭐든지 다 할 테니까!"

그는 눈을 지그시 누르고 나를 훑어보더니 다시 웃었다.

"바보같이 굴지 말아!"라고 그는 친절을 가장하며 말했다. "나만큼 잘 알 거 아니야. 나로선 2마르크를 벌 수 있는 거고, 그걸 버릴 만큼 유복한 놈이 아니라는 거, 잘 알잖아. 근데 넌 부자야. 게다가 시계도 있어. 내게 2마르크를 준다면 그걸로 다 끝나는 거야."

그 논리는 이해했다. 그런데 2마르크라니! 그건 내게 10마르크, 100마르크, 1000마르크 만큼이나 너무도 크고 얻기 힘든 돈이었다. 내겐 돈이 없었다. 저금통이 있기는 하지만 그건 어머니 방에 있었고, 그 속엔 삼촌이 오시거나 그런 일들이 있을 때 받은 10페니히 혹은 5페니히짜리 동전 몇 개가 들어 있었다. 그것 말고는 없었다. 내 나이에 용돈은 아직 받지 않았다.

"난 돈이 없어." 나는 슬프게 말했다. "한 푼도 없어. 그러나 그 밖의 것이라면 다 줄게. 난 인디언 책, 병정들, 그리고 나침반이 있어. 그걸 갖다 줄게."

크로머는 뻔뻔스럽고 심술궂은 입을 실룩거리기만 했고 그러다 바닥에 침을 뱉었다.

"쓸데없는 소리 집어치워! 그만해!"라고 그는 명령조로 말했다. "너절한 잡동사니는 너나 집에 갖고 계시지. 나침반

27

이라고? 이제 날 더 못되게 만들지 말고. 알아듣겠어? 돈이나 가져와!"

"하지만 나한텐 돈이 없어. 한 번도 돈을 받아본 적이 없다고. 나도 어쩔 수 없잖아!"

"그렇다면 내일 2마르크를 가져와. 학교가 파한 후에 아래 시장에서 기다릴 테니까. 그걸로 끝이야. 만일 돈을 안 갖고 오면 어떻게 될지 보게 될 거다!"

"그래, 하지만 대체 어디서 돈을 구해오란 말이야? 제기랄, 한 푼도 없는데."

"너희 집에 돈이야 충분히 있지. 그건 네가 알아서 할 일이야. 자, 그럼 내일 학교 끝나고 나서다. 그리고 내가 말하지만, 만일 돈 안 갖고 오면 말이지⋯⋯."

그는 끔찍한 눈길로 나를 쏘아보더니 다시 한번 침을 내뱉었고, 그림자처럼 사라졌다.

나는 층계를 오를 수가 없었다. 내 삶은 파괴되었다. 나는 도망쳐서 다시는 돌아오지 않거나 물에 빠져 죽어버릴까 하고 생각했다. 하지만 그건 분명치 않은 생각들이었다. 나는 어둠 속에서 우리 집 계단 가장 밑층에 앉아 몸을 꽉 웅크린 채 불행감에 나를 내맡겼다. 리나가 땔감을 가지러 광주리를 들고 아래층으로 내려왔다가 울고 있는 나를 보았다.

나는 그녀에게 집에 가선 아무 말도 하지 말라고 부탁하고 위로 올라갔다.

유리문 옆의 옷걸이엔 아버지의 모자와 어머니의 양산이 걸려 있었다. 이 모든 물건에서 고향의 감정과 애정이 나를 향해 세차게 몰려왔다. 나는 애원과 감사의 마음으로 그들에게 인사를 건넸다. 마치 잃어버린 아들이 옛 고향 집의 방을 보고 그 냄새를 맡으며 인사를 건네듯이 말이다. 그러나 그 모두가 이제는 더 이상 내 것이 아니었다. 그건 모두 밝은 아버지와 어머니의 세계였으며, 나는 죄에 파묻혀 낯선 물결 속으로 깊숙이 가라앉았으며, 모험과 죄악에 말려들었고 적의 위협을 받았으며, 위험과 두려움과 치욕이 나를 기다리고 있었다. 모자와 양산, 질 좋은 오래된 사암 바닥, 복도의 장롱 위에 걸려 있는 커다란 그림, 저 안쪽 거실로부터 들려오는 누이들의 목소리, 그 모든 것이 어느 때보다도 사랑스럽고 부드럽고 소중하게 느껴졌다. 그럼에도 그건 더이상 위로가 되지 않았으며 안전한 땅이 아니었다. 그건 순전한 비난이었다. 이 모든 것이 더는 내 것이 아니며, 나는 그 쾌활함과 평온함에 참여할 수 없게 되었다. 내 발에는 매트에 털어버릴 수 없는 오물이 묻어 있었고, 나는 고향 세계가 알지 못하는 그림자를 가져왔다. 이미 난 얼마나 많은 비밀을 지녀봤던가, 얼마나 많은 두려움을. 하지만 내가 오늘 이 공간에 가져온 그것에 비하면 그건 모두 놀이요, 재미였다. 운명은 내 뒤를 쫓고 있었고, 어머니도 막아줄 수 없고 또 알아서도 안 되는 손들이 나를 향해 뻗쳐 있었다. 이제 와서 내 범행이란 게 도적질인지 거짓말인지. (나는 하느님과 신의 은총에 대고 거짓 맹세를 하지 않았던가?) 그건 마찬가지였다. 내 죄과란 이것 또는 저것이 아니었다. 나의 죄란 내가 악마에게 손을 내준 것이었다. 뭣 하러 난 그 애들과 같이 갔던 걸까? 뭐 땜에 나는 아버지에게보다도 크로머에게 더 복종했던 걸까? 뭐 때문에 난 그런 도둑질 이야기를 꾸며냈던 걸까? 마치 무슨 영웅담이라도 되는 듯 범죄행위로 뻐겨댄 걸까? 이제 악마가 내 손을 잡았고, 이제 적은 내 뒤를 쫓고 있었다.

한순간 나는 더 이상 내일에 대한 두려움이 아니라, 무엇보다 이제 내 길이 점점 더 내리막으로 향하고 암흑 속에 빠져들 거라는 섬뜩한 확신을 느꼈다. 내가 지은 죄에 새로운 죄가 따를 것이며, 누이들과 함께 있을 때의 내 모습과 부모님께 드리는 인사와 입맞춤은 허위이고, 나는 내면에 감추고 있는 운명과 비밀을 갖고 살아갈 것을 뚜렷이 느꼈다.

아버지의 모자를 바라보던 한순간 맘속에서 신뢰와 희망이 번쩍였다. 아버지께 모든 걸 말씀드려 아버지의 판결과 내게 주실 벌을 받고, 아버지를 공모자이자 구원자로 만들면 될 것이었다. 그건 이미 내가 자주 해왔던 것처럼 단 한 번의 참회면 될 것이었다. 한 번의 힘들고 혹독한 시간, 용서를 구하는 힘들고 후회막심한 한 번의 간청 말이다.

그건 얼마나 감미로운 소리였나! 그건 얼마나 멋진 유혹이었던가! 하지만 아무 소용이 없었다. 난 내가 그러지 않으리라는 걸 알고 있었다. 지금 내겐 비밀이 있다는 것, 나 홀로 그리고 직접 처리해야 하는 죄를 지었다는 걸 난 알았다. 어쩌면 나는 바로 지금 갈림길에 서 있는지도 몰랐다. 어쩌면 나는 이 순간부터 영원히 언제나 나쁜 것에 속하게 될 것이고, 악인들과 비밀을 공유할 것이며, 그들에게 종속되어 그들에게 복종하며 그들과 같은 인간이 되어야 할지도 몰랐다. 나는 사나이인 척, 영웅인 척 행동했으니 이제 거기서 비롯되는 결과를 책임져야만 했다.

내가 방 안에 들어섰을 때 아버지가 젖은 내 신발에 눈길을 주신 건 다행이었다. 그게 아버지의 주의를 다른 곳으로 돌리는 바람에 더 나쁜 일은 눈치채지 못하셨다. 그래서 나는 그 질책을 몰래 딴 일과 연결시키며 견뎌낼 수 있었다. 그때 이상하리만치 새로운 감정이 마음속에서 번뜩 일어났다. 잔뜩 가시 돋친 못되고 날 선 감정—난 아버지보다 우월하다고 느꼈다! 난 한순간 아버지의 무지에 모종의 경멸감을 느꼈다. 젖은 장화에 대고 하시는 아버지의 질책은 내겐 자잘한 것으로 보였다. '그걸 아시게 되면 말이죠!'라는 생각이 들었고, 나 자신이 마치 살인을 고백해야 함에도 도둑질한 빵 하나 때문에 심문을 받는 범죄자처럼 생각되었다. 그건 추악하고 역겨운 감정이었다. 하지만 그 감정은 강렬했고 깊은 매력을 지녔다. 그래서 다른 어떤 생각보다 더 단단히 나를 내 비밀과 죄에 붙들어 매었다. 어쩌면 크로머는 지금 벌써 경찰에게 가서 나를 고발했을 테고, 그래서 뇌우가 내 머리 위로 몰려오고 있을 거라고 생각했다. 집에서는 나를 어린애로 다루고 있는데 말이다!

지금까지 늘어놓은 모든 경험담 가운데 이 순간이 중요한 것이며 기억에 남아 있다. 그건 아버지의 성스러운 세계에 생긴 최초의 균열이었고, 나의 유년기를 떠받쳤던 기둥이자 모든 인간이 각자 자기 자신이 되기 전에 파괴해야 하는 기둥에 새겨진 최초의 절단선이었다. 아무도 보지 못하는 이 체험들로부터 우리 운명의 내적이고 본질적인 선들이 생겨난다. 그런 절단선과 틈은 다시 메꾸어지고 치유되고 잊히지만, 가장 비밀스러운 방 속에서 살아가며 계속하여 피를 흘리고 있다.

그 새로운 감정 앞에서 당장 나는 오싹함을 느꼈다. 그에 이어 곧장 아버지 발에 입을 맞추며 용서를 빌 수 있었을 테다. 하지만 사람은 본질적인 것엔 용서를 빌 수 없는 법이다. 그건 어린아이도 현자 못지않게 너무나 잘, 그리고 깊이 느끼며 알고 있다.

　나는 나의 일에 관해 깊이 생각해보고, 내일 문제를 해결할 방법을 찾아야 한다는 필요성을 느꼈다. 하지만 그렇게 하지는 못했다. 나는 저녁 내내 변화된 우리 집 거실의 공기에 익숙해지는 데만 골몰해 있었다. 벽시계와 탁자, 성경책과 거울, 책꽂이와 벽의 그림들이 이를테면 내게 작별을 고했던 것이다. 나는 얼어붙는 심정으로 어떻게 내 세계가, 어떻게 선량하고 행복한 나의 삶이 과거로 변하고 나로부터 떨어져 나가는지 지켜봐야 했다. 그리고 어떻게 내가 저 밖의 어둠과 낯선 세계 속에 새로운 흡착성의 뿌리를 내리고 바닥에 딱 붙어 있는지 느껴야 했다. 생애 처음으로 난 죽음의 맛을 보았다. 죽음에선 쓴맛이 났다. 죽음이란 탄생이요, 엄청난 혁신 앞에서 느끼는 불안과 공포이기 때문이다.

　마침내 잠자리에 들었을 때야 나는 안도했다!

　그러기 전 마지막 연옥으로서 저녁기도를 참고 견뎌냈으며, 거기다 우리는 노래까지 불렀는데, 그건 내가 가장 좋아하는 노래 중의 하나였다. 아, 난 함께 노래를 부르지 못했다. 내겐 음정 하나하나가 쓰라림이요, 독이었다. 아버지가 축복의 말씀을 하시고 "우리 모두와 함께하소서!"라고 끝마치셨을 때, 나는 함께 기도하지 못했다. 그때 어떤 경련이 일어나 나를 이 모임에서 떼어놓았다. 하느님의 자비는 그들 모두와 함께했지 더 이상 나와 함께하지는 않았다. 나는 싸늘하고 깊이 지친 상태에서 자리를 떴다.

한참 침대에 누워 따스함과 보호감이 나를 포근하게 감쌌을 때 내 심장은 두려움 속에서 다시 한번 길을 잃었으며 지난 일에 대한 공포감에 떨었다. 어머니는 언제나처럼 잘 자라고 내게 밤 인사를 하셨고, 어머니의 발소리는 여전히 방 안에 남아 울렸으며, 어머니가 들고 있는 초의 불빛은 아직도 문틈으로 비쳐 들고 있었다. 지금, 하고 난 생각했다. 지금 엄마는 한 번 더 돌아오실 거야. 엄마는 그걸 느꼈을 거고, 내게 입을 맞추며 물으시겠지. 자애롭게 그리고 잘될 거란 기대감을 주며 물으시겠지. 그러면 난 울 수 있을 테고, 목구멍에 걸려 있던 돌이 녹아내리고, 그러면 나는 엄마를 껴안고 그 얘길 털어놓겠지. 그러고 나면 좋아질 거야. 그러면 난 구제되겠지! 그래서 문틈이 이미 어두워졌을 때도 나는 한참 동안 계속 귀를 기울이며 그렇게, 정말 그렇게 되어야만 한다고 생각했다.

그런 다음 난 그 사건으로 되돌아와 내 적의 눈을 들여다보았다. 나는 그를 또렷이 보았다. 그는 한쪽 눈을 가느다랗게 뜨고, 입은 야비하게 웃고 있었다. 내가 그를 쳐다보고. 그리고 피할 수 없는 운명이 내 맘을 파먹고 있는 사이에, 그는 더욱 커지고 더욱 추해졌으며 그의 사악한 눈은 악마처럼 번쩍거렸다. 그는 내가 잠들 때까지 바로 내 곁에 있었다. 하지만 그러고 나자 난 그에 관해서건 오늘에 관해서건 아무런 꿈도 꾸지 않았다. 꿈속에서 우리는, 부모님과 누이들과 나는 보트를 탔다. 순전히 휴가의 평화와 광채만이 우리를 둘러싸고 있었다. 한밤중에 나는 잠에서 깨어났으며 여전히 그 축복의 뒷맛을 느끼면서 내 누이들의 하얀 여름 원피스가 햇빛 속에서 반짝거리는 모습을 보았다. 그리고 나선 모든 낙원에서 떨어져 나와 실제 일어났던 일로 되돌아갔다. 그리고 사악한 눈을 가진 그 적을 다시 마주 보고서 있었다.

아침에, 어머니가 급히 오셔서 이미 늦었다며, 왜 아직도 잠자리에 누워 있냐고 소리치셨을 때 내 상태는 안 좋아 보였고, 그래서 어디가 아프냐고 물으시자 나는 토를 하고 말았다.

그 일로 뭔가를 얻은 듯했다. 병이 좀 나서 아침 내내 카밀러 차를 마시며 누워 있어도 되는 것, 어떻게 어머니가 옆방에서 청소하시는지 그리고 어떻게 리나가 밖에 있는 복도에서 푸줏간 주인을 맞아들이는지 듣는 걸 난 아주 좋아했다. 학교에 가지 않는 오전 시간이란 뭔가 마법적인 것이자 동화적인 것이었다. 그럴 때면 햇빛이 방 안으로 비쳐 드는데, 그건 학교에서 초록색 커튼을 내려 막아버리는 그런 빛이 아니었다. 하지만 오늘은 그런 맛이 느껴지지 않았고 잘 못된 울림이 섞여 있었다.

그래, 만약 내가 죽어버렸다면! 하지만 이미 자주 그랬듯 이 난 그저 몸이 좀 안 좋았을 뿐이고, 그런 걸로는 아무것 도 해결되지 않았다. 등교는 막아주었지만 11시에 시장에서 기다리고 있을 크로머로부터는 절대 나를 지켜주지 못했다. 어머니의 상냥한 태도는 이번엔 위로가 되지 못했다. 부담 스러웠고 마음을 아프게 했다. 나는 곧 다시 자는 척하면서 곰곰이 생각에 잠겼다. 아무것도 소용없었다. 나는 11시에 시장에 가 있어야 했다. 그 때문에 나는 10시에 조용히 일어 나 몸이 좋아졌다고 말했다. 그건 보통 그렇듯 다시 침대로 돌아가든지 아니면 오후에 학교에 가야 한다는 뜻이었다. 나는 흔쾌히 학교에 가겠다고 말했다. 나는 계획을 하나 세 워두었다.

돈 한 푼 없이 크로머에게 가서는 안 되었다. 나는 내 소 유인 작은 저금통을 손에 넣어야만 했다. 그 속엔 돈이 충분 히 들어 있지 않았다. 한참 모자란다는 걸 난 알고 있었다. 하지만 조금은 되었다. 그리고 내 직감에 따르면 아무것도 없는 것보다는 뭐라도 있는 것이 더 나았고, 적어도 크로머 를 달래기는 해야 했다.

양말을 신은 채 어머니의 방으로 몰래 들어가 책상에서

내 저금통을 갖고 왔을 때 내 기분은 끔찍했다. 하지만 어제일 만큼 끔찍하지는 않았다. 심장의 박동이 숨을 조여왔다. 그건 내가 저 아래 층계에서 저금통을 살펴보다가 잠겨 있는 걸 알아냈을 때까지도 더 나아지지 않았다. 저금통을 여는 건 매우 쉬웠다. 얄팍한 격자무늬 양철 하나를 뜯어내면 되었다. 그러나 그 뜯긴 자리는 마음을 아프게 했다. 그걸로 난 처음 도둑질을 한 것이었다. 그때까지 해본 거라곤 설탕 조각과 과일을 몰래 집어 먹는 것 정도였다. 그런데 이건 훔친 것이었다. 내 돈이라고 해도 말이다. 나는 다시 한 걸음 더 크로머와 그의 세계에 가까워졌음을, 그처럼 멋지게 한 걸음씩 내리막길로 향했음을 느꼈고, 그것에 저항했다. 악마가 나를 데려가려 한다면 이젠 돌아올 길이 더 이상 없었다. 나는 두려운 마음으로 돈을 세었다. 저금통 속에서는 그토록 꽉 찬 소리가 났었는데, 막상 손안에 놓고 보니 처참하리만치 적었다. 65페니히였다. 나는 저금통을 아래쪽 복도에 감춰두고 돈은 손에 꼭 쥔 채 집을 나섰다. 평소에 이 문을 나서던 것과는 달리 말이다. 위에서 누군가가 나를 부르는 것 같았다. 나는 재빨리 자리를 떴다.

아직도 시간이 많았다. 나는 달라진 도시의 골목길로, 본적 없는 구름 아래로, 나를 바라보는 집들을 지나, 나를 의심하는 사람들 곁을 지나, 길을 빙 둘러 살그머니 걸어갔다.

도중에 내 학교 친구 한 명이 언젠가 가축 시장에서 1탈러를 주운 적이 있다고 했던 말이 떠올랐다. 나는 하느님이 기적을 일으켜 내게도 그런 일이 일어나도록 해주세요, 하고 간절히 기도하고 싶었다. 그러나 내겐 더 이상 기도할 권리가 없었다. 또 그렇다 해도 저금통은 다시는 온전해지지 않을 것이다.

프란츠 크로머는 멀리서 나를 보았으나 아주 천천히 내 쪽으로 걸어왔고 나를 주시하지 않는 것 같았다. 내 근처에 이르자 그는 따라오라는 명령의 눈짓을 보냈다. 그러곤 한 번도 주위를 둘러보지 않고 유유하게 계속 걸어갔다. 슈트로가세를 따라 내려가 좁은 판자 다리를 건너고 맨 끄트머리 집들 근처의 어떤 신축 건물 앞에 멈춰 설 때까지. 그곳엔 일하는 사람이 없었고, 문과 창 없는 담벽들이 황량하게 서 있었다. 크로머는 주위를 둘러보더니 문 안으로 들어갔다. 나는 그를 뒤따랐다. 그는 담벽 뒤로 가서 다가오라고 내게 손짓하고는 손을 내밀었다.

"갖고 왔어?" 그가 냉랭하게 물었다.

나는 호주머니 속에서 움켜쥔 손을 꺼냈고 내 돈을 그의 평평한 손바닥에 털었다. 그는 마지막 5페니히짜리 동전이 떨어지는 소리가 채 사라지기도 전에 돈을 다 세었다.

"모두 65페니히잖아"라며 그는 나를 쳐다보았다.

"응." 나는 쑥스럽게 말했다. "그게 내가 가진 전부야. 너무 적다는 건 나도 잘 알아. 하지만 그게 다야. 더는 없어."

"난 네가 좀 더 똑똑하다고 생각했는데"라며 그는 부드러운 힐책의 음조로 날 꾸짖었다. "신사들 간엔 질서가 있어야 해. 난 네게서 옳지 않은 것은 하나도 안 받아. 그건 너도 알잖아. 이 동전들 다시 가져가. 자! 다른 사람은—누군지 넌 알 거다—나와 흥정해서 값을 깎으려 하진 않을 거야. 그는 제값을 치르지."

"하지만 난, 난 더는 없어! 그게 내가 저금한 돈 전부야."

"그건 네 사정이고. 하지만 너를 불행하게 하고 싶진 않아. 넌 내게 아직도 1마르크 35페니히를 빚진 거야. 그건 언제 받게 되지?"

"오, 분명히 받게 될 거야, 크로머! 지금은 모르겠어. 어쩌면 곧 돈이 좀 더 생길지도 몰라. 내일이나 모레 말이야. 내가 아버지께 그런 말씀 드릴 수 없다는 건 너도 알잖아."

"그건 나와 상관없는 일이지. 너를 다치게 하려는 생각은 아니야. 정오가 되기 전에 돈을 받을 수도 있거든. 알잖아, 난 가난해. 넌 좋은 옷을 입고 있지. 그리고 점심으로 나보다 더 좋은 음식을 먹잖아. 하지만 아무 말 안 할게. 좀 더 기다리기로 하지. 내일모레 내가 휘파람을 불 거야. 오후에 말이지. 그땐 일 제대로 처리해라. 내 휘파람 소리 알고 있지?"

그는 내게 휘파람을 불어 보였다. 난 종종 그 소리를 들은 적이 있었다.

"응. 알아" 하고 나는 말했다.

그는 나와 아무 관계도 없는 양 그렇게 가버렸다. 그건 우리 둘 사이의 용무였을 뿐, 그 이상은 아니었던 거다.

오늘날에도 만일 난데없이 크로머의 휘파람 소리가 들린다면 난 소스라치게 놀라고 말 것이다. 그때부터 난 그의 휘파람 소리를 자주 들었고, 그걸 언제나 계속해서 듣고 있는 것 같았다. 어떤 장소에건, 어떤 놀이를 하건, 어떤 일을 하건, 어떤 생각을 하건 이 휘파람 소리가 파고 들어오지 않는 곳은 없었다. 그건 나를 종속적으로 만들었고 이제는 나의 운명이 되었다. 나는 온화하고 다채로운 가을날 오후면 곧잘 내가 아주 사랑한 우리 집 작은 꽃밭에 있곤 했다. 그러면 이상한 욕구가 일어나, 지난 시절에 하던 사내애들 놀이를 다시 하고파졌다. 난 어느 정도 나보다 더 어리고, 아직은 착하고 자유로우며 순진무구한 품 안의 아이처럼 굴었다. 그러나 그 놀이 한가운데로, 늘 예상은 하고 있지만 언제나 끔찍하게 방해하면서 놀라 소스라치게 만드는 크로머의 휘파람 소리가 어디선가 들려와, 흐름을 잘라내고 상상의 세계를 무너뜨렸다. 그러면 난 가야만 했다. 나를 괴롭히는 가해자를 따라 저열하고 추악한 장소들로 가야만 했고, 그에게 변명을 늘어놓고 돈을 가져오라는 독촉을 받아야 했다. 그 일 전부가 아마도 몇 주에 걸쳐 일어났을 것이나 내겐 몇 년이나 되는 듯, 영속의 시간이나 되는 듯 느껴졌다. 내 수중에 돈이 있을 때는 거의 없었다. 5페니히짜리거나 1그로셴 정도로, 리나가 장바구니를 부엌 식탁에 세워둘 때 훔친 것들이다. 크로머는 매번 나를 나무랐고 경멸을 퍼부었다. 그를 속이고 그의 당연한 권리를 박탈하려고 한 자는 나였다. 그에게서 뭔가를 훔친 자는 나였고, 그를 불행하게 만드는 것도 나였다! 내 평생 그렇게까지 심장에 사무칠 정도로 궁지에 몰린 상황은 별로 없었다. 그보다 더 큰 절망과 그보다 더 큰 종속감을 느껴본 적이 없었다.

난 장난감 동전으로 저금통을 채워 다시 제자리에 갖다 놓았다. 아무도 저금통에 관해 묻지 않았다. 하지만 그 일역시 매일 내게 닥칠 수 있었다. 어머니가 조용히 내게로 오실 때면 크로머의 조야한 휘파람 소리보다도 더 두려운 적이 종종 있었다. 어머니는 저금통 일을 물으러 오신 걸까?

내가 여러 차례 한 푼도 없이 나의 악마 앞에 나타났기에 그는 나를 다른 방식으로 괴롭히고 이용하기 시작했다. 난 그를 위해 일해야 했다. 그는 자기 아버지의 심부름을 해야 했는데, 내가 그 일을 대신해야 했다. 아니면 뭔가 어려운 일을 해내라거나, 10분 동안 한 다리로 뛰라거나, 지나가는 사람의 상의에 종잇조각을 붙이라거나 하는 것 등을 시켰다. 수많은 밤 꿈속에서 나는 이런 괴로움을 계속 겪었고 악몽으로 땀에 젖어 누워 있었다.

한동안 나는 병이 났다. 자주 토를 했고 가벼운 오한이 났지만, 밤엔 땀과 열에 들떠 누워 있었다. 어머니는 뭔가 이상하다고 느끼셨고 그래서 내게 많은 관심을 보이셨는데, 내가 신뢰를 갖고 어머니에게 응할 수 없었기에 그건 나를 괴롭혔다.

한번은 저녁에, 내가 이미 잠자리에 들었을 때 어머니가 초콜릿 한 조각을 가져다주셨다. 그건 지난 시절을 생각나게 했다. 그 시절 내가 착하게 지낸 날 저녁이면 나는 잠이 오도록 진정시켜주는 간식을 자주 받곤 했다. 지금 어머니는 거기 서서 내게 초콜릿 한 조각을 내밀고 계셨다. 난 너무도 가슴이 쓰라린 나머지 머리만 저을 뿐이다. 어머니는 어디가 아프냐고 물으시며 내 머리카락을 쓰다듬으셨다. 난 이렇게 소리칠 뿐이었다. "아니! 아니! 아무것도 먹고 싶지 않아." 어머니는 초콜릿을 침실용 탁자 위에 두고 가셨다. 어머니가 다음 날 그 일에 관해 물어보려 하시자, 나는 아무것도 모르는 척했다. 한번은 어머니가 의사를 데려오셨다. 그는 나를 진찰하고 아침에 찬물로 씻으라고 처방했다.

당시 나는 일종의 정신착란 상태에 있었다. 우리 집의 잘 정돈된 평화 한가운데서 나는 마치 유령처럼 겁에 질리고 고통에 시달리며 살았다. 다른 식구들의 삶에 동참하지 못했고 한 시간이라도 나 자신을 잊고 지내는 적이 드물었다. 화가 나서 나를 자주 문책하신 아버지를 향해선 마음의 문을 닫고 냉담했다.

제2장

카인

이 고통에서 나를 구해줄 구원의 손길은 조금도 기대하지 못한 곳에서 왔다. 그와 동시에 오늘날까지도 지속적으로 영향을 미치고 있는 새로운 무엇인가가 나의 삶 속으로 들어왔다.

얼마 전 우리 라틴어 학교에 새로운 학생이 전학 왔다. 그는 우리 도시로 이사 온 어느 부유한 미망인의 아들이었다. 그는 소매 주위에 검은 상장을 두르고 있었다. 그는 나보다 높은 상급반에 들어갔으며 나이가 몇 살 더 많았다. 그는 모두에게 그랬듯 이내 내 눈에도 띄었다. 이 특이한 학생은 실제보다 훨씬 더 나이가 들어 보였다. 그는 누구에게도 사내아이라는 인상을 주지 않았다. 우리 어린 소년들 사이에서 그는 성인 남자처럼, 아니 오히려 신사처럼 이질적이고 원숙하게 행동했다. 그가 인기가 있었던 것은 아니다. 그가 놀이에 끼거나 주먹질에 끼어드는 일은 더더욱 없었고, 다만 선생님을 대하는 자신감 있고 단호한 그의 음성만이 다른 학생들 마음에 들었다. 그의 이름은 막스 데미안이었다.

우리 학교에 어쩌다 일어나는 일이지만, 어느 날 무슨 이유에서인지는 몰라도 2학년 반 하나가 매우 큰 우리 교실로 옮겨 왔다. 그건 데미안의 반이었다. 우리 저학년생들은 성경 수업을 받았고 고학년생들은 작문을 해야 했다. 우리에게 카인과 아벨의 이야기가 주입되고 있는 동안 나는 데미안을 자주 건너다보았다. 그의 얼굴은 나를 독특하게 매료시켰다. 그래서 이 영리하고 환하고 유달리 단호한 얼굴이, 주의 깊고 활발한 정신으로 자신의 과제에 몰두하며 머리를 숙이고 있는 모습을 쳐다보았다. 그는 조금도 과제를 하는 학생처럼 보이지 않았고 자신의 문제를 파고드는 연구자처럼 보였다. 사실 나는 그에게 호감이 가지는 않았다. 반대로 나는 그에게 뭔가 거부감을 느꼈다. 그는 나에겐 너무나 우월하고 차가웠다. 그는 본질에 있어 지나치게 도전적일 정도로 확고했고, 그의 눈엔 어른의 표정이 담겨 있는 바―그건 결코 아이들이 좋아하는 것이 아니었다―조소의 빛이 섞인 좀 애잔한 기색이 그 안에 깃들어 있었다. 하지만 그가 마음에 들었건 싫었건 간에 난 계속 그를 쳐다보지 않을 수 없었다. 그러다 그가 한번 나를 쳐다보자마자 난 그만 깜짝 놀라 눈길을 거두었다. 그가 당시 학생으로서 어떤 모습이 었는지 오늘날 생각해보면 이렇게 말할 수 있을 것이다. 그는 모든 점에서 다른 학생들과 달랐고, 속속들이 고유하고 개인적인 특징을 띠고 있었으며, 그래서 눈에 띄었다. 동시에 그는 눈에 띄지 않으려고 온갖 애를 다 썼다. 마치 농사꾼의 아들 속에서 그들과 똑같아 보이려고 갖은 애를 쓰는 변장한 왕자님처럼 옷을 입었고 그렇게 처신했다.

하굣길에 그가 내 뒤에서 걸어왔다. 다른 애들이 뿔뿔이 흩어지고 나자 그는 나를 앞질러 가며 인사를 했다. 이 인사 역시 우리 남학생들의 말투를 흉내 내려고 했지만 너무도 어른스럽고 정중했다.

"우리 조금 함께 걸어가도 될까?"라고 그가 다정하게 물었다.

나는 흡족한 마음으로 고개를 끄덕였다. 그러고 나서 내가 어디 사는지 그에게 말해주었다.

"아, 거기?" 그는 미소를 지으며 말했다. "그 집은 이미 알고 있지. 너희 집 대문 위에 매우 특별한 장식물이 달려 있잖아. 거기에 관심이 갔었어."

그 순간 그가 무슨 말을 하는지 난 바로 알아듣지 못했다.

그리고 그가 우리 집을 나보다 더 잘 알고 있는 것 같아 놀랐다. 우리 집 대문 아치 위에 박는 쐐기돌로 일종의 문장(紋章)이 있기는 했다. 그러나 세월이 흐르면서 표면이 닳았고, 여러 색으로 덧칠을 했다. 내가 아는 한에서 그건 우리 집안과는 아무 관계가 없었다.

"그에 관해선 아는 게 없어"라고 나는 수줍게 말했다. "새이거나 아니면 뭔가 그와 비슷한 거야. 아주 오래되었을 거야. 그 집은 예전에 수도원에 속했던 적이 있대."

"그럴지도 모르지" 하고 그는 고개를 끄덕였다. "한번 잘 살펴봐! 그런 물건들은 아주 흥미로울 때가 많거든. 내 생각에 그건 새매인 것 같아."

우리는 계속해서 걸어갔고 난 내심 매우 거북했다. 무슨 재미난 생각이 떠오르거나 한 듯 느닷없이 데미안이 소리 내서 웃었다.

"그래, 내가 너희 수업 시간에 같이 있었잖아"라고 그가 활기차게 말했다. "이마에 표시를 가진 카인의 이야기, 맞지? 그 이야기 맘에 들어?"

아니, 우리가 배워야 하는 모든 것 중에 내 마음에 드는 것은 별로 없었다. 하지만 마치 어른과 얘기를 하고 있는 것 같아서 난 감히 그대로 말할 수가 없었다. 나는 그 이야기가 썩 마음에 든다고 말했다.

데미안은 내 어깨를 토닥였다.

"내게 거짓말할 필요는 없어, 친구야. 하지만 그 얘기는 사실 말이지 정말 특이해. 내 생각에 그 이야기는 수업 시간에 나오는 대부분의 다른 이야기들보다 훨씬 더 특이해. 선생님은 그에 관해 많이 말하진 않으셨지. 그저 하느님과 죄 등 보통 이야기하는 것만 말하셨지. 그런데 내 생각에는……."

그는 말을 중단하고 미소를 짓더니 이렇게 물었다. "그런데 너 이런 것에 관심 있어?"

"응, 그런 것 같네" 하고 그는 말을 계속했다. "이 카인의 이야기는 전혀 다르게 이해할 수 있어. 우리가 배우는 대부분의 것들은 확실히 참되고 맞는 말이지. 하지만 우리는 그 모든 걸 선생님이 말하는 것과 다르게도 볼 수 있어. 그렇게 되면 얘기들은 대개 훨씬 더 나은 의미를 갖게 되거든. 가령 카인과 그의 이마에 있는 표시만 해도 우리에게 주어진 설명에 진짜로 만족할 수는 없잖아. 너도 그렇다고 생각하지 않아? 누가 싸우다가 제 형제를 패 죽이는 일은 당연히 일어날 수 있지. 그리고 그가 나중에 공포를 느껴 굴복하는 것 또한 가능하지. 그러나 그가 비겁함 때문에 그는 보호해주면서 다른 사람들에게는 공포를 일으키는 훈장을 별도로 수여받았다는 건 정말이지 이상해."

"정말 그래" 하고 나는 흥미를 느끼며 말했다. 이야기가 나를 매료시키기 시작했다. "그런데 그 이야기를 어떻게 달리 설명해야 하지?"

그는 내 어깨를 톡톡 쳤다.

"아주 간단해! 존재했던 사실, 이야기가 시작된 출발점은 그 표시잖아. 한 남자가 있었다, 그는 얼굴에 뭔가 갖고 있었는데 그게 다른 사람들에게 두려움을 주었다, 사람들은 그를 건드릴 엄두도 못 냈다, 그는 외경심을 불러일으켰다, 그와 그의 자식들은. 아마도, 아니 확실히 무슨 우편 소인 같은 그런 표시가 이마에 있었던 건 아니었어. 삶이 그렇게 험하게 돌아가는 경우는 거의 없지. 오히려 뭔가 거의 지각할 수 없는 섬뜩한 것, 사람들이 익히 알고 있는 것보다 좀 더 많은 정신력과 대담함이 눈빛 속에 어른거렸겠지. 이 남자에겐 힘이 있었고 그 앞에서 사람들은 겁을 먹었던 거야. 그에겐 '표시'가 있었던 거야. 사람들은 자신들이 원하는 대로 그걸 설명할 수 있었지. 그리고 '사람이란' 언제나 자기에게 편한 것, 자기에게 정당성을 주는 것을 원하는 법이야. 사람들은 카인의 후예들 앞에서 두려움을 느꼈어. 그들은 표시를 지니고 있었거든. 그러니까 사람들은 그 표시라는 걸 실제로 있었던 그대로가 아니라, 즉 탁월함이라고 하지 않고 그 반대로 설명했던 거야. 이 표시를 가진 자들을 무시무시하다고 말한 거지. 그들은 사실 그렇기도 했어. 용기와 성격을 가진 사람들은 다른 사람들에겐 언제나 매우 섬뜩한 법이거든. 두려움을 모르고 섬뜩함을 일으키는 일족이 돌아다닌다는 것이 아주 불편했던 거지. 그래서 이제 사람들은 이 일족에게 이름과 이야기를 덧붙여주었어. 그렇게 해서 이 일족에게 복수하고 여태껏 감내한 모든 공포심을 약간 보상받으려고 말이야. 이해하겠니?"

"응, 말하자면, 그렇다면 카인이 전혀 나빴던 게 아니라는 말이지? 그리고 성서에 있는 이야기 전부가 실은 전혀 진실이 아니란 말이지?"

"그렇기도 하고 아니기도 해. 그런 오래된, 태곳적의 이야기들은 언제나 진실이야. 하지만 그게 언제나 올바른 방식으로 기록되는 것도 아니고 또 언제나 그렇게 설명되는 것도 아니지. 간단히 말해, 카인은 우수한 사내였고 단지 사람들이 그에게 두려움을 가졌기 때문에 그에게 이런 이야기를 덧붙였다는 거야. 그 이야기는 그냥 소문이었던 거지. 사람들이 수군대며 퍼뜨린 것이지. 카인과 그의 후예들이 정말 그런 종류의 '표시'를 지니고 있었고 대부분의 사람들과는 달랐다는 점에서 그건 진실이고."

나는 너무나 놀라고 말았다.

"그렇다면 너는 때려죽였다는 이야기도 전혀 진실이 아니라고 믿는 거야?" 나는 충격을 받고 물었다.

"오, 그렇진 않아! 분명히 그건 진실이야. 강한 자가 약한 자를 때려죽인 거지. 그게 정말로 그의 형제였는지는 의심해볼 수 있겠지만. 그건 중요하지 않아, 따지고 보면 모든 인간은 형제잖아. 그러니까 강한 자가 약한 자를 때려죽였다. 어쩌면 그건 영웅 행위였을지도 모르고, 어쩌면 아닐 거고. 어쨌건 다른 약자들은 이제 뼛속까지 공포에 사로잡혔고, 그들은 대판 불평을 털어놓았지. 그래서 누군가 그들에게 '왜 너희들도 그냥 그를 때려죽이지 않는 거냐?' 하고 물었을 때, 그들은 '우린 겁쟁이들이니까'라고 하지 않고 '그럴 수는 없어. 그에겐 표시가 있거든. 하느님이 그에게 표시를 주셨어!'라고 말한 거야. 대략 그렇게 해서 속임수가 생겨난 게 틀림없어. 자, 널 한참 붙잡고 있었네. 그럼 또 보자!"

그는 알트가세로 접어들었고 나를 홀로, 그 어느 때보다도 더 어리둥절한 상태에 남겨두었다. 그가 가자마자 그가 했던 모든 말이 너무도 터무니없다고 느껴졌다! 카인이 고귀한 인간이고, 아벨은 겁쟁이라니! 카인의 표시가 우월성의 표시라니! 그건 말도 안 되는 소리였고 신을 모독하는 극악무도한 말이었다. 그렇다면 자애로운 신은 어디에 계셨단 말인가? 신은 아벨의 제물을 받아들였으며, 아벨을 사랑하지 않으셨던가? 아니야, 무슨 말도 안 되는 소리냐!

그래서 난 데미안이 나를 놀려대고 나를 속여 궁지에 빠뜨릴 작정이었다고 속짐작했다. 그래, 그는 무척이나 영악한 놈이었다. 말솜씨는 좋았지만, 그건 아니었다.

여하튼 난 아직까지 한 번도 성경의 어떤 이야기나 다른 이야기를 그렇게 심각하게 생각해본 적이 없었다. 그리고 오래전부터 그 프란츠 크로머를 그렇게 새까맣게 잊어버린 적도 없었다. 몇 시간 동안이나, 저녁 한나절 내내 말이다. 나는 집에 와서 그 이야기를 성경에 적힌 그대로 한 번 더 죽 읽어보았다. 이야기는 짧고 명료했다. 거기서 어떤 특별하고 비밀스러운 해석을 내리려는 건 정말 미친 짓이었다. 그렇다면 사람을 때려죽인 자는 모두 신의 총아라고 설명할 수 있을 것 아닌가! 아니, 그건 말도 안 되는 소리였다. 좋았던 건 단지 데미안이 그런 이야기를 하는 방식뿐이었다. 마치 모든 게 당연하다는 듯이 너무도 쉽고 멋지게 말이다. 게다가 그런 눈빛까지 하고서!

그런데 사실 나 자신도 어딘가 정상은 아니었다. 게다가 아주 대혼란 상태였다. 나는 밝고도 깨끗한 세계에 살았었다. 나 자신이 일종의 아벨이었던 셈이다. 그런데 이제 나는 '다른' 것 속에 너무도 깊숙이 박혀 있고, 너무도 심하게 추락하고 타락했으며, 그럼에도 엄밀히 보면 어떻게 해볼 도리가 거의 없었다. 그런데 지금 어떻게 된 건가? 그래, 이제 어떤 기억이 머릿속에서 번뜩였고 그건 한순간 거의 내 숨을 막히게 했다. 지금의 내 불행이 시작되던 저 끔찍한 저녁에, 그때 그건 내 아버지와 더불어 일어났었다. 그때 나는 한순간 아버지와 그의 밝은 세계와 지혜를 단번에 간파했던 것 같았고 그래서 경멸했다! 그래, 그때 카인이자 표시를 지녔던 나 자신은 이 표시를 치욕이 아니라 탁월함이라고, 내가 악의와 불행을 통해 아버지보다 더 높이, 선하고 경건한 자들보다 더 높은 데 서 있다고 상상했었다.

이같이 명료한 사유의 형태를 갖추고 내가 당시 그 일을 체험한 건 아니었다. 하지만 이 모든 것이 그 안에 담겨 있었다. 그것은 감정의 폭발, 이상한 감정적 동요의 발동에 불과하고 고통을 주긴 했지만, 그럼에도 내 맘을 자긍심으로 채웠다.

곰곰이 생각해보면 데미안은 겁 없는 자들과 겁 많은 자들에 관해 얼마나 특이하게 얘기했던가! 그는 카인의 이마에 있는 표시를 얼마나 이상하게 해석해내었던가! 그의 눈은, 그의 특이한 어른의 눈은 그때 얼마나 기이하게 빛났던가! 그러자 이런 생각이 막연하게 내 머릿속을 스쳐 지나갔다. 데미안, 그 자신이 바로 일종의 카인 아닐까? 그가 스스로 카인과 비슷하다고 느끼지 않는다면 무엇 때문에 카인을 변호하는 걸까? 어째서 그는 눈빛 속에 이런 힘을 지니고 있는 걸까? 왜 그는 '다른' 사람들에 관해, 본래 경건한 사람들이자 신의 뜻에 맞게 사는 그 겁 많은 사람들에 관해 그렇게 비웃듯이 말하는 걸까?

나는 이런 생각을 하며 결론에 이르지 못했다. 돌이 우물 속에 떨어졌으며, 그 우물은 나의 젊은 영혼이었다. 그리고 오래, 아주 오랫동안 카인과 때려죽임과 표시로 이루어진 이 얘기는 인식과 의심, 비판을 위한 내 시도들의 출발점이 되었다.

나는 다른 학생들도 데미안에게 매우 열중하고 있다는 걸 알아챘다. 카인과 관련된 얘기를 난 누구에게도 한 적이 없었다. 그러나 다른 애들도 그에게 관심을 가진 것 같았다. 적어도 그 '신참'에 대한 여러 가지 소문들이 나돌았다. 만일 내가 소문을 모두 알았다면 각각의 소문은 그의 존재를 더 드러냈을 것이고 난 그걸 해석할 수 있었을 거다. 기껏해야 내가 아는 건 처음에 데미안의 어머니가 매우 부유하다는 소문이 돌았다는 것이다. 또 그분이 교회에 다니지 않으며, 아들 또한 다니지 않는다고들 했다. 누군가는 그들이 유대인일지도 모른다 했으나 그들은 비밀스러운 이슬람교도일지도 몰랐다. 계속해서 막스 데미안의 체력에 관한 풍문도 나돌았다. 확실한 건, 데미안이 자기 학급에서 가장 힘센 아이를 호되게 굴복시켰다는 사실이다. 그 애는 데미안에게 싸우자고 덤벼들었다가 데미안이 거부하자 그를 겁쟁이라고 불렀다. 그 자리에 있었던 애들이 말하기를, 데미안은 단한 손으로 그 애의 목덜미를 움켜잡아 꾹 내리눌렀고 그러자 그 애는 파랗게 질렸다고 했다. 나중에 그 애는 몰래 도망쳤으며 종일 더는 팔을 쓸 수가 없었다고 했다. 어느 저녁나절엔 그 애가 죽었다는 말까지 떠돌았다. 모든 게 한동안 진실이라 우겨졌고, 모든 게 그렇다고 믿겼으며, 모든 게 흥분되고 놀라웠다. 그러면 한동안 그걸로 충분했다. 그러나 얼마 지나지 않아 우리 학생들 사이에 새로운 소문들이 생겨났는데, 그건 데미안이 소녀들과 친밀한 관계를 맺고 있으며 '모든 걸 알고 있다'는 것이었다.

그러는 동안 프란츠 크로머와 관련된 일은 피할 수 없는 행진을 계속하고 있었다. 나는 그에게서 벗어나지 못했다. 그가 어쩌다 종일 나를 가만히 놔둔다 해도 난 그에게 매여 있었기 때문이다. 그는 꿈속에서 내 그림자인 양 함께 살았고 내 상상력은 그가 현실에선 내게 하지 않은 짓들을 꿈속에서 하게 했다. 거기서 난 철저히 그의 노예였다. 나는 현실보다 이 꿈속에서 더 많이 살았으며—나는 언제나 꿈을 많이 꾸는 사람이었다—이 그림자들에 힘과 생명력을 빼앗겼다. 그중에서도 나는 크로머가 나를 학대하는 꿈, 그가 내게 침을 뱉고 내 위에 올라타 무릎으로 내리누르는 꿈을 자주 꾸었다. 그보다 더 나쁜 것은 나를 무거운 범죄행위로 유혹하는 꿈이었다. 유혹이라기보다는 그냥 자신의 막강한 영향력으로 강요하는 것이다. 이 중에서 내가 정신이 반쯤 나간 상태에서 깨어났던 가장 무서운 꿈은 아버지를 기습 살해하는 내용을 담고 있었다. 그 꿈에서 크로머는 칼을 갈아 내 손에 쥐여주었다. 우리는 어느 가로수길 나무 뒤에 숨어 누군가를 기다렸다. 나는 누구를 기다리는지 몰랐다. 그러나 누군가 그곳으로 오자 크로머가 내 팔을 누르면서, 내가 칼로 찔러야 할 자가 저자라고 말했다. 그는 나의 아버지였다. 그때 난 잠에서 깨어났다. 이런 일들에 관해 나는 여전히 카인과 아벨 생각을 하긴 했지만, 데미안을 좀 더 생각했다. 그가 다시 내게 가까이 다가온 것도 이상하지만 어떤 꿈에서였다. 그러니까 나는 다시 학대와 폭행에 시달리는 꿈을 꾸었는데 이번에 내 위에 올라타 무릎으로 누르고 있는 건 크로머가 아니라 데미안이었다. 그런데—이건 전혀 새로워서 내게 깊은 인상을 남겼는데—내가 크로머에게선 고통과 혐오로 시달렸던 모든 것을 데미안에게서는 기꺼이 견뎠고 두려움만큼이나 희열도 똑같이 느끼며 참아냈다. 이런 꿈을 나는 두 번 꾸었고, 그러고 나자 크로머가 다시 제자리에 들어섰다.

오래전부터 나는 무엇을 꿈속에서 겪었고 무엇을 실제 현실에서 겪었는지 더는 명확히 구분할 수가 없었다. 하지만 어쨌건 크로머와의 나쁜 관계는 계속되었으며, 내가 순전히 좀도둑질로 마침내 그 녀석에게 빚진 돈을 다 갚고 났을 때도 그건 끝나지 않았다. 아니, 그는 돈이 어디서 났는지 내게 항상 물었기 때문에 이제 이 도적질에 관해 다 알고 있었고, 그래서 난 이전보다 더더욱 그의 손아귀에 놓이게 되었다. 그는 내 아버지에게 다 일러바치겠다고 자주 으름장을 놓았고, 그때의 내 두려움은 처음부터 스스로 아버지께 그 말씀을 드리지 않았다는 막심한 후회만큼 크지는 않았다. 그럼에도 불구하고, 그토록 비참했지만 나는 모든 걸 후회한 건 아니며 적어도 항상 후회한 건 아니었다. 그리고 때로는 모든 것이 그럴 수밖에 없다는 느낌도 들었다. 비운이 내 위에 드리워져 있었고, 그걸 돌파하려고 해봤자 소용없었다.

아마도 내 부모님께선 이런 상황에 적잖이 고통을 받으셨던 듯하다. 낯선 정신이 나를 덮쳐왔고, 나는 우리 가족공동체에 더는 맞지 않았다. 그건 그렇게나 내밀한 공동체였다. 그래서 마치 잃어버린 낙원을 향하듯 그곳을 향한 미칠 듯한 향수가 자주 나를 엄습했다. 나는 주로 어머니에게서 악당보다는 아픈 사람 취급을 더 받았는데, 실제 상황이 어뗐는지는 내 두 누이의 태도에서 가장 잘 알 수 있었다. 매우 조심스럽게 보살펴주면서도 나를 한없이 슬프게 한 그들의 태도에서 분명히 드러난 것은, 내가 일종의 미친 사람이며, 그 상태는 탓하기보다는 애통해할 수밖에 없지만, 악령이 내 속에 자리를 틀고 들어앉아 있다는 것이었다. 나는 사람들이 나를 위해 보통 때와는 다르게 기도하는 것을 느꼈고, 그리고 이 기도가 헛됨을 느꼈다. 다 털고 홀가분해진 상태에 대한 동경을, 올바른 참회를 하고픈 갈망을 자주, 열렬하게 느꼈다. 그럼에도 내가 아버지에게도 어머니에게도 모든 것을 제대로 말씀드리고 해명할 수 없으리란 사실도 미리 감지했다. 부모님께서는 그걸 다정하게 받아주시고, 나를 매우 조심스레 보살피며, 그래, 가엾게 여기시긴 하겠지만, 속속들이 이해하지는 못하리라는 것을 알았다. 그 일 전부가 운명이었건만, 일종의 탈선행위로만 여겨질 것을 말이다.

아직 열한 살도 채 안 된 아이가 그렇게 느낄 수 있다는 것을 많은 사람들이 믿지 않으리라는 걸 안다. 이런 사람들에게 내 이야기를 하는 게 아니다. 나는 인간을 더 잘 알고 있는 사람들에게 내 이야기를 한다. 자기감정의 일부를 생각으로 바꾸는 걸 배운 어른은 아이에게는 이런 생각이 없다고, 그래서 체험도 당연히 없을 거라고 믿는다. 하지만 내 생애에 난 그 당시만큼 깊이 체험하고 고통을 당해본 적이 거의 없었다.

한번은 비가 내리는 날이었다. 나는 내 가해자로부터 성 앞 광장으로 오라는 주문을 받았다. 난 거기 서서 기다리며 빗물이 떨어지는 검은 밤나무에서 아직 계속 떨어지는 축축한 잎사귀들을 두 발로 헤집고 있었다. 돈은 없었지만 크로머에게 적어도 뭔가 줄 수 있도록 케이크 두 조각을 감춰두었다가 들고 나왔다. 난 이미 그렇게 어딘가 한구석에 서서, 때론 매우 오랫동안 그를 기다리는 데 길들어 있었다. 그리고 피할 수 없는 일을 인간이 받아들이듯 그것을 받아들였다.

마침내 크로머가 왔다. 오늘 그는 오래 있지 않았다. 그는 내 갈비뼈를 가볍게 몇 번 툭툭 치더니 웃었고 케이크를 받았으며 축축한 담배를 내게 건네기까지 했는데, 난 그걸 받지는 않았다. 그는 여느 때보다 더 친절했다.

"참," 그가 떠나면서 말했다. "내 잊어버리지 않게 말해두는데, 다음번엔 네 누이를 데려올 수 있겠지, 맏누이 말이야. 대체 이름이 어떻게 되지?"

난 무슨 말인지 전혀 알아듣지 못했고, 아무 대답도 하지 않았다. 그저 놀라 그를 바라볼 뿐이었다.

"무슨 말인지 모르겠어? 네 누이를 데려오라는 말이야."

"그래, 크로머, 하지만 그건 불가능해. 그래서도 안 되고, 누나 역시 절대 오지 않을 거야."

나는 그게 다시 농간이자 구실에 불과하다는 생각에 각오를 했다. 그는 그런 짓을 자주 했는데, 뭔가 불가능한 것을 요구하여 나를 불안하게 하고 내게 굴욕을 주고 그러고 나면 차차 자기와 협상하게 했다. 그러면 난 돈이나 혹은 다른 것을 주어 몸값을 치르고 풀려나곤 했다.

그는 이번엔 완전히 달랐다. 그는 내 거부에 거의 화를 내지 않았다.

"있잖아," 그가 얼버무리며 말했다. "잘 생각해봐. 난 네 누이를 알고 싶거든. 가능할 거야. 그냥 산책길에 누이를 데려가는 거야. 그러면 내가 거기 나타나는 거지. 내일 내가 너에게 휘파람을 불게, 그러면 우리 다시 한번 더 얘기하자."

그가 가버리고 나자 그 욕구의 의미가 무엇인지 확 느껴졌다. 나는 아직도 온전히 아이였다. 그러나 사내애와 여자애가 좀 더 나이가 들면 어떤 비밀스럽고 음란하고 금지된 일들을 서로 할 수 있다는 것을 소문으로 알고는 있었다. 그러니까 이제 난 그게 얼마나 끔찍한 일인지, 정말 갑자기 분명해졌다! 그걸 절대 하지 않겠다는 내 결심은 즉시 확고해졌다. 하지만 그렇게 되면 무슨 일이 일어나고, 크로머가 내게 어떻게 복수할 것인지, 그건 감히 거의 생각도 못 할 일이었다. 내게 새로운 고문이 시작되었다. 여전히 충분하지 않았던 것이다.

나는 절망적인 마음으로 빈 광장을 가로질러 갔다. 손은 바지 주머니에 꽂은 채였다. 새로운 고통들, 새로운 노예 상태였다!

그때 상쾌하고 깊은 음성이 나를 불렀다. 나는 깜짝 놀라서 달리기 시작했다. 누군가 내 뒤를 쫓아왔고, 손 하나가 부드럽게 뒤에서부터 나를 붙잡았다. 그건 막스 데미안이었다.

나는 항복했다.

"너구나?" 나는 불안하게 말했다. "너 때문에 너무 놀랐잖아!"

그는 나를 쳐다보았다. 그의 시선이 지금 이 순간보다 더 어른의 시선, 우월하고 꿰뚫어 보는 사람의 시선이었던 적은 없었다. 오랫동안 우린 서로 말을 나누지 않은 터였다.

"미안해" 하고 그가 예의 공손하면서도 매우 단호한 방식으로 말했다. "그런데 이봐, 그렇게 놀랄 필요는 없잖아."

"글쎄 뭐, 하지만 그럴 수도 있지."

"그런 것 같네. 그런데 봐. 만일 네게 아무 짓도 안 한 사람 앞에서 네가 그렇게 움찔한다면, 그 사람은 생각해보게 되겠지. 그는 어리둥절해지고 호기심이 생기겠지. 그는 네가 이상할 정도로 잘 놀란다고 생각할 거고, 계속해서 이렇게 생각할 거야. '두려움이 있으면 저렇게 되는데.' 겁쟁이에겐 항상 두려움이 있잖아. 그러나 내 생각에 넌 원래 겁쟁이는 아니잖아, 안 그래? 오, 물론 영웅도 아니지만. 지금 너는 무서워하는 일들이 있어. 또 네가 무서워하는 사람들도 있고. 그런데 절대 그런 일이 있어선 안 되지. 사람 앞에서 절대 공포를 느껴서는 안 되거든. 너는 나를 무서워하지 않잖아, 안 그래?"

"오, 안 그래. 조금도 안 무서워."

"바로 그거야, 알겠지. 그런데 너에겐 무서운 사람들이 있는 거지?"

"모르겠는데⋯⋯. 날 내버려 둬. 내게서 뭘 바라는 거야?"

그는 나와 보조를 맞추었다―나는 빨리 걸어갔다. 도망칠 생각으로―그리고 옆으로 그의 눈길을 느꼈다.

"한번 가정해보자"라며 그가 다시 시작했다. "내가 너에게 호의를 갖고 있다고. 그럼 어쨌건 넌 나를 두려워할 필요가 없지. 난 기꺼이 너를 데리고 실험을 한번 해보고 싶은데, 그건 재미있고 너는 여기서 뭔가 매우 쓸모 있는 것을 배울 수 있을 거야. 자, 잘 들어봐! 난 가끔씩 사람들이 생각

읽기라고 부르는 기술을 시도해보지. 거기엔 어떤 마법도 없어. 그러나 그게 어떻게 되는 건지 모르면 아주 독특해 보이지. 그걸로 사람들을 매우 놀라게 할 수 있어. 그럼 우리 한번 해보자. 그러니까 '내가 너를 좋아하거나 아니면 내가 너에게 관심이 있어서, 이제 네 맘속이 어떤지 알아맞히고 싶다.' 이를 위해 이미 첫발은 내디뎠지. 내가 너를 놀라게 했잖아. '넌 쉽게 놀란다.' 그러니까 네가 두려움을 느끼는 일과 사람들이 있다는 거겠지. 그건 어디서 오는 걸까? 사람은 아무도 두려워할 필요가 없는데. 만일 누군가가 무섭다면 그건 그자에게 자신에 대한 권력을 허용한 데서 오는 거지. 가령 네가 뭔가 나쁜 짓을 했고 다른 이가 그것을 알고 있다고 치자. 그러면 그는 너에 대해 권력을 갖게 되는 거지. 무슨 말인지 알겠어? 그건 명료해, 안 그래?"

나는 어찌할 바를 모르고 그의 얼굴을 들여다보았다. 그 얼굴은 언제나처럼 진지했고 총명했으며 또한 선량했다. 하지만 어떤 세심한 배려도 없었고 오히려 엄격했다. 정의라거나 혹은 뭔가 그 비슷한 것이 그 얼굴 속엔 있었다. 난 내게 어떤 일이 일어나는지 몰랐다. 그는 마치 마법사처럼 내 앞에 서 있었다.

"이해한 거야?"라고 그가 한 번 더 물었다.

나는 고개를 끄덕였다. 말은 한마디도 할 수 없었다.

"그러게, 내가 말했잖아, 그건 이상해 보인다고. 생각 읽기 말이야. 하지만 그건 아주 자연스럽게 일어나지. 가령 내가 너한테 카인과 아벨의 이야기를 처음 했을 때, 네가 나에 관해 무슨 생각을 했었는지 난 상당히 정확하게 말해줄 수도 있어. 그런데 그 얘긴 여기에 맞지 않지. 나는 네가 한 번쯤 내 꿈을 꾼 것도 있을 법한 일로 생각하지. 하지만 그건 내버려 두자! 넌 똑똑한 애야. 대부분의 애들은 너무나 멍청해! 난 이따금 믿음이 가는 똑똑한 애와는 즐겨 얘기해. 너도 괜찮은 거지?"

"응, 그럼. 그냥 조금도 이해가 안 갈 뿐이야."

"우리 그 재미있는 실험 계속하자! 그러니까 우리는 S라는 사내아이가 쉽게 놀란다는 걸, 그 애는 누군가를 두려워하고 있다는 걸, 그 애는 아마도 다른 애와 어떤 비밀을 공유하고 있는데 그 비밀은 그에게 아주 불편하다는 걸 알아냈어. 대략 맞아?"

마치 꿈에서인 듯 나는 그의 목소리에, 그의 영향력에 굴복했다. 난 고개만 끄덕일 뿐이었다. 오직 나 자신에게서만 나올 수 있는 어떤 목소리가 저기서 말하고 있지 않은가? 모든 걸 알고 있는 목소리가? 모든 것을 나 자신보다 더 잘, 더 분명히 알고 있는 목소리가?

데미안은 내 어깨를 힘차게 두들겼다.

"그럼 맞구나. 내 그럴 거라 생각했지. 이제 하나만 더 물어볼게. 아까 거기 있다 간 그 애의 이름이 뭔지 아니?"

나는 몹시 놀랐으며, 살짝 건드려진 나의 비밀은 고통스럽게 내 속에서 몸을 구부렸다. 그건 드러나길 원치 않았다.

"어떤 애 말이야? 거기 아무도 없었는데, 나뿐이었어."

그는 웃었다. "그냥 말해! 그 애 이름이 뭐지?"

나는 속삭였다.

"프란츠 크로머 말이야?"

그는 만족하여 내게로 머리를 끄덕였다.

"브라보! 넌 기민한 놈이야. 우린 친구가 될 거다. 그런데 이제 네게 뭔가 말해줘야겠어. 이 크로머 말이야, 아니면 그 놈 이름이 뭐든 간에, 나쁜 놈이야. 놈이 불량배라는 걸 그 얼굴이 말해주더군! 네 생각은 어때?"

"그래, 맞아" 하고 나는 한숨을 쉬었다. "그 앤 악질이야. 악마라고! 하지만 그 애는 아무것도 알아서는 안 돼! 하느님 맙소사, 그 애는 아무것도 알면 안 된다고! 넌 그 애 알아? 그 애는 널 알아?"

"좀 진정해봐! 그 애는 갔잖아. 그리고 그 애는 나를 몰라, 아직은 말이야. 그러나 나는 그 애를 아주 기꺼이 알고 싶거든. 그 애 공립학교에 다니지?"

"응."

"몇 학년이지?"

"5학년. 하지만 그 애한테는 아무 말도 하지 말아줘! 제발, 제발 그 애한테 아무 말 하지 말아줘!"

"진정해. 네겐 아무 일도 안 일어나. 아마도 넌 나한테 이크로머에 관해 좀 더 얘기해줄 마음은 없나 보지?"

"할 수 없어! 안 돼, 날 내버려 둬!"

그는 한동안 잠잠했다.

"유감이네." 그러더니 그가 말했다. "우린 그 실험을 좀 더 진척시킬 수 있었을 텐데. 그러나 너를 괴롭히고 싶진 않아. 그런데 말이야, 그 애한테 느끼는 네 두려움이 올바르지 않다는 건 너도 알고 있지? 그런 두려움은 우리를 완전히 망가뜨리거든. 사람은 그런 공포에서 벗어나야 해. 넌 거기서 벗어나야 한다고. 만일 내가 올바른 놈이 되어야 한다면 말이지. 알아듣겠어?"

"맞아, 네 말은 하나도 안 틀려……. 하지만 안 돼. 넌 모르잖아……."

"넌 봤잖니, 내가 많은 걸 알고 있다는 것. 네가 생각했던 것보다 더 많이 말이야. 그 애한테 돈을 빚진 거니?"

"응, 그것도 있지. 그러나 중요한 건 그게 아니야. 그걸 말할 순 없어, 할 수 없다고!"

"그럼 내가 네게 빚진 만큼의 돈을 준다 해도 아무 도움이 안 된다는 거야? 난 네게 그 돈을 기꺼이 줄 수 있는데."

"아니, 아니야, 그게 문제가 아니라고. 그리고 제발 부탁하는데 그 얘기 아무에게도 하지 말아줘! 단 한 마디도! 넌 나를 불행하게 만들 거야!"

"나를 믿어, 싱클레어. 너희들의 비밀은 나중에 네가 나한테 알려주게 될 거야."

"아니, 절대 그럴 리 없어!"라고 나는 격하게 부르짖었다.

"너 하고 싶은 대로 해. 내 말뜻은 다만, 나중에 네가 나한테 좀 더 많은 얘기를 하게 될지도 모른다는 거지. 오직 자발적으로만, 당연히! 설마 내가 그 크로머처럼 그렇게 할 거라고 생각하는 건 아니지?"

"오, 아니야. 하지만 넌 그 일은 조금도 모르잖아!"

"전혀 모르지. 그냥 그에 관해 곰곰이 생각해볼 뿐이야. 그리고 나는 그걸 크로머가 하듯이 절대 그렇게 하진 않을 거라고. 그건 믿어도 돼. 넌 내게 빚진 것도 없잖아."

우리는 한동안 말을 하지 않았고, 나는 좀 더 진정되었다. 그러나 데미안이 알고 있는 게 내겐 점점 더 수수께끼 같아졌다.

"이제 난 집에 간다"라고 말하더니 그는 빗속에서 로덴천으로 된 외투를 더욱 단단히 여미었다. "우리가 이미 그만큼 얘기했으니까 내가 한 가지만 한 번 더 말할게. 넌 이 자식에게서 벗어나야만 해! 달리 방도가 전혀 없다면, 그땐 그 녀석을 때려죽여 버려! 네가 그걸 한다면 난 감탄할 거고, 마음에 들 거야. 나 또한 너를 도울 거고."

나는 새로이 공포감에 휩싸였다. 카인의 이야기가 문득 다시 떠올랐다. 마음이 섬뜩해졌고, 그래서 나는 슬며시 울기 시작했다. 섬뜩한 것들이 너무나 많이 내 주위를 둘러싸고 있었다.

"이제 됐어"라고 말하며 막스 데미안이 미소를 지었다. "집에 가렴! 우린 그 일을 처리하게 될 거야. 패 죽이는 게 가장 간단한 방법이긴 하겠지만. 그런 일에선 가장 단순한 것이 항상 가장 좋은 것이거든. 네 친구 크로머와 교제하는 건 네게 좋지 않아."

나는 집으로 갔다. 그러자 마치 1년을 떠나 있었던 듯이 생각되었다. 모든 게 달라 보였다. 나와 크로머 사이에 뭔가 미래 같은 것이, 뭔가 희망 같은 것이 서 있었다. 난 더 이상 혼자가 아니었다! 그리고 이제야 비로소 내가 비밀을 가진 채 얼마나 끔찍하게 홀로 수 주일 동안 살아왔는지 알게 되었다. 그리고 내가 여러 차례 숙고했던 일이 곧 머리에 떠올랐다. 부모님 앞에서 참회하는 건 내 마음을 가뿐하게 하겠지만 그럼에도 온전히 구제하지는 못한다는 것 말이다. 이제 난 거의 참회를 한 셈이었다. 다른 사람에게, 낯선 사람에게, 그리고 구제의 예감이 강렬한 향기처럼 내게로 불어왔다!

여하튼 나의 두려움은 아직도 오랫동안 극복되지 못했고, 그래서 난 여전히 내 적과 치러야 할 길고 끔찍한 대결을 각오하고 있었다. 그런 만큼 모든 것이 그토록 고요하게 그토록 속속들이 은밀하고 차분하게 진행된 것이 내겐 더욱 이상하게 생각되었다.

우리 집 앞에서 나던 크로머의 휘파람 소리는 더 이상 들리지 않았다. 하루, 이틀, 사흘, 한 주간이나 말이다. 그걸 감히 믿을 수가 없었다. 그래서 그 소리가 느닷없이, 바로 어떤 기대도 하고 있지 않을 순간에 다시 들려올까 봐 맘속으로 대기하고 있었다. 그런데 그건 사라졌고 사라져버리고 없었다! 나는 이 새로운 자유를 불신하며 여전히 정말로 믿지 못하고 있었다. 마침내 그 프란츠 크로머와 한번 부딪힐 때까지 말이다. 그는 자일러가세에서 내려왔다. 바로 내 쪽을 향해서. 그는 나를 보더니 흠칫하였고 얼굴을 난폭하게 찌푸리더니 나와 부딪히지 않으려고 그 자리에서 발길을 돌렸다.

내게 그건 듣도 보도 못한 순간이었다! 내 적이 내 앞에서 도망을 치다니! 나의 악마가 내 앞에서 두려움을 갖다니! 기쁨과 놀라움의 전율이 온통 내 몸을 휘감았다.

이즈음에 데미안이 다시 한번 나타났다. 그는 학교 앞에서 나를 기다리고 있었다.

"안녕." 내가 말했다.

"좋은 아침이야, 싱클레어. 요즘 네가 어떻게 지내는지 한번 듣고 싶었어. 이젠 크로머가 너를 귀찮게 안 하지, 안 그래?"

"네가 처리한 거야? 근데 대체 어떻게? 어떻게 말이야? 도저히 이해가 안 돼. 그놈은 깨끗이 사라졌어."

"잘됐다. 그애가 다시 한번 나타나면 말이야, 내 생각엔 그러진 않을 테지만, 그 자식 시건방진 놈이니까. 그럼 이렇게만 말해, 데미안을 생각하라고."

"하지만 어떻게 된 건데? 그 애와 싸움을 해서 개를 때려눕힌 거야?"

"아니, 난 그런 짓 잘 안 해. 그 애와 얘기했을 뿐이야, 너와 한 것처럼 말이지. 그러면서 그 애한테 분명히 해둘 수 있었지. 너를 가만히 두는 것이 그 애한테 좋을 것이라고."

"오, 그럼 네가 그 애한테 돈을 주게 될 건 아니란 말이지?"

"아니지, 이 친구야. 그건 이미 네가 해봤던 거잖아."

내가 아무리 꼬치꼬치 캐물어보려 해도 그는 빠져나갔다. 그래서 그를 향한 그 오래되고 가슴 답답한 감정이 내게 남겨졌다. 그건 감사와 부끄러움, 경이와 두려움, 호의와 내면의 저항감이 기묘하게 뒤섞인 감정이었다.

나는 곧 그를 다시 보기로 마음먹었고, 그러면 그와 그 모든 일에 관해서, 또한 카인의 일에 관해서도 더 많이 얘기해 보려고 했다.

일은 그렇게 되지 않았다.

감사의 마음이란 내가 믿고 있는 미덕이 아니며, 그걸 아이에게 요구하는 것은 잘못된 것으로 보였다. 그래서 나 자신이 막스 데미안을 향해 보인 완전한 배은망덕에 그렇게 놀라지 않았다. 만일 그가 나를 크로머의 손아귀에서 구해주지 않았다면 나는 평생 병들고 썩어 문드러졌을 것이라고 오늘날 나는 확실히 믿고 있다. 이 해방을 난 그 당시에도 이미 내 어린 생애의 가장 큰 체험으로 느꼈었다. 하지만 그가 기적을 행하자마자 나는 그 자체를 무시해버렸다. 이미 말했듯이 내겐 그 배은망덕이 이상하지 않다. 유일하게 별난 점이라면 내가 보였던 호기심의 결핍이었다. 데미안을 통해 접하게 된 그 비밀들을 더 자세히 알지 못한 채 단 하루라도 평온하게 살아갈 수 있었다는 게 어떻게 가능했을까? 어떻게 나는 카인에 관해 더 많은 것을, 크로머에 관해 더 많이, 그리고 생각 읽기에 관해 더 많이 듣고 싶은 욕구를 억제할 수 있었을까?

그건 거의 이해하기 힘들지만, 사실이었다. 난 갑자기 악마의 그물에서 풀려난 자신을 보았고, 다시 세계가 밝고 기쁜 모습으로 내 앞에 놓여 있는 것을 보았으며, 더 이상 공포의 발작과 목을 조이는 심장의 두근거림을 느끼지 않았다. 속박의 줄은 끊어졌고, 나는 더 이상 고통받는 저주의 인간이 아니었으며, 여느 때처럼 다시 학생이 되었다. 내 본성은 가능한 한 빨리 다시금 균형과 고요에 도달하고자 했고, 그래서 무엇보다도 수많은 추악함과 위협들을 나에게서 떨쳐내고 잊어버리는 데 힘을 썼다. 죄와 겁먹음으로 짜인 그 긴 이야기 전부는 놀랍게도 빨리 내 기억에서 떨어져 나갔다. 겉보기엔 어떤 흉터나 인상도 남기지 않고 말이다.

그런 한편 나의 조력자이자 구원자를 마찬가지로 빨리 잊어버리고자 했던 것 또한 오늘날엔 납득이 간다. 저주의 비참한 골짜기로부터, 크로머에게 붙잡힌 끔찍한 노예 상태로부터 나는 그곳으로, 내가 이전에 행복하고 만족스러웠던 그곳으로 손상당한 내 영혼의 모든 동력과 힘을 다해 도망쳐 돌아갔던 것이다. 다시 문이 열린 잃어버린 낙원으로, 밝은 아버지와 어머니의 세계로, 누이들에게로, 정결의 향기로, 신의 뜻에 맞게 사는 아벨의 삶으로.

바로 그날 데미안과 짧은 대화를 나눈 후 다시 획득한 자유를 마침내 확신하고 재발을 더 이상 두려워하지 않게 되었을 때, 난 그렇게나 자주 그리고 사무치듯 원했던 일을 했다. 참회한 것이다. 나는 어머니에게 갔고, 잠금장치가 훼손되고 돈 대신 장난감 동전으로 채워진 내 저금통을 보여드렸다. 그리고 내가 지은 죄로 인해 얼마나 오랜 시간을 사악한 고문자에게 매여 있었는지 말씀드렸다. 어머니는 다 이해하진 못하셨지만 저금통을 보셨고, 나의 변화된 시선을 보셨고, 나의 변화된 음성을 들으셨으며, 내가 건강해졌다는 것을 내가 다시 어머니에게 되돌아왔다는 것을 느끼셨다.

그러자 이제 난 숭고한 감정으로 내가 다시 받아들여졌음을, 잃어버린 아들의 귀향을 축하했다. 어머니는 나를 아버지께 데려가셨으며, 내 이야기는 되풀이되었고 질문과 놀라움의 탄성들이 몰려들었고, 부모님은 내 머리를 쓰다듬으며 오랜 압박에서 풀려나 안도의 숨을 쉬셨다. 모든 것이 영화로웠으며 모든 것이 이야기에 나오는 것과 같았고 모든 것이 놀라운 조화 속에 융해되었다.

이제 참된 열정을 품고 나는 이 조화 속으로 도망쳤다. 난 다시 평화를 누리고 부모님의 신뢰를 얻은 것에 아무리 해도 물릴 줄을 몰랐다. 나는 집안의 모범생이 되었으며, 예전보다 더 많이 내 누이들과 놀았으며, 기도할 때는 구제받고 회개한 자의 심정으로 그 사랑스럽고 오래된 노래들을 함께 불렀다. 그건 마음으로부터 우러나왔으며, 거기엔 거짓이 없었다.

　그럼에도 불구하고 그건 전혀 정상적인 상태가 아니었다! 그리고 여기가 데미안에 대한 나의 망각이 참되게 설명되는 지점이다. 난 그에게 참회를 해야 했던 거다! 그 참회는 장식 효과와 감동은 덜하긴 하지만, 내게는 더욱더 풍부한 결실이 되었을 것이다. 그러니까 그가 나를 이전에 살았던 낙원에 온갖 뿌리로 달라붙게 해서 나는 집으로 돌아왔고, 관대하게 받아들여졌다. 그러나 데미안은 결코 이 세계에 속하지 않았으며 거기에 맞지 않았다. 그 역시, 크로머와는 다르지만 그럼에도 마찬가지로 그도 유혹자였으며, 그 역시 나를 사악하고 못된 두 번째 세계와 연결시켰는데, 그 세계에 관해 난 이제 영원히 아무것도 더는 알고 싶지 않았던 것이다. 이제 나는 아벨 역을 포기하고 카인을 찬미하는 걸 도울 수 없었고 그러고 싶지도 않았다. 이제, 바로 내가 스스로 다시 아벨이 된 이참에 말이다.
　그것이 밖으로 드러난 맥락이었다. 그러나 내적인 맥락은 이러했다. 나는 크로머와 악마의 손아귀에서 구제되었다. 그러나 나 자신의 힘과 행위를 통해서가 아니었다. 나는 세상의 좁은 길들을 거닐고자 했으나 그 길들은 내겐 너무나 미끄러웠다. 이제, 어떤 친절한 손이 나를 잡아 구해주었기 때문에 나는 더 이상 옆으로 눈길 한 번 주지 않고 어머니의 무릎 속으로, 잘 보살펴지고 경건한 동심의 안전망으로 되돌아 달려갔다. 나는 나를 실제보다 더 어리게, 더 종속적이게, 더 어린애처럼 만들었다. 나는 크로머에 대한 나의 종속성을 새로운 종속성으로 대체시켜야만 했는데, 그건 홀로 길을 갈 수 없었기 때문이다. 그래서 나는 맹목적인 심정으로 아버지와 어머니에 대한 종속성을, 예전의 사랑하는 '밝은 세계'에 대한 종속성을 선택했다. 그렇지만 나는 그 세계가 유일한 게 아니라는 걸 이미 알고 있었다. 그러지 않았다면 나는 데미안의 편이 되어 그에게 내 심중을 털어놓아야만 했을 것이다. 그렇게 안 한 것이 당시 내겐 그의 기괴한 사상에 대한 정당한 불신으로 여겨졌다. 실제로 그건 두려움 말고 아무것도 아니었다. 왜냐하면, 데미안은 부모님보다 더 많은 것을 내게서 요구했기 때문이다. 훨씬 더 많은 것을. 그는 자극과 경고로, 조소와 아이러니로 나를 더 독립적으로 만들고자 했을 것이다. 아, 오늘날 난 알고 있다. 인간에게 자기 자신에게로 이끄는 길을 가는 것보다 더 싫은 것은 세상의 어떤 것도 없다는 것을!

그럼에도 나는 대략 반년쯤 지나 그 유혹에 저항할 수 없게 되어, 어느 산책길에서 아버지께 많은 사람들이 카인을 아벨보다 더 나은 자로 설명하는 걸 어떻게 생각하시냐고 여쭤보았다.

아버지는 매우 놀라셨고 내게 그건 참신함이 빠져 있는 해석이라고 설명하셨다. 그건 게다가 이미 원시기독교 시대에 등장했던 것이고, 사이비 종교 단체에서 가르쳤던 것인데, 이 단체 중의 하나는 자칭 '카인파'라 부른다고 하셨다. 그러나 당연히 이러한 미치광이 교설은 우리의 신앙을 파괴하려는 악마의 시도에 지나지 않는다고 하셨다. 카인의 정당함과 아벨의 부당함을 믿을 경우, 신께서 잘못하신 것이고, 그러면 성서의 신은 올바르고 유일한 존재가 아니라 잘못된 존재라는 결과가 거기서 도출된다는 말이었다. 정말로 카인파들은 그와 비슷한 것들도 가르치고 설교했다고 하셨다. 그러나 이러한 이단들은 오래전에 인류 역사에서 사라졌고, 그래서 아버지는 내 학교 친구가 그에 관해 뭔가 알 수 있었다는 게 놀랍다고만 하셨다. 어쨌건 이런 생각을 하지 않도록 스스로 엄하게 경계하라고 하셨다.

제3장

예수와 함께 십자가에 처형된 죄인

나의 유년 시절에 관하여, 아버지와 어머니 곁에서 느꼈던 안전감에 관하여, 부모에 대한 자식의 사랑 그리고 온화하며 사랑스럽고 밝은 환경 속에서 분수에 맞게 태평스레 보냈던 삶에 관하여 아름다운 것, 부드러운 것, 사랑스러운 것들을 얘기할 수 있을 것이다. 그러나 오로지 나 자신에 이르기 위해 삶에서 내디뎠던 행보들만이 나의 관심을 끈다. 아름답기 그지없는 휴식의 시간들, 행복의 섬들, 낙원들은, 내가 그 매력을 모르는 바 아니지만, 모두 원경의 광채 속에 놓아둘 뿐 한 번 더 그곳에 발을 들여놓고 싶은 열망은 없다.

그렇기 때문에 소년기 얘기를 하는 한에서, 나는 오로지 내게 일어났던 새로운 것만을, 나를 앞으로 내몰았고 나를 떼어냈던 경험들만을 얘기할 것이다.

이러한 자극들은 언제나 '다른 세계'로부터 왔으며, 그것은 언제나 두려움과 강요 그리고 양심의 가책을 동반했다. 그건 언제나 혁명적이었으며 내가 흔쾌히 머물렀을 평화를 위협하였다.

내 속에 살고 있는 원초적 충동을 새로이 발견해야 하는 시절이 내게로 다가왔다. 그 충동은 허락된 밝은 세계 속에 은거하며 몸을 숨기고 있어야만 했다. 모든 사람들에게 그렇듯이 내게도 천천히 깨어나던 이 성적 감정은 적이자 파괴자로서, 금지된 것으로서, 유혹이자 죄로서 느껴졌다. 나의 호기심이 추구했던 것, 내게 꿈과 욕망과 두려움을 일으켰던 것, 사춘기의 엄청난 비밀, 그건 나의 유아적 평화라는 잘 보호된 행복에는 도무지 맞지가 않았다. 나는 모든 사람들처럼 행동했다. 더 이상 어린아이가 아니면서 어린아이인 척하는 이중생활을 끌어간 것이다. 나의 의식은 친숙한 것과 허락된 것 속에 살았으며, 나의 의식은 동트며 올라오는 새로운 세계를 부정했다. 하지만 그와 더불어 나는 꿈과 충동과 은밀한 종류의 욕망들 속에서도 살았는데, 이들 위로 저 의식적인 삶은 점점 더 불안해지는 다리를 놓았다. 그건 내 속에 있는 아이의 세계가 무너졌기 때문이다. 거의 모든 부모들처럼 내 양친께서도 입 밖에 내지 못하는, 저 깨어나는 생명의 충동들에 도움을 주지 못하셨다. 현실을 부정하고 점점 더 비현실적이고 점점 더 거짓으로 변한 어린이의 세계 속에 머물러 있고자 했던 나의 가망 없는 시도들에 부모님은 한없는 세심함으로 여력을 보탤 뿐이었다. 부모가 이런 일에서 많은 일을 할 수 있는 건지 난 모르겠다. 그래서 내 부모님께 아무 비난도 하지 않는다. 나 자신을 이겨내고 나의 길을 찾는 것은 내게 속한 일이었다. 난 행실 바른 대부분의 아이들이 그러듯 내 일을 잘 해내지 못했다.

사람은 누구나 이런 어려움을 겪는다. 보통 사람들에게 이것은 자기 삶의 요구가 주변 세계와 가장 격렬한 싸움에 빠져들고, 앞으로 나아갈 길을 가장 치열하게 싸워 쟁취해야 하는 그 삶의 지점이다. 많은 사람들이 우리의 운명인 죽음과 새로운 탄생을 생애 딱 한 번, 이때 경험한다. 유년기가 썩어 문드러지고 서서히 붕괴하는 이 시기에, 익숙해진 모든 것이 우리를 떠나고자 하며 우리가 문득 고독과 우리를 둘러싼 우주 공간의 치명적인 냉기를 느낄 때 말이다. 매우 많은 사람들이 영원히 이 낭떠러지에 매달려 있으며, 다시는 되돌릴 수 없는 과거에, 모든 꿈들 가운데 가장 나쁘고 가장 살인적인 이 잃어버린 낙원의 꿈에 평생을 고통스럽게 달라붙어 있다.

그 이야기로 되돌아가자. 내게 유년기의 종말을 알려온 감각들과 꿈의 형상들은 얘기할 만큼 중요하지 않다. 중요한 것은 다름 아니라 그 '어두운' 세계, 그 '다른' 세계가 다시 등장했다는 것이다. 한때 프란츠 크로머의 형상을 띠었던 것이 이제는 나 자신 속에 있었다. 그리하여 그 '다른' 세계는 외부로부터도 나에 대한 지배력을 되찾았다.

크로머 사건 이후 여러 해가 지나갔다. 내 인생의 저 극적이고 죄 많던 시절은 당시 저만치 멀리 놓여 있었고, 마치 짧은 악몽처럼 소멸한 듯이 보였다. 프란츠 크로머는 오래전에 내 삶에서 사라졌고, 그가 나를 언젠가 한 번 마주쳤어도 난 그에게 거의 신경을 쓰지 않았다. 그러나 내 비극의 다른 주요 인물이었던 막스 데미안은 내 주변에서 싹 사라지진 않았다. 그는 오래도록 멀리 주변에 서 있었고, 눈에 띄었어도 아무 영향력도 행사하지 않았다. 그는 점차 다시 가까이 다가왔으며 다시금 힘과 영향력을 발휘하였다.

그 시절 데미안에 관해 내가 무엇을 알고 있었는지 생각해보려고 한다. 아마 1년이나 더 오래 그와 한 번도 얘기한 적이 없었을지도 모른다. 나는 그를 피했고 그는 절대 치근대지 않았다. 한 번쯤 우리가 마주쳤을 때 그는 내게 고개를 끄덕여 보였다. 그의 친절함 속에는 비웃음이나 혹은 비꼬는 듯한 비난의 섬세한 울림이 들어 있다는 생각이 간간이 들기도 했지만 그건 나의 상상이었을지도 모른다. 내가 그와 함께 겪었던 사건, 그리고 그가 당시 내게 끼쳤던 그 기묘한 영향력은 그에게나 내게나 잊혀진 듯했다.

　나는 그의 모습을 찾아본다. 그리고 그의 모습을 생각해 내려는 지금 그가 실은 거기 있었으며 내 눈에 띄었던 것을 알아차린다. 그가 학교에 가는 모습이 보인다. 혼자서 혹은 더 큰 다른 학생들 틈에 끼여서, 그리고 낯설게, 고독하게, 고요히, 마치 별처럼 그들 사이에서 움직이고 있는 것을 본다. 자기 고유의 공기에 둘러싸여, 자기 고유의 법칙 아래 살면서 말이다. 아무도 그를 좋아하지 않았으며, 아무도 그와 친하지 않았다. 오로지 그의 어머니만이 그랬는데, 그는 어머니와도 어린아이가 아니라 어른처럼 교제하는 것 같았다. 선생님들은 그를 가능하면 내버려 두었고, 그는 모범적인 학생이었으나 누구의 마음에도 들려고 하지 않았다. 오래전부터 우리는 소문으로 그가 어느 선생님에게 했다는 말한마디나 주석이나 말대꾸에 관해 들었다. 그건 더 이상 바랄 나위 없는 무뚝뚝한 도전과 아이러니였다.
　나는 눈을 감고 생각해본다. 그러자 그의 형상이 떠오르는 게 보인다. 어디였던가? 그래, 이번엔 다시 거기다. 우리 집 앞의 골목길이다. 나는 어느 날 그가 거기 서 있는 것을 보았다. 메모장을 손에 들고서. 그리고 그가 스케치를 하는 것을 보았다. 그는 우리 집 문 위에 있는, 새의 형상이 새겨진 오래된 문장을 스케치하고 있었다. 난 창가에서, 커튼 뒤에 몸을 숨기고 선 채 그를 지켜보았다. 깊은 놀라움을 느끼며 그의 주의 깊고 침착하고 환한 얼굴이 문장을 향해 있는 것을 보았다. 그건 어른의 얼굴, 연구자의 얼굴 또는 예술가의 얼굴로서 우월하고 의지에 가득 차 있었고 이상하리만치 환하고 침착했으며 지자의 눈을 지녔다.

다시 그가 보인다. 얼마 지나지 않아 거리에서였다. 우리는 모두 거기 서 있었다. 학교에서 돌아오는 길이었고 쓰러진 말을 둘러싸고 있었다. 말은 여전히 수레에 매인 채 농부의 마차 앞에 뻗어 있었고, 뭔가 구하듯이, 애절하게 공중에 콧구멍을 열고서 숨을 가쁘게 헐떡였다. 보이지 않는 상처에선 피가 흘러내려 그의 옆구리 쪽 희뿌연 거리의 먼지가 점차 거무스레 물들어갔다. 메스꺼움을 느끼며 내가 그 장면에서 몸을 돌렸을 때 나는 데미안의 얼굴을 보았다. 그는 앞으로 밀고 나가지 않고 맨 뒤에 서 있었다, 그의 본질에 속하는 편안하고 상당히 우아한 자세로. 그의 눈길은 말의 머리를 향해 있는 듯했으며, 다시금 깊고, 고요하고 거의 광적이면서도 정열이 배제된 주의력이 거기 깃들어 있었다.

나는 그를 오랫동안 쳐다보지 않을 수 없었다. 당시엔 아직 의식은 못 했으나 뭔가 매우 독특한 것을 느꼈던 거다. 나는 데미안의 얼굴을 보았다. 그가 소년의 얼굴이 아니라 어른의 얼굴을 하고 있는 것만 본 게 아니다. 그보다 더 많은 것을 보았는데, 어른의 얼굴도 아닌 뭔가 다른 것을 보았거나 혹은 감지했다고 나는 생각했었다. 여성의 얼굴에 있는 뭔가도 있는 것 같았고, 특히나 이 얼굴은 한순간 어른 같거나 아이 같지도 않고, 늙거나 젊지도 않고, 어딘지 모르게 천년의 세월을 지닌, 어딘지 모르게 나이를 초월한, 우리가 살고 있는 것과 다른 시간대의 표시를 지닌 것 같았다. 동물들은 그렇게 보일 수 있다, 또는 나무나 별들은. 당시 나는 지금 내가 어른이 되어 말하고 있는 것을 몰랐으며, 정확히 느끼지는 못했지만, 뭔가 유사한 것은 느꼈다. 어쩌면 그는 아름다웠을지도, 어쩌면 내 마음에 들었을지도, 어쩌면 내 마음에 거슬렸을지도 모른다. 그것 또한 결정할 수가 없었다. 내가 본 것은 다만, 그가 우리와는 다르다는 것, 그가 동물이나 혹은 어떤 정신이나 혹은 어떤 형상 같다는 것뿐이다. 그가 어땠었는지는 모르겠다. 그러나 그는 달랐고, 우리 모두와는 생각할 수 없을 정도로 달랐다.

기억이 얘기하는 건 이것이 전부다. 그리고 어쩌면 이것도 일부는 나중에 받은 인상에서 나온 것일지도 모른다.

몇 살 더 나이를 먹고 나서야 나는 마침내 다시 그와 좀 더 가까이 교제하게 되었다. 데미안은 관례가 요구하는 대로 동기생들과 함께 교회에서 견진성사를 받지 않았다. 그러자 이에 관해서도 곧바로 다시 소문이 줄을 지었다. 학교에서 다시 들려온 바에 따르면 그가 원래 유대인이라거나, 또는 그게 아니라 이교도라고 했고, 다른 아이들은 그와 그의 어머니 둘 다 종교가 없거나 아니면 어떤 터무니없고 유해한 교파에 속해 있다고 했다. 이와 관련해서 나는 그가 어머니와 연인같이 살고 있다는 의혹의 말을 들은 적이 있었던 것 같다. 아마 그는 여태까지 아무 종파 없이 양육되었고, 이젠 그것이 그의 장래에 어떤 피해가 될지도 모른다는 걱정을 불러온 상황이었던 듯하다. 어쨌든 그의 어머니는 그의 동갑내기들보다 2년이나 늦은 지금 데미안이 견진성사를 받도록 결정하셨다. 그래서 이제 수개월에 걸친 견진성사 수업에서 그는 나와 동기가 되었다.

한동안 나는 그와의 관계를 일절 삼갔고 그와 연루되지 않으려고 했다. 그는 너무도 소문과 비밀에 둘러싸여 있었다. 그러나 무엇보다도 크로머 사건 이후 내게 남아 있던 의무감이 나를 방해했다. 그리고 바로 그 시기 나는 나 자신의 비밀과 씨름하는 일만으로도 충분했다. 당시 내게 견진성사 수업은 성적인 일의 결정적인 깨달음의 시기와 맞아떨어졌다. 그래서 경건한 교리에 대한 내 관심은, 의도는 좋았지만 매우 큰 제약을 받았다. 성직자가 말하는 내용은 내게서 한참 멀리 떨어져, 고요하고 성스러운 비현실성 속에 놓여 있었다. 그건 아마 무척 아름답고 가치 있는 것일 테지만 조금도 현실성을 띠거나 흥분되지 않았다. 그런데 저 다른 일들이야말로 최고로 나를 흥분시키는 것이었다.

이런 상태가 나를 수업에 점점 더 무관심하게 만들수록 내 관심은 다시 막스 데미안에게 점점 더 다가갔다. 무엇인가 우리를 연결시키고 있는 것 같았다. 나는 이 끈을 가능한 한 정확하게 추적해봐야 한다. 내가 기억해낼 수 있는 한, 그건 교실에 아직 불이 켜져 있던 어느 이른 아침의 수업 시간에 시작되었다. 우리 성직자 선생님께서 카인과 아벨의 이야기를 하셨다. 나는 거의 주의하지 않았고 졸면서 듣는 둥 마는 둥 했다. 이때 목사님께서 목청을 높이시며 아주 강렬하게 카인의 표시에 관해 말씀하시기 시작했다. 이 순간에 난 일종의 접촉 아니면 경고 같은 것을 느꼈는데, 눈을 들어 올리면서 앞쪽 좌석 줄에서 데미안의 얼굴이 나를 향해 있는 것을 보았다. 밝고도 뭔가 말하는 눈으로, 그 표현은 경멸일 수도 진지함일 수도 있었다. 딱 한순간 그가 나를 바라보았을 뿐이나, 갑자기 난 정신을 차리고 목사님의 말씀에 귀를 기울였고 카인과 카인의 표시에 대해 하시는 말을 들었다. 그러면서 그건 목사님의 가르침처럼 그렇지 않고, 우리는 그걸 다르게도 볼 수 있다는 것을, 거기엔 비판이 가능하다는 자각을 내 맘속 깊이 느꼈다!

이 순간에 데미안과 나는 다시 연결되었다. 그리고 얼마나 이상한가. 영혼 속에 어떤 깊은 동질성의 감정이 생기자마자 그게 요술처럼 공간으로도 전이되는 것을 나는 보았다. 그 자신이 직접 그렇게 한 것인지 아니면 순전히 우연이 있었는지는 모르지만—당시 난 우연이라고 확고하게 믿었다—얼마 지나지 않아 데미안은 종교 수업에서 불쑥 자리를 바꾸어 바로 내 앞에 앉았다. 아침 무렵 꽉 찬 교실을 메우고 있는, 빈민 수용소 같은 찌든 공기 속에서 그의 목덜미에서 풍겨 나오는 부드럽고 신선한 비누 냄새를 얼마나 기꺼이 들이마셨던지 아직도 알고 있다! 그는 며칠 후엔 또 자리를 바꾸어 이제는 내 옆에 와 앉았다. 그리고 그 자리에 계속 머물렀다. 겨우내 그리고 이른 봄 내내 말이다.

아침 수업 시간은 완전히 변해버렸다. 그 시간은 더는 졸리고 지루하지 않았다. 나는 그 시간이 오는 게 기뻤다. 우리 둘은 이따금 아주 주의를 기울여 목사님의 말씀을 경청했으며, 나는 옆 친구가 눈길을 한번 주면 그걸로 어떤 특이한 이야기, 어떤 기이한 격언을 알아차리기에 충분했다. 그의 또 다른 눈길은, 그건 매우 단호한 눈길이었는데, 내게 경고를 주기에 내 속에 비판과 의구심을 불러일으키기에 충분했다.

그러나 우리는 너무나 자주 불성실한 학생이 되어 수업 시간에 아무것도 듣지 않았다. 데미안은 줄곧 선생님과 동기생들을 향해 깍듯했으며, 나는 한 번도 그가 남학생들의 어리석은 짓을 하는 걸 본 적이 없었다. 아무도 그가 시끄럽게 웃거나 떠드는 걸 들은 적이 없었으며, 그는 한 번도 선생님의 꾸지람을 들은 적이 없었다. 그러나 그는 아주 은밀하게, 속삭이는 말보다는 신호와 눈길을 더 많이 사용하여 자기가 몰두하고 있는 일에 나를 끌어들일 줄 알았다. 이런 일들의 일부분은 독특한 종류의 것이었다.

가령 그는 학생들 가운데 누가 그의 관심을 끄는지, 그리고 어떤 방식으로 그가 그들을 연구하는지 내게 말해주었다. 그는 여러 아이들을 아주 정확하게 알고 있었다. 수업 시간 전에 그가 말했다. "내가 너에게 엄지손가락으로 신호를 보내면, 저 애와 저 애가 우리를 쳐다보게 될 거야, 아니면 목덜미를 긁을 거야" 하는 것 등을. 그러다 수업 시간에, 내가 자주 그 생각을 거의 잊어먹고 있을 때면, 막스가 갑자기 눈에 띄는 동작으로 내게 엄지손가락을 보였고 나는 재빨리 그가 가리킨 학생 쪽을 바라보았으며, 매번 그 애가 마치 철삿줄에 끌리듯 요구된 몸짓을 하는 걸 보았다. 그걸 한 번쯤은 선생님에게도 해봐야 한다고 나는 막스를 졸랐으나 그는 하려 들지 않았다. 그러나 한번, 내가 수업에 들어와 그에게 오늘은 숙제를 해오지 않았고 목사님께서 오늘은 아무것도 묻지 않으면 한다고 말하자, 그는 나를 도와주었다. 목사님은 교리문답서의 한 구절을 암송할 학생을 찾으셨는데, 둘러보시던 목사님의 눈이 죄의식이 깃든 내 얼굴 위에 머물렀다. 목사님은 천천히 다가오셔서 손가락을 내게로 뻗으시며 내 이름을 입에 올리려던 참이었다. 그때 목사님은 불현듯 산만하거나 불안해졌고, 옷깃을 잡아당기더니 자신의 얼굴을 똑바로 쳐다보고 있던 데미안에게로 걸어가 그에게 뭔가 물어보려고 하시는 것 같았다. 그러나 놀랍게도 다시 몸을 돌렸고 한동안 기침을 하시더니 다른 학생을 부르셨다.

이 장난이 나를 매우 즐겁게 한 반면, 내 친구가 나한테도 자주 똑같은 놀이를 하고 있다는 것도 차츰 알아차렸다. 학교 가는 길에 나는 홀연히 이런 느낌을 가질 때가 있었다. 데미안이 내 뒤쪽에서 걸어오고 있구나. 그래서 내가 몸을 돌리면 정말로 그가 거기 있었다.

"정말 네가 의도한 것을 다른 사람이 생각하게 만들 수 있는 거야?" 하고 난 그에게 물어보았다.

그는 흔쾌히 알려주었는데, 조용하고도 객관적으로, 어른스러운 그의 방식으로 말이다.

"아니." 그가 말했다. "우린 그렇게 못 하지. 말하자면 인간은 자유의지가 없어. 비록 목사님이 그렇다고 하시더라도. 그분이 원하는 것을 다른 이가 생각할 수도 없고, 또한 내가 원하는 것을 다른 사람에게 생각하게 만들 수도 없지. 하지만 사람은 누군가를 잘 관찰할 수는 있지. 그러면 우린 상당히 정확하게 그가 무슨 생각을 하거나 느끼는지 자주 말할 수 있을 테고, 그러면 대부분 그가 다음 순간에는 무엇을 하게 될지도 예측하여 말할 수 있어. 그건 아주 간단해. 사람들이 모를 뿐이지. 당연히 거기엔 연습이 필요하지. 예를 들면 나비들 가운데 어떤 나방들은 암놈이 수놈보다 개체 수가 훨씬 적어. 나방들은 다른 동물처럼 생식 행위를 해. 수놈이 암놈을 수정시키고, 그러면 암놈은 알을 까지. 이제 네게 이 나방 중에서 암놈이 하나 있다고 해보자. 자연과학자들이 자주 해본 것인데, 밤에 수놈 나방들이 이 암놈에게 날아오는 거야. 몇 시간이나 걸리는 먼 거리를 말이지! 몇 시간 동안이나, 생각해봐! 수 킬로미터 떨어진 거리에서 이 수놈들 모두가 그 지역에 있는 단 한 마리 암놈의 존재를 느낀다는 걸! 사람들은 이 현상을 해명해보려 하지만 어려운 일이지. 일종의 후각이나 뭐 그런 것이 있어야 할 거야. 말하자면 훌륭한 사냥개가 눈에 안 보이는 흔적을 발견하고 추적할 수 있는 것처럼. 알아듣겠니? 그게 그런 일들이야. 자연은 그런 걸로 가득 차 있어. 그리고 아무도 그걸 해명할 수 없지. 자, 그런데 난 이렇게 말하지. 만일 이 나비류에서 암놈이 수놈처럼 흔했다면, 수놈들은 바로 그 섬세한 코를 갖지 못했을 거라고! 그들이 그런 코를 갖게 된 건 거기에 훈련이 되었기 때문일 뿐이지. 만일 동물이나 인간이 어떤 특정한 일에 자신의 모든 주의력과 의지를 집중시킨다면, 그걸 해내. 그게 다야. 네가 말한 바도 정확히 바로 그거야. 어떤 사람을 충분히 세심하게 바라봐. 그럼 너는 그에 관해 그 자신보다 더 많이 알게 될 거야."

'생각 읽기'라는 말이 혀끝에서 돌며 나오지 않았다. 그 말은 오래전에 있었던 크로머와 관련된 일들을 그에게 상기시킬 것이었다. 그런데 이 역시 지금 우리 둘 사이에 있는 특이한 점이기도 했다. 즉 데미안이나 나나 그가 몇 년 전 한 번 내 삶에 아주 중대한 영향을 끼친 적이 있다는 사실을 약간의 암시라도 하는 일이 절대, 단 한 번도 없었던 거다. 그건 마치 이전에 우리 둘 사이에 아무 일도 없었거나 혹은 제각기 상대가 그걸 잊어버렸다고 확고히 믿고 있는 것 같았다. 게다가 한 번인가 두 번 정도 우리가 함께 거리를 걷다가 프란츠 크로머와 마주친 일도 있었다. 하지만 우리는 눈길 한 번 주고받지 않았고 그 애에 관해 아무 말도 하지 않았다.

"그러면 의지는 어떻게 되는 건데?"라고 내가 물었다. "사람은 자유의지가 없다고 너는 말하지. 그리고 나선 다시, 사람은 자기 의지를 남김없이 무언가에 집중시키면 된다고, 그러면 목적에 이를 수 있다고 말하지. 말이 맞지 않잖아. 만일 내가 내 의지의 주인이 아니라면 난 의지를 맘대로 거기나 저기로 향하게 할 수 없지."

그는 내 어깨를 톡톡 쳤다. 내가 그를 기쁘게 하면 늘 그렇게 했었다.

"질문을 하다니, 훌륭해!" 그가 웃으면서 말했다. "사람은 언제나 물어야 하고 항상 의심해야 하지. 그런데 그 일은 아주 간단해. 만일 나방이 예를 들어 별이나 어딘가 딴 곳으로 자기 의지를 집중시키려 한다면 그걸 해낼 수 없을 거야. 오로지―나방은 그런 시도는 아예 하지도 않겠지―그는 자신에게 의미와 가치가 있는 것만을, 그가 필요로 하는 것만을, 그가 무조건 가져야만 하는 것만을 추구하지. 바로 그때 믿을 수 없는 일도 해내는 거야. 나방은 그들 외의 다른 동물들에겐 없는 불가사의한 제6의 감각을 발전시킨 거라고! 우리 같은 사람은 동물보다 활동의 여지가 좀 더 많아, 확실히, 관심거리도 더 많고. 그러나 우리 역시 비교적 상당히 좁은 영역 안에 갇혀 있고 그걸 넘어설 수는 없어. 난 당연히 이런저런 상상을 해볼 수 있겠지. 가령 무슨 일이 있어도 북극에 가겠다거나 뭐 그런 거 말이야. 그런데 그 소망이 완전히 나 자신 속에 놓여 있을 때, 정말로 내 존재가 남김없이 그 소망으로 채워져 있을 때만 나는 그걸 실행하고 충분히 강하게 원할 수가 있어. 그런 경우가 되어 네가 맘속에서 우러나오는 명령을 시험해보면 그것은 이루어질 것이고 그럼 너는 네 의지를 좋은 말처럼 조종할 수 있게 되지. 예를 들어 내가 지금 우리 목사님이 앞으로는 안경을 끼지 않게 만들고 싶어한다면, 그건 되지 않지. 그건 장난에 불과하거든. 그러나 그 당시 가을에 말이야, 내가 저 앞쪽 자리에서 옮기고 싶다는 확고한 의지를 느꼈을 땐 아주 잘 됐어. 그때 난데없이 한 아이가 나타났지. 그 애는 알파벳순으로 내 앞이었는데 그때까지 아파서 쉬었던 거야. 이제 누가 그에게 자리를 만들어줘야 했는데 내가 그걸 한 거지. 내 의지는 즉시 그 기회를 잡을 준비가 되어 있었으니까."

"그렇구나"라고 나는 말했다. "그건 당시 내게도 아주 묘한 일이었거든. 우리가 서로에게 관심을 가진 그 순간부터 네가 내게 점점 더 가까이 다가왔어. 그런데 어찌 된 일이지? 처음에 넌 바로 내 옆자리로 오진 않았어. 너는 먼저 내 앞자리에 몇 번 앉았었지, 안 그래? 그건 어떻게 된 거지?"

"그건 이렇게 된 거야. 내가 처음 자리에서 떠나고자 열망

했을 때, 어디로 가려는 건지 나 자신도 제대로 몰랐어. 내가 아는 건 단지 훨씬 뒤쪽에 앉고 싶다는 것뿐이었어. 내의지는 너에게 가는 것이었는데, 그게 내겐 아직 의식되지 않았던 거지. 동시에 너의 의지가 함께 작동하면서 나를 도왔어. 네 앞자리에 앉았을 때야 비로소 난 내 소망이 겨우 반쯤 이루어진 걸 알았지. 본래부터 네 옆에 앉는 것 말고는 다른 욕구가 없다는 걸 깨달았거든."

"근데 그 당시엔 새로 온 학생이 없었잖아."

"그렇지. 하지만 당시 나는 원한 걸 그냥 해버렸어. 곧바로 네 옆에 가서 앉았지. 나와 자리를 바꾼 그 애는 놀라긴 했지만 내가 그러도록 내버려 두었어. 목사님은 거기에 어떤 변화가 있다는 걸 한번 느끼긴 하셨지. 나를 상대해야 할 때마다 뭔가 그분을 몰래 괴롭혔지. 목사님은 내 이름이 데미안이라는 걸 아셨고, 내가 내 성에 있는 D자를 갖고 저기한참 뒷자리의 S자들 사이에 앉아 있는 게 잘못되었다는 걸 아신 거야! 그러나 그건 그분의 의식까지 파고들지 못했는데, 내 의지가 그것에 저항하고 또 목사님이 의식하지 못하게 내가 번번이 방해했기 때문이지. 목사님은 뭔가 잘못됐다는 걸 거듭 느끼시고, 나를 바라보며 연구하기 시작하시지, 선량하신 선생님. 그때 내가 쓰는 수법은 아주 단순한 거야. 난 매번 목사님의 눈을 아주 똑바로 바라보지. 거의 모든 사람들이 그걸 잘 못 견뎌내. 모두 불안해지거든. 만일 네가 누군가에게서 뭔가 이루고자 한다면 불쑥 그의 눈 속을 똑바로 바라봐. 그래서 그가 전혀 불안해하지 않으면, 포기해! 그런 사람에게선 아무것도 얻을 수 없어, 결코! 하지만 그건 아주 드물어. 따지고 보면 그게 안 통하는 사람은 딱 한 명만 알아."

"그게 누군데?" 하고 난 재빨리 물어보았다.

그는 뭔가 생각에 잠길 때 그러듯 좀 작아진 눈으로 나를 바라보았다. 그러곤 눈을 딴 데로 돌리더니 대답하지 않았다. 호기심이 강렬했지만 나는 다시 물어볼 수 없었다.

그러나 내 생각에 그는 당시 자기 어머니를 말했던 것 같다. 그는 어머니와 매우 밀접한 관계 속에 살고 있는 것 같았지만, 내게 한 번도 어머니에 관해 말한 적이 없으며 나를 집으로 데려간 적도 없었다. 난 그의 어머니가 어떤 모습인지 거의 몰랐다.

당시 난 때때로 그를 흉내 내어 내 의지를 뭔가에 몰입시켜 꼭 이루려는 시도들을 해보았다. 내가 보기엔 충분히 절박한 소망들이 있었다. 그런데 아무 일도 없었고 이뤄지지 않았다. 그것에 관해 데미안과 말할 수는 없었다. 내가 뭘 원하는지 그에게 털어놓을 수 없었던 거다. 그리고 그도 묻지 않았다.

종교 문제에 있어 그사이 나의 신앙심엔 많은 틈이 생겨났다. 하지만 나는 철저히 데미안에게서 영향을 받은 나의 사고 속에서, 완전한 무신앙을 보이던 내 동급생들과 나를 완연히 구분하였다. 그런 애들이 몇몇 있었다. 그 애들은, 신을 믿는다는 것은 우스꽝스럽고 인간의 존엄성을 해치는 일이라는 말도 했다. 또한, 삼위일체설이라거나 예수의 티 하나 없는 탄생에 관한 이야기들은 그야말로 웃기는 일이며, 오늘날에도 이런 잡동사니를 갖고 떠벌리며 다니는 건 수치라고 했다. 난 결코 그렇게 생각하지 않았다. 내가 의심을 품은 곳에서도 난 내 유년기의 전 체험으로부터, 가령 우리 부모님이 사신 것처럼, 경건한 삶의 현실에 관해 충분히 알고 있었고 이것이 뭔가 위엄을 손상시키는 일도 아니고 위선적이지도 않다는 것을 알고 있었다. 오히려 난 종교적인 것 앞에서 여전히 가장 깊은 경외심을 느꼈다. 다만 데미안은 내가 종교적 이야기들과 교리들을 더 자유롭게, 더 개인적으로, 더 유희적으로, 더 상상력을 발휘해서 보고 해석하는 데 익숙하게 해줬을 뿐이다. 나는 적어도 그가 피력한 해석들을 늘 기꺼이 그리고 만끽하면서 따랐다. 사실 많은 것들이 내겐 너무 준엄했는데, 카인의 이야기도 그랬다. 한번은 그가 견진성사 수업 시간에 어쩌면 훨씬 더 대담하기까지 한 해석으로 나를 놀라게 했다. 선생님은 골고다에 관해 말씀하신 참이었다. 구세주의 수난과 죽음에 관해 보고하는 성서의 이 내용은 가장 어린 시절부터 내게 깊은 인상을 남겼다. 때때로 나는 그리스도 수난의 날 같은 때에 아버지가 그 수난사를 읽어주시고 나면, 어린 소년으로서 마음 깊숙이, 감동에 사로잡혀 이 고통에 차도록 아름답고 창백하고 으스스하면서도 엄청나게 생기 넘치는 세계 속에, 겟세마네와 골고다 언덕에서 살았다. 그리고 바흐의 〈마태수난곡〉을 들을 때면 온갖 신비스러운 전율을 일으키는 이 비밀에 가득 찬 세계의 암담하도록 강력한 고통의 광채가 내 존재를 가득 채워 흘러넘쳤다. 오늘날에도 난 여전히 이 음악에서 그리고 '악투스 트라지쿠스(Actus tragicus)'*에서 모든 시문학과 모든 예술적 표현력의 정수를 발견한다.

그런데 그 수업 시간 말미에 데미안이 생각에 잠긴 얼굴로 내게 말했다.

"싱클레어, 거기 뭔가 내 마음에 안 드는 게 있어. 그 이야기를 한 번 더 읽어봐. 그리고 혓바닥에 올려놓고 음미해봐. 뭔가 김빠진 맛 나는 게 거기 있어. 바로 그 두 명의 죄인

---

* 요한 제바스티안 바흐의 칸타타. 〈하느님의 시간은 최상의 시간이다〉, BWV 106.

이야기 말이야. 세 개의 십자가가 언덕 위에 나란히 서 있다니, 얼마나 대단해! 그런데 말이야, 올곧은 죄인이 나오는 이 감상적인 교리서 이야긴 뭐냐고! 먼저 그는 범죄자였고 나쁜 짓들을 했지. 하늘이 다 알지. 그런데 이제 그의 마음이 녹아들어 그런 눈물겨운 개심과 후회의 축하연을 벌이다니! 무덤에서 두 발자국 떨어져서 하는 그런 후회에 무슨 의미가 있는 거지? 말 좀 해봐. 그건 진짜로 성직자들이 만들어낸 이야기에 불과해. 감동의 버터와 기껏해야 교화적 배경을 가진 달짝지근하고 부정직한 이야기야. 만일 네가 오늘날 두 악한 중 한 명을 친구로 택해야 하거나 둘 중 누구를 신뢰할 수 있을지 고민한다면, 이 눈물 흘리며 회개하는 자는 분명 아닐 거야. 아니지, 다른 죄인을 고르겠지. 그자는 사나이고 굳건한 성격을 가졌어. 그는 자기 처지에선 그야말로 듣기 좋은 잡담에 불과할 수 있는 회개 따윈 아랑곳하지 않지. 그는 끝까지 제 길을 가고, 비겁하게 마지막 순간에 그때까지 자기를 도와주어야 했던 악마와 결별을 선언하진 않아. 그는 굳건한 성격을 가진 자이고, 성격이 굳건한 사람들은 성경 이야기에서 곧잘 등한시돼. 어쩌면 그 역시 카인의 후예일지 몰라. 그렇게 생각하지 않니?"

나는 소스라치게 놀라고 말았다. 십자가형에 관한 이야기는 내가 완전히 정통해 있다고 믿었는데 이제야 비로소 내가 얼마나 주관 없이, 얼마나 표상 능력과 상상력 없이 그 이야기를 듣고 읽어왔는지 알게 되었다. 그럼에도 내게 데미안의 새로운 생각은 치명적으로 들렸고, 그 지속성을 중히 여겨야 한다고 믿어왔던 내 속의 개념들을 당장에라도 뒤엎을 듯했다. 아니, 그렇게 갑자기 모든 것과 모든 사람을, 가장 성스러운 것까지도 부당하게 다룰 수는 없었다.

"나도 알고 있어"라고 그가 체념 조로 말했다. "그건 오래된 이야기지. 심각하게 받아들이지 마! 그래도 네게 뭔가 말해주고 싶은데, 여기가 이 종교의 결점을 아주 분명하게 볼 수 있는 지점들 가운데 하나야. 구약에서건 신약에서건 이 완전한 하느님은 뛰어난 인물이긴 하지만 그가 원래 나타내야 하는 모습은 아니라는 게 문제야. 하느님은 선한 것, 고결한 것, 부성적인 것, 아름답고 또 숭고한 것, 감상적인 존재지. 정말 그대로야! 하지만 세상은 다른 것으로도 이루어져 있거든. 그런데 그건 모두 그냥 악마에게 전가되고 말지. 그래서 세상의 이 일부는 이 반쪽 전체는 숨겨지고 완벽히 묵살되고 마는 거야. 그들은 하느님을 모든 생명의 아버지로서 칭송하면서, 생명이 기초하고 있는 모든 성생활은 그냥 묵살하고, 가능한 악마의 것으로, 죄가 있는 것으로 설명한단 말이지! 난 사람들이 이 여호와 하느님을 숭배하는 데 반대하지 않아, 조금도. 하지만 내 말은 우리는 모든 것을 숭배하고 성스러운 것으로 봐야 한다는 거야. 이 인위적으로 분리되고 공인된 반쪽만이 아니라 세상 전부를 말이야! 그러므로 우린 신에게 드리는 미사 외에 악마에게도 미사를 올려야 할 거야. 난 그게 맞다고 생각해. 아니면 악마도 포함하고 있는 신을 만들어내든가. 그래서 세상의 가장 자연스러운 일들이 일어날 때 우리가 그 앞에서 눈을 꼭 감지 않아도 되게 말이야."

그는 자기 본성과 달리 거의 격렬해져 있었다. 그러나 곧이어 다시 미소를 지었고 더 이상 나에게 강요하지 않았다.

그런데 그의 말은 내 전 소년기의 비밀을 알아맞혔다. 내가 언제나 마음속에 지니고 있었고 누구에게도 한 마디 입밖에 내지 못했던 그 비밀을. 데미안이 그때 신과 악마에 관해, 공인된 신적인 것과 묵인된 악마적인 세계에 관해서 했던 말은 정말이지 바로 나 자신의 생각이었다. 나 자신의 신화, 두 세계 혹은 세상의 반쪽들, 밝은 세계와 어두운 세계에 관한 생각 말이다. 내 문제가 모든 인간의 문제요, 모든 삶과 사고의 문제라는 인식이 갑작스레 성스러운 그림자처럼 내 머릿속을 스치고 지나갔으며 나의 가장 고유하고도 개인적인 삶과 생각이 거대한 사상의 영원한 흐름에 얼마나 깊이 동참하고 있는가를 보고 또 확 느꼈을 때, 공포와 경외심이 나를 사로잡았다. 어쨌건 이 깨달음은, 내게 확증을 주고 나를 행복하게는 해주었지만 기쁨을 주진 않았다. 그건 가혹했고 거친 맛이 났다. 그 안엔 책임의 울림이, 더 이상 아이여서는 안 된다는 울림이, 홀로서기의 울림이 담겨 있었기 때문이다.

내 생에 처음으로 그토록 깊은 비밀을 털어놓으면서, 나는 유년의 날부터 품어온 '두 세계'에 대한 생각을 내 친구에게 얘기했다. 그는 내 마음속 가장 깊숙이 그에게 찬동하며 그를 인정한다는 걸 곧바로 알아차렸다. 그러나 그런 걸이용하는 건 그의 본성이 아니었다. 그는 지금까지 보여줬던 것보다 더 주의 깊게 내 말에 귀를 기울였고, 내 눈 속을 들여다보고 있었다. 그의 눈빛 속에서 다시금 이 기이하고도 동물적인 무시간성을 상상할 수 없는 나이를 보았기 때문에 내가 눈길을 돌려야 했을 때까지.

"우리 다음번에 그 얘기 좀 더 하자"라고 그가 조심스럽게 말했다. "보아하니 너는 누군가에게 말할 수 있는 것보다 더많은 생각을 하네. 그렇다면 넌 네가 생각한 것을 한 번도 온전히 살아보지 못했다는 것도 알 거야. 그건 좋지 않아. 우리가 살아내는 생각만이 가치가 있어. 너의 '허락된 세계'가 세계의 반쪽에 불과하다는 걸 넌 알았고, 그리고 다른 반쪽은 숨기려고 했던 거지. 목사님인 선생님들이 그렇게 하시듯이 말이야. 네겐 그게 잘 안 될 거야. 일단 생각하기 시작하면, 그건 누구에게도 잘 안 되지."

그 말은 내게 깊이 와 닿았다.

"하지만." 나는 소리를 지르다시피 했다. "정말로, 그리고 실제로 금지되고 추한 일들도 있긴 하잖아. 너도 그걸 부인할 순 없을 거야! 그런 일들은 뭐라고 해도 금지된 것이고 우린 그걸 포기해야 하지. 살인과 있을 법한 모든 죄악들이 세상에 존재한다는 거 난 알아. 하지만 단순히 그런 게 있기 때문에 내가 거기 가서 범죄자가 되어야 하는 거야?"

"우린 오늘 이 얘기의 끝을 못 낼 거야"라고 막스가 나를 진정시켰다. "당연히 넌 사람을 때려죽이거나 소녀들을 재미로 죽여서는 안 되지. 안 되고말고. 그러나 넌 아직 정말로 뭐가 '허락되고', '금지된' 건지 이해할 수 있는 경지에는 이르지 못했어. 이제 겨우 진실의 일부를 알아챈 참이야. 다른 게 더 따르지. 기대해봐! 지금 예를 들면, 넌 한 1년 전부터 네 속에서 다른 모든 것보다 더 강렬한 어떤 충동을 느껴왔을 거야. 그런데 그건 '금지된' 것으로 통하거든. 반대로 그리스인이나 수많은 다른 민족들은 이 충동을 하나의 신적 존재로 만들었고, 거대한 축제를 베풀며 경배를 올리지. 그러니까 '금지되었다'라는 건 영원한 게 아니라 바뀔 수 있다는 말이야. 오늘날에도 누구든 여자와 잠을 자도 되지. 그가 여자와 목사님을 찾아가 결혼하자마자 가능하지. 다른 민족들에게는 그게 달라. 오늘날에도 여전히 달라. 그렇기 때문에 우리는 무엇이 허락되고 무엇이 자신에게 금지되어 있는지, 각자 스스로 알아내야만 해. 사람은 단 한 번도 금지된 일을 하지 않고도 엄청난 악당일 수 있어. 마찬가지로 그 반대일 수도 있고. 따지고 보면 그건 오로지 편함의 문제야! 스스로 생각하고 스스로 자기의 재판관이 되기에 너무 안일한 자는 금지된 거라면 그게 어쨌던 바로 그걸 받아들이지. 그게 그에겐 편한 거야. 다른 이들은 스스로 자기 맘속에서 계명을 느껴. 이들에겐 모든 신사들이 매일 하는 것이 금지된 일이야. 이들에겐 보통 땐 터부시되는 다른 일들이 허락되지. 누구나 알아서 홀로 서야 해."

그는 말을 너무 많이 한 걸 불현듯 후회하는 듯했고 그래서 말을 멈추었다. 이미 그 당시에 나는 감각으로 어느 정도 그가 그때 무엇을 느꼈는지 이해할 수 있었다. 그렇듯 편안하고, 겉보기엔 경솔하게 자신의 생각들을 늘어놓는 것 같았지만 데미안은 언젠가 말했듯이 '오로지 말하기 위해' 하는 대화를 죽도록 싫어했다. 그런데 그는 내게서 진정한 관심 말고도 너무 과한 유희, 기지 넘치는 수다에서 느끼는 너무 과한 기쁨 같은 것, 한마디로 완전한 진심의 결핍을 느꼈던 것이다.

"완전한 진심." 내가 썼던 마지막 단어를 읽자니, 다른 장면이 홀연히 머릿속에 떠오른다. 그건 내가 막스 데미안과 아직도 반은 유아적인 그 시기에 체험했던 것 중 가장 인상적인 장면이다.

우리의 견진성사 날이 다가왔고, 종교 수업의 마지막 시간들은 최후의 만찬을 다루었다. 그게 목사님께는 중요했기에 심혈을 기울이셨으며, 봉헌과 성스러운 분위기 같은 것을 이 시간에 잘 느낄 수 있었다. 그러나 이 마지막 수업의 몇 시간 동안 나의 상념은 다른 것에 매여 있었다. 그건 내 친구의 사람됨이었다. 우리를 교회의 공동체로 영광스럽게 받아들이는 행사인 이 견진성사를 기다리면서, 내겐 약 반 년에 걸친 이 종교 수업의 가치가 우리가 여기서 배운 내용이 아니라 데미안 곁에 있으며 그의 영향에 있다는 생각이 어쩔 수 없이 자꾸만 떠올랐다. 내가 지금 받아들여질 준비가 된 것은 교회가 아니라, 뭔가 완전히 다른 것, 사상과 인격의 교단이었다. 그건 어딘가 지상에 존재하는 게 분명하며, 나는 내 친구를 그 대표자 혹은 사신으로 느끼고 있었다.

난 이 생각을 물리치려고 애썼다. 그 모든 일에도 불구하고 경진성사 축하연을 어느 정도 존엄하게 치르려는 건 나의 진심이었다. 이것은 내가 하는 새로운 생각과 별로 어울리지 않는 것 같았다. 그래도 나는 내가 원하는 바를 하길 바랐고, 생각은 생각대로 존재했으며, 그 생각은 다가오는 교회의 축하연에 관한 생각과 점차 결합하여 갔다. 난 이 축하연을 다른 아이들과는 달리 치를 준비가 되어 있었다. 그건 데미안에게 배워 알게 된 어떤 사상의 세계에 받아들여짐을 뜻해야만 했다.

그 시절 난 다시 한번 그와 생생하게 토론한 적이 있다. 그건 바로 종교 수업 직전이었다. 내 친구는 매우 무뚝뚝했으며, 상당히 시건방지고 잘난 체하는 내 말에 아무 즐거움도 느끼지 못했다.

"우린 말이 너무 많아"라고 그가 여느 때와 다른 진지함을 띠고 말했다. "영리한 말은 아무 가치도 없어, 아무 가치도. 그러면서 사람은 자기 자신에게서 멀어질 뿐이야. 자기 자신에게서 멀어진다는 건 죄지. 우린 거북이처럼 완전히 자기 속으로 기어들어 갈 수 있어야 해."

그에 이어 우린 곧 교실로 들어갔다. 수업이 시작되었고, 나는 주목해 들으려 애썼으며, 데미안은 그런 나를 방해하지 않았다. 한참 후 난 그가 앉아 있는 옆자리로부터 뭔가 독특한 것을 감지했다. 그건 비어 있음 혹은 서늘함 혹은 뭔가 그런 것이었는데, 그건 마치 그 자리가 모르는 새 비어버린 것 같은 느낌이었다. 그 감정이 마음을 조여오기 시작했을 때 난 몸을 돌렸다.

거기에 내 친구가 앉아 있는 것을 보았다. 몸을 곧추세우고, 여느 때와 같은 올바른 자세로. 그러나 그럼에도 그는 보통 때와 완전히 달라 보였다. 그리고 내가 모르는 뭔가가 그에게서 나와 그를 둘러싸고 있었다. 나는 그가 눈을 감고 있다고 믿었지만, 그가 눈을 뜨고 있는 것을 보았다. 그 눈은 그러나 아무것도 보지 않았다. 그건 보고 있는 게 아니라, 움직이지 않았으며 내면 또는 아주 먼 곳을 향해 있었다. 그는 조금도 움직이지 않고 거기 앉아 있었다. 숨도 쉬고 있지 않은 것 같았으며 그의 입은 나무나 돌로 새겨진 것 같았다. 그의 얼굴은 창백했고 한결같이 파리했다. 마치 돌처럼. 갈색의 머리카락이 그의 몸에서 가장 생기 있는 것이었다. 그의 손은 앞에 있는 긴 의자 위에 놓여 있었다. 사물들처럼, 돌이나 열매처럼 생기 없고 고요히, 핏기 없고 움직임도 없이, 그럼에도 늘어진 게 아니라 숨겨진 강력한 생명을 둘러싸고 있는 단단하고 좋은 껍질처럼 말이다.

그 광경은 내게 전율을 불러일으켰다. 그가 죽었구나! 하고 생각하고, 난 그걸 거의 소리 내 말할 뻔했다. 하지만 그가 죽지 않았다는 걸 알았다. 난 그의 얼굴을, 이 창백하고 돌 같은 마스크를 넋을 잃고 바라보고 있었다. 그러면서 난 느꼈다. 이게 데미안이다! 보통 때의 그는, 나와 함께 걸어가고 말할 때의 그는 반쪽의 데미안에 불과했다. 그건 잠시 동안 맡은 역할을 하고, 환경에 적응하고, 호의에서 함께 행동하는 사람이었다. 그러나 진짜 데미안은 이 사람처럼 보였던 것이다. 그렇게 돌처럼 차고, 태곳적의, 동물 같기도 하며 돌 같기도 하고, 아름다우며 차갑고, 죽어 있으며 비밀스럽게 전례 없는 생명으로 가득 차 있는 자. 그리고 그를 둘러싸고 있는 이 고요한 공백, 이 천공과 별들의 공간, 이 고독한 죽음!

지금 그가 완전히 자기 자신 속에 들어가 있다는 걸 난 전율하며 느꼈다. 단 한 번도 난 그렇게 외로워본 적이 없었다. 난 그에게 동참하지 못했고, 그에게 도달할 수 없었다. 그는 내게 이 세상에서 가장 멀리 있는 섬보다도 더 멀리 가 있었던 것이다.

나 이외엔 아무도 그것을 보지 못했다는 게 거의 이해되지 않았다! 모두가 그걸 봐야 했고 모두가 몸을 떨어야 했지 않은가! 그러나 아무도 그에게 주의를 기울이지 않았다. 그는 그림처럼, 내가 생각한 대로였다면, 우상처럼 뻣뻣하게 앉아 있었고, 파리가 한 마리 그의 이마에 앉더니 천천히 코와 입술 위로 내려갔으나 그는 움찔하지도 않았다.

어디에, 그는 지금 어디에 있는 걸까? 뭘 생각하며, 뭘 느끼고 있는 걸까? 그는 어느 하늘에, 어느 지옥에 가 있는 걸까?

그에게 그걸 물어보는 건 있을 수 없는 일이었다. 시간이 끝나갈 무렵 그가 다시 살아서 숨 쉬는 걸 보았을 때, 그의 눈길이 내 눈길과 마주쳤을 때, 그는 예전과 같았다. 그는 어디서 오는 길일까? 그는 어디에 가 있었던 걸까? 그는 피곤해 보였다. 그의 얼굴엔 다시 안색이 돌았고 그의 손은 다시 움직였으나, 이제 갈색의 머리칼은 윤기가 없고 축 처져 보였다.

이후 며칠 동안 난 내 방에서 수차례 새로운 연습에 몰두했다. 의자에 반듯이 앉아 눈을 고정시키고 몸을 꼼짝하지 않은 채 내가 그걸 얼마나 오래 참아내는지, 그러면서 무엇을 느끼게 되는지 기다렸다. 그러나 피곤해졌을 뿐이며 눈꺼풀 속에서 격한 가려움을 느꼈다.

그 이후 곧 견진성사가 있었으나, 그에 관해선 어떤 중요한 기억도 남아 있지 않다.

이제 모든 것이 달라졌다. 나를 둘러싸고 있던 유년기는 무너져 내렸다. 부모님께선 모종의 당혹감을 느끼시며 나를 바라보셨다. 내게 누이들은 완전히 낯설어졌다. 냉담해진 정신은 내게 익숙했던 감정과 기쁨들을 변조시키고 퇴색케 하였다. 정원엔 향기가 사라졌고, 숲은 유혹하지 않았으며, 나를 둘러싼 세상은 마치 오래된 물건의 재고 정리처럼 김빠지고 매력 없이 존재했다. 책들은 종이요, 음악은 소리에 불과했다. 그렇게 어느 가을 나무 주변으로 잎이 떨어지지만, 나무는 그걸 느끼지 못한다. 빗물이 나무를 타고 떨어진다, 아니면 햇살이 아니면 서리가. 그러면 나무 속에서 생명은 서서히 가장 내밀하고 가장 깊숙한 곳으로 물러난다. 그 나무는 죽는 게 아니다. 나무는 기다리고 있다.

　방학이 끝나면 내가 다른 학교로 전학 가고 그래서 처음으로 집을 떠나야 한다는 건 이미 결정된 사실이었다. 때로 어머니는 유난히 자상한 모습으로 내게 다가오셨다. 일찌감치 이별을 고하면서, 내 가슴 속에 사랑과 집에 대한 그리움과 오매불망을 불러일으키려고 애쓰셨다. 데미안은 여행을 떠나고 없었다. 나는 혼자였다.

제4장

베아트리체

내 친구를 다시 보지 못한 채 나는 방학이 끝나갈 무렵에 St.로 떠났다. 부모님께서 따라오셨으며, 갖가지 세심한 신경을 쓰시며 어느 고등학교 교사가 운영하는 남학생 기숙사에 나를 맡기셨다. 앞으로 내가 여기서 어떤 일을 겪게 될지 아셨더라면 부모님께선 놀라 자지러지고 마셨을 것이다.

시간이 지나면서 내가 착한 아들이자 사회가 필요로 하는 시민이 될 수 있을지 아니면 내 천성이 나를 다른 길로 이끌어 갈지, 그것이 여전히 문제였다. 아버지의 집과 정신이라는 그늘 속에서 행복하고자 했던 내 마지막 시도는 오래 지속되었고, 어떨 땐 거의 성공하기도 했지만 결국엔 완패하고 말았다.

견진성사 이후 방학 중에 내가 처음 느끼기 시작한 그 이상한 공허감과 외로움은 그리 빨리 사라지진 않았다(뒷날에도 얼마나 이것을, 이 공허, 이 옅은 공기를 알게 되었던가!). 고향과의 작별은 이상하리만치 쉬웠고, 더 슬프지 않은 게 부끄러웠다. 누이들은 끝도 없이 울었으나 난 그러질 못했다. 나 자신이 놀라웠다. 나는 늘 감정이 풍부한 아이였으며, 근본적으로는 상당히 착한 아이였는데 말이다. 지금 난 전혀 딴사람이 되어 있었다. 외부 세계엔 아주 무심한 태도로 대했고, 며칠 동안이나 내면의 소리에 귀를 기울이며 내 마음속 깊은 곳에서 소리 내며 흐르는 금지되고 어두운 조류를 듣는 데만 몰두해 있었다. 내 몸은 매우 급속도로 자라났다. 바로 지난 반년 동안 부쩍 자란 키에, 비쩍 마르고 설익은 모습으로 난 세상을 들여다보았다. 소년이 가진 사랑스러움은 내게서 아주 사라지고 말았다. 나 자신도 누가 나의 그런 꼴은 사랑할 수 없으리라고 느꼈으며, 나 역시 자신을 전혀 사랑하지 않았다. 가끔씩 막스 데미안을 향한 강렬한 그리움이 몰려왔다. 그러나 그를 미워하는 일도 드물지 않았으며, 마치 추악한 병처럼 짙어지고 있는 내 삶의 궁핍을 그의 탓으로 돌렸다.

우리 기숙학교에서 나는 처음에 사랑도 주목도 받지 못했다. 애들은 먼저 나를 놀리더니 내게서 멀어져갔고, 나를 숫기 없는 놈, 불편한 괴짜로 보았다. 그런 역할이 마음에 들어서 난 그걸 더 과장했으며, 겉으론 늘 사내답게 세상을 경멸하는 것처럼 보이는 고독 속으로 기어들어 갔다. 그런 반면 난 종종 영혼을 갉아먹는 우수와 절망의 발작에 남몰래 시달리곤 했다. 학교에서는 내가 고향 집에서 축적한 지식을 써먹어야 했다. 우리 학급은 예전의 내 학급보다 좀 뒤떨어진 상태였고, 그래서 나는 동기생들을 조금 깔보면서 어린아이로 치부하는 데 익숙해졌다.

그런 식으로 1년 넘는 시간이 흘러갔으며, 첫 방학 중에 했던 고향 방문도 어떤 새로운 울림을 가져오지 못했다. 난 순순히 다시 집을 떠나왔다.

11월이 시작되던 때였다. 나는 날씨가 어떻든 짧은 산책을 하며 사색하는 습관을 들였다. 이 산책길에서 난 때때로 일종의 희열 같은 걸 느끼곤 했다. 그건 우수와 세계를 향한 경멸감과 자기 경멸로 차 있는 희열이었다. 그렇게 어느 저녁나절 나는 축축하고 안개 낀 어스름 속에서 도시 근교를 거닐고 있었다. 한 공원의 널찍한 가로수 길은 텅 빈 채로 펼쳐져 있고, 내 마음을 끌어당겼다. 길 위엔 낙엽이 두껍게 깔려 있었다. 난 모호한 쾌감을 느끼며 발로 그 속을 휘저었다. 거기선 축축하고 쌉쓰름한 냄새가 났다. 멀리 있는 나무들은 유령같이 거대하고 어렴풋한 모습으로 안개 속에서 몸을 드러냈다.

가로수 길이 끝나는 곳에서 난 엉거주춤 멈춰 선 채 검은 낙엽 속을 응시했으며, 풍화와 사멸의 축축한 향기를 탐욕스럽게 들이마셨다. 그건 내 속의 무언가가 응답하고 환영하는 냄새였다. 그래, 삶의 맛은 얼마나 무미건조했던가!

옆길에서 어깨 망토를 휘날리며 한 사람이 다가왔다. 나는 계속 길을 가려고 했다. 그때 그가 나를 불렀다.

"안녕, 싱클레어!"

그가 다가왔다. 우리 기숙사에서 나이가 가장 많은 알폰스 벡이었다. 난 항상 그에게 호감을 느꼈으며, 그가 모든 나이 어린 동급생이나 나를 언제나 조롱 조로, 늙은이같이 대하는 것만 빼면 아무 거부감도 없었다. 그는 대단히 멋진 놈으로 통했고, 우리 기숙사 사감을 쥐고 흔드는 걸로 알려져 있으며, 고등학교에 떠도는 수많은 소문 거리의 주인공이었다.

"대체 여기서 뭘 하고 있는 거야?"라며 그는 좀 더 큰 애들이 어쩌다 우리 중 하나와 자세를 낮춰 말할 때면 쓰는 그런 말투로 싹싹하게 말을 걸었다. "그래, 우리 내기할까? 너시 짓고 있었지?"

"그럴 생각 없는데"라고 난 퉁명스레 일축했다.

그는 웃음을 터뜨렸고 나와 함께 걸으며 수다를 떨었으

나, 그런 것에 난 더 이상 익숙지 않은 터였다.

"겁먹을 필요 없어, 싱클레어. 내가 이해 못 할 거라고 말이야. 누군가 그렇게 저녁 무렵 안개 속을 걷는다면 거긴 뭔가 있겠지, 가을의 상념 같은 거랄까. 그러면 즐겨 시를 짓게 되지. 다 안다고. 당연하지, 죽어가는 자연에 관해서, 그와 비슷하게 잃어버린 청소년기에 관해서 말이야. 하인리히 하이네를 봐."

"난 그렇게 감상적이지 않아"라고 내가 응수했다.

"좋아, 그렇다고 치자! 근데 이런 날씨엔 말이야, 어디 와인이나 뭐 그런 거 한잔할 수 있는 조용한 장소를 찾는 게 좋겠다는 생각이 들어. 잠시 같이 갈래? 마침 완전 혼자거든. 아니면 그럴 생각이 없는 건지? 네가 모범생이고자 할 생각이라면, 이봐, 난 유혹자가 되고 싶진 않아."

곧이어 우린 어느 외곽의 작은 주점에 앉아 질이 수상쩍은 와인을 마시며 두꺼운 유리잔을 부딪쳤다. 그건 처음엔 별로 탐탁지 않았지만, 어쨌든 뭔가 새로운 체험이었다. 그러나 곧 나는 와인에 익숙지 않아 무척 말이 많아졌다. 마치 내 마음속 창문이 확 열린 것 같았고, 세상이 안으로 들어왔다. 얼마나 오랫동안, 얼마나 끔찍이도 오랫동안 난 영혼에 관해 아무 말도 하지 않았던가! 나는 사상의 유희를 늘어놓았고, 그 와중에 카인과 아벨의 이야기로 흥을 돋우었다!

벡은 재미있어하며 내 애기를 들었다. 드디어 내가 뭔가 줄 수 있는 사람이 생긴 것이다! 그는 내 어깨를 두드리며 나를 굉장한 녀석이라고 불렀다. 그러자 내 가슴은 희열로 벅차올랐다. 그건 이야기를 하고, 또 자기를 알리고자 하는 정체된 욕구들을 봇물 터지듯 쏟아내는 것, 인정받는 것, 선배에게서 뭔가 가치 있는 놈으로 대우받는다는 기쁨이었다. 그가 나를 천재적인 놈이라고 했을 때, 그 말은 달콤하고 강렬한 와인처럼 내 영혼 속으로 흘러들었다. 세상은 새로운 색채들로 불타올랐으며, 생각들이 수백 가지 대담한 샘들로부터 내게로 용솟음치며 흘러들고, 정신과 격정이 내 속에서 불타올랐다. 우리는 선생님과 학우들에 관해 애기했고, 우리가 서로 끝내주게 통한다는 느낌이 들었다. 우리는 그리스인과 이교도에 관해 애기했다. 벡은 내가 연애한 애기를 꼭 털어놓길 바랐다. 그 점에선 할 말이 없었다. 경험한 게 없으니, 말할 것도 없었던 거다. 내가 마음속에서 느끼고 구상하고 상상했던 것, 그게 맘속에서 타오르고 있긴 했으나, 와인으로도 풀어내어 전달할 수는 없었다. 소녀들에 관해선 벡이 훨씬 더 많이 알았다. 그래서 이런 동화 같은 애기들에 난 열렬히 귀를 기울였다. 거기서 나는 믿을 수 없는 것을 들었고, 한 번도 가능하다고 여기지 않았던 것이 진부한 현실 세계로 들어섰으며, 당연하게 생각되었다. 아마도 열여덟 살 쯤 되었을 알폰스 벡은 이미 많은 경험을 쌓은 터였다. 그건 특히 이런 경험들인데, 소녀들은 어려운 상대들이며, 그들은 아첨하고 정중하게 대해주는 것 말고는 바라는 게 없다는 것이었다. 그건 꽤 괜찮긴 하지만 진실한 것은 아니라고 했다. 오히려 성숙한 여인들에게서 더 많은 성공을 기대할 수 있다고 했다. 여인들이 훨씬 더 영리하다고 했다. 가령 공책과 연필을 파는 문방구 주인 야겔트 부인과는 얘기가 되며, 그녀의 판매대 뒤에서 이미 온갖 일이 다 벌어진 얘기는 책에는 나오지 않는다고 했다.

나는 얘기에 완전히 사로잡혀 넋을 빼고 앉아 있었다. 하지만 나라면 야겔트 부인을 사랑하지는 못했을 것이다. 그러나 어쨌건 그건 들어본 적 없는 얘기였다. 적어도 나이를 더 먹은 애들 사이에선 내가 한번 꿈도 꿔보지 못했던 정보가 흐르는 것 같았다. 거기엔 거짓 울림도 있었다. 그리고 내가 생각했던 사랑의 맛보다는 모든 게 맛이 덜하고 더 평범했다. 하지만 그건 어쨌건 현실이었고 삶이며 모험이었다. 내 옆에는 그걸 체험했고 그걸 당연하게 생각하는 한 사람이 앉아 있었다.

우리의 대화는 약간 저조해졌고 뭔가를 잃어버렸다. 나 또한 더 이상 그 천재적인 꼬마 녀석이 아니었으며, 이제 난 어른의 말에 귀 기울이는 소년에 불과했다. 그러나 그렇다

해도 몇 달 동안의 내 삶에 비하면 그건 여전히 감칠맛 났고, 천국과 같았다. 그 밖에도 그건, 이제야 내가 점차 느끼기 시작한 거지만, 금지된 것, 철저히 금지된 것이었다. 술집에 앉아 있는 것부터 우리가 얘기한 내용까지 전부 말이다. 여하튼 난 거기서 정신을 맛보고 혁명을 맛보았다.

난 아주 선명하게 그날 밤을 기억한다. 우리 둘이, 늦게 희미하게 타오르는 가스등 곁을 지나 서늘하고 축축한 밤 귓갓길에 올랐을 때, 난 처음으로 술에 취해 있었다. 그건 기분 좋은 일이 아니었고, 몹시 고통스러웠지만, 그 또한 뭔가를, 매력과 달콤함을 지니고 있었다. 그건 반란이자 방종이었으며, 생명이자 정신이었다. 벡은 나를 신출내기라고 쓴소리로 욕하면서도 장부답게 내 치다꺼리를 다 해주었다. 그는 나를 반은 짊어진 채로 집에 데려다주었으며, 열려 있는 복도의 창을 통해 몰래 기어들어 가는 데 성공했다. 아주 잠깐 죽은 듯이 자고 난 후 고통을 느끼며 깨어나 제정신이 들었을 때 내겐 엄청난 슬픔이 몰려왔다. 난 침대에 앉아 있었고, 낮에 입었던 셔츠를 여전히 걸치고 있었다. 내 옷과 신발은 방바닥에 이리저리 뒹굴고 있었으며 담배와 토사물 냄새가 났다. 두통과 메스꺼움과 타오르는 목마름 속에서 오랫동안 눈으로 보지 못했던 영상이 하나 머리에 떠올랐다. 나는 고향과 양친의 집을, 아버지와 어머니, 누이들과 정원을 보았다. 고요한 고향 집의 내 침실을 보았고 학교와 시내 장터를 보았으며 데미안과 견진성사 수업 시간을 보았다. 그 모든 것이 밝았으며 모든 게 광채로 흘러넘쳤다. 모든 게 놀랍고 신성하며 정결했으며─그렇게 이제 난 알게 되었다─모든 게, 그 모든 게, 바로 어제까지만 해도, 바로 몇 시간 전만 해도 내게 속했던 것이며 나를 기다려준 것이었다. 그게 지금, 비로소 지금 이 시간에는 타락했고 저주받았고 더 이상 내게 속하지 않았으며, 나를 내쳤고 혐오를 담아 나를 바라보고 있었다! 내가 일찍이 가장 멀리 있는 황금빛 유년의 정원에 이르기까지 내 부모님에게서 경험했던 그 모든 사랑과 친밀함, 어머니의 모든 입맞춤, 그 모든 성탄절, 집에서 느꼈던 그 모든 경건하고 환한 일요일 아침들, 정원의 꽃들. 그 모든 것이 황폐해졌고 그 모든 걸 난 발로 짓밟아버린 것이다! 지금 형리가 와서 나를 밧줄로 묶으며 인간쓰레기로, 성전을 모독한 자로서 사형대로 끌고 간다면 난 동의할 것이고 기꺼이 따라갈 것이며 그걸 올바르고 잘하는 일로 생각할 것이었다.

내면적으로 나는 그런 모습이었다! 이리저리 배회하며 세상을 경멸했던 나! 정신적으로 잘난 척하며 데미안의 사상을 공유했던 나! 내 모습이 그랬다. 인간쓰레기요, 불결한 자요, 술에 취하고 진창 투성이이며, 구역질 나고 비천하며,

난폭한 야수로서 혐오스러운 충동에 사로잡혀 있었다! 내 모습이 그랬다. 모든 게 순수요 광채요 성스러운 자비로움이 있는 저 정원에서 온 내가, 바흐의 음악과 아름다운 시를 사랑했던 내가! 난 여전히 혐오와 격앙을 느끼며 나 자신의 웃음소리를 듣고 있었다. 술에 취하고 자제되지 않은, 간헐적으로 어리석게 뱉어내는 그 웃음소리를. 그게 나였다!

하지만 그럼에도 불구하고 이런 고통을 겪는 것은 거의 쾌감에 가까웠다. 그렇게 오랫동안 난 앞도 못 보고 무감각하게 바닥을 기어다녔으며, 그렇게 오랫동안 내 마음은 침묵했고 찌든 채로 구석에 처박혀 있었기에 이러한 자책들도, 이러한 공포도, 영혼이 느끼는 완전히 혐오스러운 이 감정도 반갑기만 했다. 그래도 그건 감정이지 않았던가, 그래도 격정이 타오르지 않았던가, 그 속에서 심장이 꿈틀대지 않았던가! 혼란스럽게도 난 이 비참함 가운데서 뭔가 해방과 봄날 같은 무언가를 느꼈다.

그러는 사이 밖에서 보자면 나는 바짝 타락하고 있었다. 처음 술에 취한 건 곧 더 이상 처음이 아니게 되었다. 우리 학교 애들은 곧잘 술집을 들락거리고 행패를 부렸다. 나는 그런 애들 중에서 가장 어린 축에 속했다. 곧 나는 더 이상 용서가 되는 어린아이가 아니라, 주동자요 스타였으며, 대담하고 이름난 술집 단골이 되었다. 난 다시 한번 그 어두운 세계에, 악마에게 온전히 속하게 되었다. 그리고 이 세계에서 난 끝내주는 놈으로 통했다.

그러면서 내 기분은 더할 바 없이 비참했다. 나는 하루하루를 자기 파괴적인 광란의 축제 속에서 보냈다. 내가 친구들 사이에선 지도자요 멋진 놈으로, 끝내주게 배짱 있고 재미있는 놈으로 통하는 동안에도 내 마음 깊은 곳에선 공포에 가득 찬 불안한 영혼이 떨고 있었다. 한번은 눈물이 났던 걸 아직도 기억한다. 그건 내가 술집에서 나와 일요일 오전의 길거리에서 아이들이 밝고 즐겁게, 갓 빗어 넘긴 머리와 나들이 옷차림으로 놀고 있는 걸 보았을 때였다. 별 볼 일 없는 주막의 더러운 탁자에 앉아 맥주를 들이켜며 내는 웃음소리 속에서 내가 들어본 적 없는 신랄한 조소를 해대며 친구들을 즐겁게 해주고 때론 경악시키는 동안에, 감춰진 내 마음 깊은 곳에는 내가 조롱하는 그 모든 것을 향한 경외감이 있었고, 나는 속으로 울면서 나의 영혼과 나의 과거, 나의 어머니와 하느님 앞에 무릎을 꿇고 있었던 것이다.

내가 동행자들과 절대로 한패가 되지 못한 데는, 그들 속에 외톨이로 남아 그토록 괴로워할 수 있었던 데는 그럴만한 이유가 있었다. 난 술집의 영웅이요, 가장 조야한 인간들의 마음에 딱 드는 조롱꾼이었다. 나는 재기를 보여주었고, 선생님과 학교와 부모님, 교회에 관한 생각과 말에서는 담대함을 보여주었다. 나는 음담패설도 참아냈으며 직접 그런 말을 한번 해보기까지 했다. 하지만 내 동무들이 여자를 찾아갈 때 난 한 번도 따라간 적이 없다. 입으로 떠들어대는 걸 보면 후안무치의 향락주의자여야 했을 테지만, 나는 혼자였고 사랑을 향해 불타오르는 동경에, 희망 없는 동경에 가득 차 있었다. 나보다 더 상처를 잘 받거나 더 부끄러움을 느끼는 사람은 없었다. 여느 때처럼 젊은 시민계급 출신의 소녀들이 아름답고 깨끗하며 밝고 우아하게 내 앞을 걸어가는 것을 볼 때면, 내게 그들은 경이롭고도 순결한 꿈들이었으며 나보다 천 배나 더 선량하고 순수했다. 한동안 나는 야겔트 부인의 종이 가게에도 갈 수가 없었다. 그녀를 보며 알폰스 벡이 그녀에 관해서 했던 얘기들을 생각할 때면 내 얼굴이 빨개졌기 때문이다.

내가 새로운 동아리 속에서도 지금 끝없이 외롭고 다르다는 걸 알면 알수록, 난 거기서 더 빠져나오질 못했다. 술을 퍼마시고 허풍 치는 일이 정말 한 번이라도 재미있었는지는 더 이상 모르겠다. 또한 나는 매번 창피스러운 결말을 느끼지 못할 정도로 술을 퍼마시는 버릇은 절대 들이지 않았다. 모든 게 흡사 강요된 것 같았다. 나는 해야만 하는 일을 한 것이었다. 그렇지 않으면 도대체 뭘 해야 할지 몰랐기 때문이다. 난 오래 혼자 지내는 것이 무서웠고, 항시 그럴 경향이 있다고 느꼈던, 저 수많은 부드럽고 수줍으며 내적인 내 심경의 변덕들이 겹났고, 나를 자주 엄습했던 감미로운 사랑에 관한 생각이 두려웠다.

내게 가장 부족했던 것은 친구였다. 내가 아주 흔쾌하게 만나는 동기가 두세 사람 있기는 했다. 그러나 그들은 얌전한 애들에 속했고, 나의 패륜 행위는 오래전부터 누구에게도 더는 비밀이 아니었다. 그 애들은 나를 피했다. 모두가 나를 발밑의 바닥이 흔들리는 그런 가망 없는 놈팡이로 여겼다. 선생님들은 나에 관해 많이 아셨고, 나는 수차례 엄중한 처벌을 받았다. 최종적으론 내가 퇴학당할 거라고 모두 예견하고 있었다. 나 자신도 그걸 알고 있었다. 이미 오래전부터 난 더는 착한 학생이 아니었고, 더 오래가지는 못할 거라는 감정을 지닌 채 힘들게 나를 밀어붙이며 순간순간을 모면해나가고 있었다.

신께서 우리를 외롭게 만들어 우리 자신에게로 인도하시는 많은 길이 있다. 그 당시에 신은 이런 길을 나와 함께 가셨다. 그건 불쾌한 꿈과 같았다. 마법에 걸린 몽상가인 내가 불안하고 괴로운 모습으로, 더러움과 끈적거림을 넘어, 깨어진 맥주잔들과 냉소하고 떠들어대며 새운 밤을 넘어 추하고 더러운 길을 기어가는 것을 본다. 공주님을 향해 가는 길에서 악취와 오물로 뒤덮인 뒷골목 진창에 빠져 꼼짝 못 하게 되어버리는 꿈들이 있다. 내가 바로 그랬다. 이같이 좀 덜 세련된 방식으로, 고독하게 냉혹한 빛을 발하는 문지기가 지키는 잠긴 에덴의 문을 유년기와 나 사이에 가져와야 하는 숙명이 내게 주어져 있었다. 그게 시작이었다. 나 자신을 향한 향수가 눈뜨는 순간이었다.

기숙사 선생님의 편지로 비상사태임을 아신 아버지께서 St.에 오시고 예기치 않게 처음 내 앞에 나타나셨을 때 난 그래도 놀라고 경련을 느꼈었다. 그해 겨울 끝 무렵 아버지께서 두 번째로 오셨을 때 난 이미 굳어지고 무심해져 있어, 아버지는 나를 꾸짖고 애원하시며 어머니 생각 좀 하라고 말씀하실 정도였다. 아버지는 결국 너무 노여워하신 나머지 내가 달라지지 않는다면 굴욕과 치욕을 맛보며 학교에서 퇴학당하게 하고, 교화 기관에 나를 집어넣겠다고 말씀하셨다. 그러시라지! 아버지가 떠나고 나자 난 아버지 때문에 마음이 아팠다. 그러나 아버지는 아무것도 이루지 못하셨고, 내게로 오는 길을 더는 찾지 못하셨다. 잠시 난 아버지가 그렇게 된 걸 당연지사로 느꼈다.

내가 앞으로 뭐가 될 건지 그건 아무래도 좋았다. 특이하고 덜 아름다운 방식으로, 술집에 앉아서 의기양양하게 나는 세계와 전쟁을 벌이고 있었다. 그것이 내가 저항하는 방식이었다. 그러면서 난 자신을 망가뜨렸고, 가끔씩은 사태가 내 눈에 이렇게 보이기도 했다. 즉 세상이 나 같은 사람들을 필요로 하지 않는다면, 이들을 위해 더 나은 자리와 더 높은 과제를 갖지 않는다면, 이렇게 나 같은 사람들은 망가져버리는 거다. 그 피해는 세상이 받으라지.

그해 성탄절은 정말로 즐겁지 않았다. 어머니께선 나를 보시고 질겁하셨다. 내 키는 좀 더 자랐으며 깡마른 얼굴은 잿빛이고 피폐해 보였다. 축 늘어진 용모에 눈가엔 염증이 생긴 상태였다. 콧수염이 나기 시작한 흔적과 내가 얼마 전부터 끼기 시작한 안경은 어머니에게 나를 더욱 낯설어 보이게 했다. 누이들은 뒤로 물러나 킥킥거렸다. 모든 게 언짢았다. 아버지의 서재에서 나눈 대화는 언짢고 씁쓸했으며, 몇몇 친척들의 인사가 언짢았으며, 특히 성탄절 저녁이 언짢았다. 내가 살아온 이래 그건 우리 집에서 중요한 날이었다. 성대함과 사랑의 저녁, 감사의 저녁이고, 부모님과 나 사이의 유대가 새로워지는 저녁이었다. 그런데 이번엔 그 모든 것이 그저 마음을 억누르고 당황스러울 따름이었다. 여느 때 같이 아버지께선 들판의 양치기들에 관한 복음서를 읽으셨다.

"목자들은 바로 그곳에서 양 떼를 지켰다."

여느 때 같이 내 누이들은 빛을 발하며 선물이 놓인 탁자 앞에 서 있었다. 하지만 아버지의 음성은 아무 기쁨 없이 울렸고, 얼굴은 늙고 옹색해 보였다. 어머니는 슬퍼하셨다. 선물과 축하, 복음과 크리스마스트리, 그 모든 것이 내겐 똑같이 창피스럽고 달갑지 않았다. 렙쿠헨에선 달콤한 냄새가 났으며, 달콤한 추억의 구름들이 뭉실뭉실 피어올랐다. 전나무는 향기를 발하며 이제 더는 존재하지 않는 일들을 얘기했다. 난 이 저녁과 축제일이 끝나기를 고대했다.

한겨울 내내 그런 식으로 흘러갔다. 바로 얼마 전에 나는 교사위원회로부터 진지한 경고를 받았고 퇴학의 위협을 받았다. 더는 오래 걸리지 않을 것이다. 그렇다면 그러라지.

나는 막스 데미안에게 특별한 원망의 마음을 품고 있었다. 그동안 그를 더는 보지 못했다. St.에서의 학창 시절이 시작될 무렵 난 그에게 두 번 편지를 썼지만 답장은 오지 않았다. 그래서 난 방학 중에도 그를 찾아가지 않았다.

이른 봄, 바로 가시덤불 울타리가 파릇해지기 시작하던 그때, 지난가을 알폰스 벡을 만났던 그 공원에서 어떤 소녀가 내 눈에 띄었다. 난 아주 역겨운 생각과 근심에 잠겨 혼자 산책을 하는 중이었다. 내 건강 상태가 나빠졌기 때문이고, 그 밖에도 끊임없이 금전 난에 시달렸으며 친구들에게 빚을 지고 있었고, 집에서 다시 돈을 좀 받아내려고 부득이한 핑곗거리를 만들어내야 했으며, 여러 가게에 담배와 그 비슷한 물건의 외상값이 늘어나 있었기 때문이다. 이 근심거리들이 아주 깊었다는 말은 아니다. 머지않아 여기서의 내 삶이 끝장을 보고 내가 물속에 뛰어들거나 교화 기관에 보내지면 이런 사소한 일들 몇 가지는 문제도 되지 않을 것이었다. 하지만 난 여전히 그런 아름답지 못한 일들과 눈을 맞대고 살며 그 때문에 괴로워했다.

그 봄날 공원에서 무척 내 마음을 끄는 젊은 숙녀와 마주쳤다. 그녀는 키가 컸고 날씬하며 우아한 옷차림에 총기 있는 소년의 얼굴을 하고 있었다. 그녀는 즉시 내 마음에 들었다. 그녀는 내가 좋아하는 타입이었으며, 내 상상력을 몰입시키기 시작했다. 그녀는 분명 나보다 훨씬 더 나이를 먹진 않았을 것이나 훨씬 더 어른스럽고, 우아하며 곧은 윤곽에 이미 거의 완연한 숙녀였다. 하지만 얼굴엔 좀 방자하고 소년 같은 데가 있었는데, 나는 그런 얼굴을 특히나 좋아했다.

마음을 뺏긴 소녀에게 다가가는 데 나는 한 번도 성공한 적이 없다. 이번 경우에도 성공하지 못했다. 그러나 그 인상은 옛날 인상들보다 더 깊었고, 이번에 빠진 사랑이 내 삶에 끼친 영향은 엄청났다.

갑자기 나는 내 앞에 서 있는 형상을 하나 다시 갖게 된 것이다. 고아하고 숭상받는 형상. 아, 내 안의 어떤 욕구나 갈망도 경외심과 숭배를 향한 소망만큼 깊고 격렬하진 못했다! 난 그녀에게 베아트리체라는 이름을 주었다. 단테를 읽지 않고도 나는 그 이름을 어떤 영국 그림에서 알게 되었는데, 그 복제화가 내게 하나 있었다. 그 그림엔 영국적이고 라파엘 이전의 화풍으로 그려진 소녀상이 나온다. 사지가 매우 길고 날씬하며 가늘고 긴 두상과 정신성이 깃든 손과 용모를 지녔다. 내가 사모하는 아름답고 젊은 소녀도 내가 좋아하는 날씬함과 소년 같은 형상을 지녔고, 얼굴에도 뭔가 정신성이나 영혼성 같은 것을 띠고는 있지만, 그 소녀상을 딱 빼닮지는 않았다.

나는 베아트리체와 말을 한마디도 나누지 못했다. 그럼에도 그녀는 당시 내게 가장 깊은 영향력을 발휘했다. 그녀는 내 앞에 자신의 형상을 세우고, 성역의 세계를 열어주었으며, 나를 신전에서 기도하는 사람으로 바꿔놓았다. 하루아침에 나는 술집에 다니고 밤새 쏘다니며 노는 짓거리를 그만두었다. 나는 다시 혼자 있을 수 있었고 다시 즐겨 책을 읽었으며 다시 즐겨 산책하러 나갔다.

나의 갑작스러운 개심은 충분히 조롱거리가 되었다. 그러나 이제 내겐 뭔가 사모하고 숭배할 대상이 생겼으며, 다시 이상을 지니게 되었고, 삶은 다시금 예감과 다채로운 비밀로 둘러싸인 여명으로 가득 찼다. 그게 나를 흔들리지 않게 만들었다. 비록 숭배하는 형상의 노예요, 숭배자로서일망정 나는 다시 나 자신에게로 돌아왔다.

어떤 마음의 감동 없이는 그 시기를 생각할 수 없다. 나는 다시 가장 깊은 내면의 노력으로, 붕괴된 내 삶의 한 시기가 만들어낸 폐허로부터 '밝은 세계'를 세우고자 애썼다. 다시 나는 내 속의 어둠과 사악함을 몰아내고 온전히 빛 속에 머물고자 하는 유일한 갈망 속에서 전적으로 신들 앞에 무릎을 꿇고 살았다. 어쨌건 간에 지금의 이 '밝은 세계'는 어느 정도 나 자신의 창조물이었다. 그건 더 이상 어머니에게로, 무책임하게 보호처로 도망쳐 돌아오거나 숨어드는 행위가 아니었다. 그건 새롭고, 나 자신이 만들어내고 요청한 봉사였으며, 책임감과 자제력을 지녔다. 내가 고통받고 또 언제나 회피해왔던 성적 욕구는 이제 이런 성스러운 불 속에서 정신과 예배로 승화되어야 했다. 더 이상 어두운 것, 추한 것이 있어서는 안 되었다. 신음을 토해내던 밤들, 음란한 형상들 앞에서 뛰던 가슴, 금지된 문 앞에서의 귀 기울임, 음탕함 등은 더 이상 있어선 안 되었다. 그 모든 것 대신에 나는 베아트리체의 형상을 갖고 나의 제단을 차렸으며, 그녀에게 나를 봉헌함으로써 나 자신을 정신과 신들에게 봉헌하였다. 나는 어두운 힘들로부터 빼낸 생명의 몫을 밝은 힘에게 공양으로 바쳤다. 욕망이 아니라 순수가, 행복이 아니라 아름다움과 정신성이 나의 목적이었다.

이 베아트리체 숭배는 나의 삶을 속속들이 변화시키고 말았다. 어제만 해도 조숙한 냉소주의자였다면 이제 나는 신전을 섬기는 자로서 성자가 된다는 목표를 지녔다. 난 길들여졌던 그 역겨운 생활을 집어던졌을 뿐 아니라 모든 것을 바꾸려고 노력했으며, 모든 것에 정결과 고귀함과 위엄을 주려 했고 음식과 음료, 말과 옷차림에 그런 생각을 했다. 차가운 물로 몸을 씻으며 아침을 시작했는데, 그게 처음엔 자기 극복을 요구하는 힘든 일이었다. 난 진지하고 위엄 있게 몸가짐을 취했고 몸을 반듯하게 세우고 다녔으며 걸음걸이는 좀 더 느리고 품위 있게 만들었다. 보는 사람들에겐 우스워 보였을지 모르지만 나의 내면에서 그것은 오로지 신에 대한 예배였다. 새로운 신념에 적합한 표현을 찾고자 했던 그 모든 새로운 연습들 중에서 한 가지가 내겐 중요했다. 그림을 그리기 시작한 것이다. 그건 내가 갖고 있던 영국식 베아트리체의 그림이 그 소녀와 충분히 닮지 않았기에 시작되었다. 난 나를 위해 그녀의 형상을 그려보고자 했다. 완전히 새로운 기쁨과 희망에 싸여 나는 내 방에(얼마 전부터 내 방이 생겼다) 좋은 종이와 물감과 붓을 갖추었고, 팔레트와 유리잔, 도자기 종기, 연필을 준비했다. 내가 구입한 작은 튜브 속의 섬세한 템페라 물감들은 마음을 황홀하게 했다. 거기에 강렬한 초록색, 산화크롬이 있었는데, 처음에 그 색이

자그마한 흰색 용기 속에서 어떻게 빛을 발했던지가 아직도 눈에 선하다.

나는 조심스럽게 시작했다. 얼굴을 그리는 건 어려웠다. 나는 우선 다른 것들로 시험을 해보려고 했다. 장식물들, 꽃들, 상상해낸 작은 풍경들과 예배당 옆의 나무 한 그루, 사이프러스 나무가 있는 로마식 다리를 그렸다. 때때로 나는 이 유희적인 행위에 순전히 몰입했으며, 물감 상자를 갖고 노는 아이처럼 행복했다. 그러다 마침내 나는 베아트리체를 그리기 시작했다.

종이 몇 장은 아예 실패하여 내다 버렸다. 이따금씩 거리에서 마주쳤던 그 소녀의 얼굴을 떠올리려 하면 할수록 더 힘들어졌다. 결국 난 포기하고 그냥 어떤 얼굴을 그리기 시작했다. 내 상상력이 이끄는 대로, 또 그렇게 시작된 형상과 색깔과 붓이 이끄는 대로 그림을 그려갔다. 거기서 생겨난 얼굴은 꿈에서 보았던 얼굴이었다. 그 그림에 만족하지 않은 건 아니다. 그럼에도 나는 즉시 새로운 시도를 계속했고, 매번 새로 그린 그림들은 좀 더 명료해졌으며, 현실의 모습과 결코 일치하진 않아도 그 타입에 근접해갔다.

점점 더 나는 꿈꾸는 듯한 붓질로 선을 긋고 면을 채워가는 데 익숙해졌다. 그건 아무 모델도 없이 유희적인 붓질과 무의식에서 생겨나는 것들이었다. 마침내 어느 날 나는 거의 무의식적으로 얼굴 하나를 완성했는데, 그건 이전의 그림보다 더 강력하게 내게 말을 걸어왔다. 그건 소녀의 얼굴은 아니었다. 오래전부터 그렇게 되기란 틀린 일이었다. 그건 뭔가 다른 것, 뭔가 비현실적인 얼굴이었으나 그렇다고 가치가 덜한 것은 아니었다. 그건 소녀의 얼굴이라기보다는 오히려 젊은이의 머리처럼 보였다. 머리카락은 나의 아름다운 소녀처럼 밝은 금발이 아니라 붉은빛이 도는 갈색이었으며 턱은 강하고 단호했고 입술은 붉게 피어났다. 전체적인 모습에 뭔가 뻣뻣하고 가면 같은 느낌이 있었지만 인상적이며 비밀스러운 삶으로 가득했다.

완성된 그림 앞에 앉으니 그림은 기묘한 인상을 풍겼다. 그건 일종의 신의 형상이거나 성스러운 가면같이 보였다. 반은 남성적이고, 반은 여성적이며, 나이도 없고 꿈꾸는 듯하면서도 의지가 강하고, 은밀하게 생동적이면서도 뻣뻣했다. 이 얼굴은 뭔가 내게 할 말이 있었다. 그건 내게 속했으며, 내게 요구를 했다. 그 얼굴은 누군가와 닮았는데, 그게 누구인지는 알 수 없었다.

그 그림은 한동안 내 모든 생각을 따라다녔고 나와 삶을 같이했다. 나는 서랍 속에 그림을 감추어 두었다. 누구에게 들켜 놀림을 당하는 일이 있어선 안 되었다. 그러나 홀로 내 방에 있게 되는 즉시 나는 그림을 꺼내어 교감하였다. 저녁이면 침대 맞은편 벽에 그걸 핀으로 꽂아 걸고 잠들 때까지 바라보았으며 아침엔 눈이 맨 먼저 거기에 가닿았다.

바로 그 시기에 나는 다시 꿈을 많이 꾸기 시작했다. 어린 시절 늘 그랬듯이 말이다. 수년 동안 아무런 꿈도 꾸지 않았던 것 같았다. 이제 꿈들이 되돌아왔다. 아주 새로운 종류의 형상들이, 그리고 내가 그린 그림이 꿈속에 나타나는 일이 빈번해졌다. 살아 있고 말하면서, 나와 친구가 되거나 혹은 적이 되어, 어떨 때는 얼굴을 험상궂게 찌푸리고 어떨 때는 말도 못 하게 아름답고 조화로우며 우아한 모습으로 말이다.

어느 날 아침 내가 그런 꿈에서 깨어났을 때 난 문득 깨달았다. 그림은 나를 믿을 수 없을 만큼 너무나 잘 알고 있는 듯이 나를 쳐다보았다. 그림이 내 이름을 부르는 것 같았다. 그건 마치 어머니처럼 나를 알고 있고, 예로부터 항상 내게로 향해 있었던 듯했다. 두근대는 가슴으로 나는 그림을 빤히 쳐다보았다. 갈색의 촘촘한 머리카락들, 반은 여성적인 입, 특이하게 밝은 빛을 띤(그림은 저절로 그렇게 말라버렸다) 강한 이마를, 그러자 마음속에서 깨달음이, 재발견이, 누군지 알겠다는 느낌이 점점 더 가까이 들었다.

나는 침대에서 박차고 일어나 그 얼굴 앞에 다가섰고 아주 가까이서 그림을 들여다보았다. 활짝 열린 초록색의 움직이지 않는 눈 속을 똑똑히 들여다보았다. 오른쪽 눈이 다른 쪽 눈보다 조금 더 높았다. 그러자 불현듯 오른쪽 눈이 꿈쩍거렸다. 살짝, 섬세하게, 하지만 분명하게 꿈쩍였는데, 그 꿈쩍임으로 나는 그 그림이 누군지 깨달았다······.

어쩜 그렇게 늦게서야 그걸 알아챌 수 있었단 말인가! 그건 데미안의 얼굴이었다.

차후에 나는 그 그림을 빈번히 내 기억 속에 있는 데미안의 진짜 용모와 비교해보았다. 그건 비슷할지라도 전혀 똑같진 않았다. 하지만 그럼에도 그건 데미안이었다.

한번은 어느 초여름 저녁에 서향인 내 방 창을 통해 햇빛이 비스듬히 빨갛게 비쳐 들었다. 방안은 어스름해졌다. 그러자 저녁 해가 비쳐 들 때 베아트리체의, 또는 데미안의 그림을 십자형 창살에 바늘로 고정시키고 들여다볼 생각이 들었다. 그림의 얼굴은 형태 없이 희미해졌다. 그러나 불그스레 테를 두른 눈과 이마의 밝음과 강렬하게 빨간 입은 평면에서부터 깊고 야성적으로 타올랐다. 빛이 다 꺼진 후에도 나는 오래 그림을 마주하고 앉아 있었다. 그러자 차츰 그것이 베아트리체도 데미안도 아니고 나 자신이라는 느낌이 들었다. 그 그림은 나를 닮지 않았다. (그래서도 안 된다고 난 느꼈다.) 하지만 그건 내 삶을 이루는 것이었고, 그건 나의 내면, 나의 운명 혹은 나의 데몬이었다. 만일 내가 언젠가 다시 친구를 발견하게 된다면 그런 모습일 것이었다. 만일 내가 언젠가 연인을 갖게 된다면 그런 모습일 것이었다. 나의 삶도 나의 죽음도 그럴 것이었다. 그것이 내 운명의 선율이요 리듬이었다.

그 시기에 나는 어떤 책을 읽기 시작했는데, 그건 내가 예전에 읽었던 책들보다도 더 깊은 인상을 남겼다. 나중에도 그런 경험을 한 책은 거의 없었다. 아마도 니체 정도나 그랬을까. 그건 노발리스의 책이었고, 편지와 잠언으로 되어 있었다. 그중 많은 부분을 이해하지 못했지만 그럼에도 모든 것이 말도 못 하게 마음을 끌었으며 나를 에워쌌다. 그 잠언들 중 하나가 그때 생각났다. 나는 그걸 펜으로 그림 밑에 써넣었다. "운명과 마음은 하나의 개념에 대한 두 이름이다." 그 말을 난 이제 이해했던 것이다.

나는 베아트리체라고 부르던 소녀를 여전히 종종 마주치곤 했다. 그럴 때 더는 어떤 동요도 일어나지 않았지만 항시 잔잔한 일치감과 이러한 영혼의 예감을 느꼈다. 너는 나와 이어져 있어, 너가 아니라 너의 형상만이, 너는 내 운명의 일부야.

막스 데미안을 향한 내 그리움은 다시 강렬해졌다. 그에 관해선 아무것도 몰랐다. 수년째 말이다. 딱 한 번 그를 방학 중에 만난 적이 있었다. 이 짧은 만남을 나의 수기에 적지 않고 빠트린 것을 지금 깨닫는다. 그리고 그게 수치감과 허영심에서 초래한 것임을 깨닫는다. 늦었지만 그 이야길 해야만 한다.

그러니까 방학 중에 한 번, 술집을 드나들던 시기의 불손하고 늘 좀 피곤했던 얼굴로 나는 고향 도시를 어슬렁거렸고, 산책용 지팡이를 흔들면서 늙고 한결같고 경멸스러운 속물들의 얼굴을 보고 있었다. 그때 옛 친구가 다가왔다. 그를 보자마자 나는 놀라 몸을 움츠리고 말았다. 프란츠 크로머 생각이 번개처럼 스쳐 갔던 거다. 제발 데미안이 그 이야기를 진정 잊어버렸기를! 그를 향해 이런 부채감을 느끼는 게 너무도 불편했다. 따지고 보면 어리석은 어린애들의 일이었지만, 그럼에도 부채감이 있었다.

그는 내가 인사하기를 기다리는 모습이었다. 내가 가능한 한 태연하게 인사를 하자 내게 손을 내밀었다. 다시 그 악수였다! 그토록 단단하고 따뜻하고 그럼에도 냉정하고 남성적이었다!

그는 주의 깊게 내 얼굴을 들여다보더니 말했다.

"많이 컸구나, 싱클레어."

데미안은 하나도 변하지 않은 것 같았다. 예전과 똑같은 나이에 똑같이 젊은 모습이었다.

그가 합류해서 우리는 함께 산책을 했고 순전히 부수적인 얘기들만 나누었다. 그 당시 일에 관해선 아무 말도 안 했다. 언젠가 그에게 여러 번 편지를 썼지만 답장을 한 번도 못 받았던 생각이 났다. 아, 그가 그것도 잊어버렸다면 얼마나 좋을까, 이 바보 같고 어리석은 편지들을! 편지에 관해 그는 아무 말도 없었다!

당시엔 아직 베아트리체도 그림도 없었다. 난 여전히 그 황폐한 시기를 보내는 중이었다. 도시 근처에서 그에게 술집에 들어가자고 권했다. 그는 함께 갔다. 나는 뽐을 내며 와인 한 병을 주문하여 잔에 부었고 그와 잔을 마주쳤다. 내가 학생들이 술 마시는 관례에 아주 익숙하다는 것을 보이며 단숨에 첫 잔을 다 비웠다.

"술집에 자주 가는가 보지?" 그가 내게 물었다.

"그렇지 뭐." 나는 굼뜨게 말했다. "그것 말고 할 게 있나? 결국엔 이게 그래도 가장 재미있는 일이야."

"그래? 그럴지도 모르지. 거긴 뭔가 정말 멋진 점도 있지. 도취, 바쿠스적인 것! 그런데 말이야, 술집에 자주 앉아 있는 대부분의 사람들에겐 그게 아예 사라지고 없다고 봐. 내겐 술집에 가는 거야말로 뭔가 진짜 속물적인 일로 보여. 그래, 하룻밤 동안 타오르는 횃불과 더불어 진짜 아름다운 도취와 흥분에 빠지는 거 좋지! 하지만 그렇게 거듭해서 한잔 또 한잔하는 것이 진정한 모습은 아니지 않아? 파우스트가 저녁마다 단골 술집에 앉아 있는 걸 상상할 수 있어?"

나는 술을 마시며 적의에 차서 그를 바라보았다.

"그래, 누구나 다 파우스트인 건 아니잖아" 하고 난 짧게 말했다.

그는 놀라 멈칫하며 나를 바라보았다.

그러곤 예전의 신선함과 우월한 태도로 소리 내며 웃었다.

"그치, 뭣 하러 이런 일로 다투냐? 어쨌건 술꾼이나 탕아의 삶은 아무 흠도 없는 시민의 삶보다는 더 생동적일 거야. 언젠가 읽은 바에 따르면, 그러니까 방탕아의 삶이 신비주의자가 되는 최선의 준비 과정 중의 하나라더군. 성 아우구스틴처럼 나중에 예언자가 되는 그런 사람들이야 늘 있지. 성 아우구스틴도 그전엔 향락을 일삼는 방탕아였잖아."

나는 불신에 차서 절대 그에게 휘둘리지 않으려고 했다. 그래서 건방지게 말했다. "그래, 누구나 제 취향에 따라 사는 거지! 솔직히 말해서 예언자나 뭐 그런 게 되는 건 나와는 아무 상관없어."

데미안은 살짝 뜬 눈으로 잘 안다는 듯 나를 쏘아보았다.

"싱클레어." 그가 천천히 말했다. "너에게 불쾌한 말을 할 의도는 아니었어. 그 밖에도, 무슨 목적으로 네가 지금 술을 마시는 건지 우리 둘 다 모르잖아. 네 삶을 만드는 네 속의 그것은 이미 알고 있을 테지만. 우리 내면에 모든 것을 알고 있고, 모든 것을 원하고, 모든 것을 우리 자신보다 더 잘 아는 누군가가 있다는 것을 아는 건 정말 좋은 일이야. 그러나 이만 실례해야겠네. 집에 가야 하거든."

우리는 짧게 작별했다. 나는 너무나 기분이 잡쳐서 거기 남아 술병을 싹 비워버렸다. 그리고 자리를 뜨려 했을 때 데미안이 이미 술값을 낸 걸 알게 되었다. 그러자 화가 더 치밀어 올랐다.

이제 이 사소한 사건에 생각이 다시 머물렀다. 나의 생각은 온통 데미안으로 차 있었다. 그가 교외의 그 술집에서 했던 말들이 다시 기억에 되살아났다. 그 말들은 이상하게도 생생했고 사라지지 않았다. "우리 속에 모든 걸 아는 그 누군가가 있다는 걸 아는 건 정말 좋은 일이야!"

나는 창가에 걸려 있는, 햇빛이 완전히 사라진 그림을 바라보았다. 하지만 그 눈은 아직도 이글거려 보였다. 그건 데미안의 눈빛이었다. 아니면 그건 내 속에 있는 그 누군가였다. 모든 것을 알고 있는 그자.

난 얼마나 데미안을 그리워했던가! 그에 대해 아는 게 없었다. 그는 내가 닿을 수 없는 데 있었다. 내가 아는 건 기껏해야 그가 아마 어디선가 대학을 다니고, 그가 고등학교를 졸업한 후 그의 어머니가 우리 도시를 떠났다는 것뿐이었다.

옛날 크로머와의 사건에 이르기까지 막스 데미안에 대한 모든 기억을 내 속에서 샅샅이 뒤졌다. 한때 그가 내게 했던 얼마나 많은 말들이 지금 다시 울리기 시작하는지, 모든 것이 오늘날에도 여전히 의미를 지니며 시의적이고 나와 관련되어 있는지! 별반 즐겁지 않았던 우리의 마지막 만남에서 그가 방탕아와 성자에 관해서 했던 말의 의미도 역시 내 머릿속에서 확 밝혀졌다. 내게서도 일은 바로 그렇게 흘러가지 않았던가? 난 도취와 더러움 속에, 마비와 상실 속에서 살지 않았던가? 새로운 삶의 충동으로 인해 바로 그 반대되는 일이, 순결에 대한 갈망과 성자에 대한 동경이 내 속에서 살아나기까지 말이다.

그렇게 난 계속 기억을 더듬어갔다. 밤이 된 지 오래였고 밖에는 비가 내렸다. 기억 속에서도 나는 빗소리를 들었다. 그건 밤나무 아래서 보냈던 시간이었다. 거기서 그는 한때 프란츠 크로머 일로 내게 꼬치꼬치 캐물었고 내 최초의 비밀들을 알아냈었다. 하나하나 기억이 떠올랐다. 학교 가는 길에서 나눴던 대화들, 견진성사 수업 시간들이. 마지막으로 내가 막스 데미안을 처음으로 만났던 기억이 떠올랐다. 그땐 대체 무슨 일로 그랬던가? 바로 생각이 나지 않았다. 그러나 난 시간을 두고 온통 그 생각에 잠겼다. 그러자 기억이 되살아났다, 그 기억도. 그와 나는 우리 집 앞에 서 있었다. 그가 내게 카인에 대한 생각을 말하고 난 후였다. 거기서 그는 우리 집 대문 위에 있는 낡고 바랜 문장에 관해 말했었다. 문장은 아래서 위로 올라가며 더 넓어지는 쐐기돌 위에 새겨져 있었다. 그것이 그의 관심을 끈다고, 우린 그런 것에 주의해야 한다고, 그가 말했었다.

밤중에 나는 데미안과 문장에 관한 꿈을 꾸었다. 문장은 끊임없이 변했다. 데미안이 문장을 손에 들고 있었다. 그건 때론 작고 잿빛이었다가 때론 대단히 크고 다채로웠다. 그래도 그건 언제나 동일한 것이라고 그가 설명해주었다. 하지만 마지막에 그는 내게 문장을 먹으라고 자꾸 권했다. 그걸 삼키자 난 그 문장의 새가 내 속에서 살아나 나를 채우고 안에서부터 나를 먹어치우기 시작하는 걸 느끼며 소스라치게 놀랐다. 죽음의 공포에 사로잡혀 나는 펄쩍 뛰며 깨어났다.

정신이 들었다. 한밤중이었다. 방 안으로 비가 뿌리는 소리가 들렸다. 나는 창문을 닫으려고 일어섰다. 그때 뭔가 바닥에 놓여 있는 희뿌연 것을 밟았다. 아침에 보니 그건 내가 그린 그림이었다. 바닥의 습기에 젖어 그림은 울룩불룩해졌다. 그림을 말리려고 압지 사이에 넣어 무거운 책 속에 끼워넣었다. 다음 날 다시 보니 그림은 말라 있었다. 그러나 상태가 변해 있었다. 붉은 입술은 허예졌고 좀 더 가늘어졌다.

그건 이제 진짜 데미안의 입술이었다.

난 새로운 그림에 착수했다. 문장의 새였다. 원래 어떤 모습이었는지 더는 명확히 알 수 없었지만, 내가 알기로 문장의 몇 가지는 가까이서 보아도 잘 알아보기 힘들었다. 문장이 낡은 데다 자주 덧칠로 색을 입혔기 때문이다. 새는 서 있거나 어떤 것 위에 앉아 있었다. 아마 꽃이나 바구니 혹은 새 둥지 아니면 나무 정수리일 것이다. 그건 상관없었다. 그래서 나는 분명하게 생각나는 것부터 그리기 시작했다. 어떤 불분명한 욕구에서 나는 곧장 강렬한 색으로 그리기 시작했다. 내 그림 속에서 새의 머리는 황금빛 노란색이 되었다. 기분에 따라 나는 계속 그렸으며, 며칠 사이에 그림을 완성했다.

이제 그건 맹금류가, 매섭고 대담한 새매의 머리가 되었다. 몸의 반쪽은 푸른 하늘을 배경으로 어두운 지구 속에 박혀 있었는데, 새는 마치 커다란 알에서 나오는 것처럼 거기서 몸을 위로 빼내고 있었다. 그림을 좀 더 들여다보고 있자니 점점 더 꿈속에 나타났던 그 색깔 있는 문장처럼 보였다.

데미안에게 편지를 쓰는 건 수신처를 알았다 해도 가능하지 않았을 것이다. 하지만 당시 내가 모든 걸 해낼 때 느끼던 그 꿈결 같은 예감 속에서 나는 그에게 새매 그림을 보내기로 마음먹었다. 그에게 도달하든 하지 않든 간에. 그림 위엔 아무것도, 내 이름조차도 쓰지 않았다. 난 가장자리를 조심스레 잘라내었고 커다란 봉투를 하나 사서 내 친구의 옛 주소를 적었다. 그런 다음 그걸 부쳤다.

시험일이 다가왔으며 나는 평소보다 더 많이 학교 공부를 해야 했다. 내가 돌연히 그 발칙스러운 품행을 바꾼 뒤로 선생님들께선 자애롭게 나를 다시 거두어주셨다. 현재도 좋은 학생은 아니었지만 나나 그 밖의 누구도 내가 반년 전에는 벌을 받아 학교에서 퇴학당할 뻔했다는 사실을 더는 생각하지 않았다.

아버지께선 이제 다시 예전의 그 말투로, 비난과 위협 없이 편지를 더 자주 보내오셨다. 그럼에도 아버지나 누군가에게 어떻게 내게 그런 변화가 일어났는지 해명하고 싶은 충동은 일지 않았다. 이 변화가 부모님과 선생님들의 소망과 맞아떨어진 것은 우연이었다. 이 변화는 나를 다른 사람들에게 이끌어가지도, 누군가와 더 가깝게 만들지도 않았으며, 나는 더 외로워졌을 뿐이다. 이 변화는 어딘가로, 데미안에게로, 어느 멀리 있는 운명을 목표로 향해 가고 있었다. 나 자신도 그게 뭔지 몰랐다. 바로 그 한가운데 서 있었으니 말이다. 그건 베아트리체로 시작했지만, 얼마 전부터 내가 그린 그림들과 데미안에 관한 생각들로 너무도 완전히 비현실적인 세계에 살게 된 나머지 나는 베아트리체 역시 시야

와 생각 속에서 깨끗이 놓쳐버렸다. 난 내 꿈들에 관해, 나의 기대와 내면의 변화에 관해 누구에게도 말할 수 없었으며 설사 그러고 싶었다 할지라도 그러질 못했다.

하지만 내가 어떻게 그걸 원할 수 있었겠는가?

제5장

새는 힘들게 싸워 알을 깨고 나온다

내가 그린 꿈의 새는 전송되어 내 친구를 찾았다. 가장 놀라운 방식으로 답장이 날아왔다.

어느 날 나는 교실 내 자리에서 수업 사이 쉬는 시간에 쪽지 한 장이 책 속에 꽂혀 있는 걸 보았다. 그 쪽지는 보통 학우들이 수업 시간에 때때로 몰래 서로 쪽지를 보낼 때 하는 것과 똑같은 방식으로 접혀 있었다. 여태껏 누구와도 그런 교제를 하지 않았기 때문에, 나는 누가 내게 그런 쪽지를 보냈는가, 하며 놀랐다. 학생들이 어떤 장난에 날 끌어들이려는 것이라고, 그러나 동참하지 않을 거라고 난 생각했다. 그래서 쪽지를 읽지 않은 채 책 앞쪽에 넣어 두었다. 수업이 진행되는 중에 우연히 쪽지가 다시 내 손안에 떨어졌다.

나는 쪽지를 만지작거리다 아무 생각 없이 펼쳤으며 글자 몇 개가 적혀 있는 걸 보았다. 눈길이 거기로 향하고, 어떤 단어에 머물렀다. 나는 소스라치게 놀라면서 그 내용을 읽었다. 그러는 사이에 내 심장은 마치 엄청난 추위 속에서처럼 운명 앞에서 움츠러들었다.

"새는 힘들게 싸워 알을 깨고 나온다. 그 알은 세계다. 태어나려고 하는 자는 한 세계를 부숴야만 한다. 새는 신을 향해 날아간다. 그 신의 이름은 아브락사스다."

이 글귀를 여러 번 읽고 난 후 나는 깊이 생각에 잠겼다. 의심의 여지가 없었다. 그건 데미안의 답변이었다. 나와 그를 제외하곤 아무도 그 새에 관해 알 리가 없었다. 그는 내 그림을 받은 것이다. 그는 이해했고 내게 뜻풀이를 도와준 것이다. 그러나 이 모든 게 어떻게 서로 연관되어 있는 걸까? 그리고 이 질문이 나를 특히 괴롭혔다. 아브락사스란 무엇일까? 나는 그 말을 들어본 적도 읽어본 적도 없었다. "그 신의 이름은 아브락사스다!"

수업 내용을 하나도 듣지 못한 상태에서 시간이 흘러갔다. 마지막 오전 수업이 시작되었다. 어느 젊은 보조 교사가 그 수업을 맡았다. 막 대학을 졸업하고 오신 분으로, 너무나 젊고 우리를 향해 잘못된 권위를 부리지 않았기에 우리는 그분을 좋아했다.

우리는 폴렌 박사의 지도하에 헤로도토스를 읽었다. 이 강독은 내 관심을 끄는 몇 안 되는 과목 중 하나였다. 하지만 이번 시간에는 집중이 되지 않았다. 기계적으로 책장을 펼치긴 했지만, 나는 번역을 따라가지 못했으며, 생각에 깊이 잠겨 있었다. 그밖에도 나는 데미안이 당시 종교 수업 시간에 했던 말이 얼마나 맞는지 이미 여러 차례 경험한 터였다. 누군가 뭔가를 충분히 강렬하게 원하면 이뤄진다는 말 말이다. 만일 내가 수업 시간에 아주 강하게 생각에 몰두해 있을 때면 나는 고요히 있을 수 있었고 선생님은 나를 내버려 두었다. 그렇다, 누군가 산만하거나 졸고 있으면 선생님은 별안간 거기 와 계셨다. 그 일 역시 이미 겪은 바 있었다. 하지만 정말로 생각하고 있으면, 정말로 생각에 몰두해 있으면 보호받았다. 나는 똑바로 쳐다보기 역시 이미 시험해 보았고, 진짜 그렇다는 걸 알아냈다. 당시 데미안과 보낸 시절엔 성공하지 못했지만, 이제 난 눈길과 생각으로 매우 많은 것을 행할 수 있다고 자주 느꼈다.

이때도 난 그렇게 앉아 있었고 헤로도토스와 학교에서 멀리 떨어져 있었다. 그런데 그때 부지중에 선생님의 목소리가 번갯불처럼 내 의식 안으로 치고 들어와 난 깜짝 놀라며 깨어났다. 선생님의 목소리가 들렸다. 선생님은 바로 내 옆에 서 계셨고 나는 정말로 선생님이 내 이름을 불렀다고 생각했다. 그러나 선생님은 나를 쳐다보지 않았다. 나는 안도의 숨을 내쉬었다.

그때 다시 선생님의 목소리가 들렸다. 큰 소리로 그 단어를 말하고 있었다. "아브락사스." 폴렌 박사는 내가 첫머리를 놓쳐버린 어떤 설명을 계속 이어가셨다.

"우린 저 종파의 세계관과 고대의 신비한 합일성을 너무 순박하게 상상할 필요가 없어요. 이성주의적인 관점에서 볼 때 그런 것처럼 말이죠. 고대의 세계는 우리가 말하는 학문이란 걸 아예 몰랐습니다. 그 대신에 아주 고도로 발달한 철학적—신비주의적인 진실에 몰두해 있었죠. 부분적으로는 거기서 마술과 장난 놀이가 생겨났는데, 그게 종종 기만과 범죄로 흘러가는 일도 있었죠. 그러나 마술 역시 고상한 데서 연유한 것이고 심오한 사상을 지니고 있었어요. 내가 좀 전에 예로 끌어들인 아브락사스에 대한 교리가 그렇죠. 이 이름은 그리스의 주술 형식과 결부시켜 언급되며 가령 오늘날에도 미개한 민족들에게 남아 있는, 어떤 마법을 부리는 마귀의 이름으로 간주되곤 하죠. 그러나 아브락사스는 훨씬 더 많은 의미를 가진 것 같아요. 우리는 그 이름을 가령 신적인 것과 악마적인 것을 통합시키는 상징적 과제를 가진 어떤 신의 이름으로 생각할 수 있죠."

자그마한 그 학자는 섬세하고 열정적으로 말을 이어갔으

나, 아무도 크게 주의를 기울이지 않았다. 그리고 아브락사스라는 이름이 더 이상 나오지 않았으므로 나 역시 곧 주의력을 다시 나 자신에게 되돌려 생각에 잠겼다.

"신적인 것과 악마적인 것을 통합시킨다"라는 말이 귀에 남아 울렸다. 이 말에 생각을 연결시킬 수 있었다. 그건 우리 우정의 마지막 시기에 데미안과 했던 대화들을 통해 잘 알고 있는 내용이었다. 그 당시 데미안은 말하길, 우리에겐 숭배하는 신이 있으나 그건 단지 자의적으로 분리한 세상의 반쪽만을 표현하는 것이라고 했었다. (그게 공식적이고, 허락된 '빛'의 세계였다.) 그러나 우리는 세계 전체를 숭배할 수 있어야 하는 바, 악마이기도 한 신을 갖거나 아니면 신을 위한 예배 옆에 악마에 대한 예식도 갖추어야 한다고 했다. 그러니까 이제 보면 아브락사스는 신이기도 하고 악마이기도 한 그 신이었던 셈이다.

한동안 나는 아주 열심히 아브락사스의 흔적을 더 찾아보았지만 진전은 없었다. 또 어느 도서관을 전부 샅샅이 뒤져 아브락사스를 찾았으나 성과가 없었다. 그런데 내 본성은 한 번도 강력하게 이런 종류의 직접적이고 의식적인 탐색을 목표로 해본 적이 없었다. 거기선 누군가에겐 손안의 돌멩이로 남아 있을 진실만이 먼저 발견된다.

한동안 내가 그토록이나, 마음속 깊이 몰두했던 베아트

리체의 형상은 이제 점점 가라앉았다. 아니면 오히려 그녀가 나에게서 차츰 멀어져 점점 더 지평선에 다가갔으며, 더 어렴풋해지고, 더 멀어지고, 더 희미해졌다. 베아트리체는 더 이상 영혼을 충족시켜주지 못했다.

독특하게 자기 속으로 파고들어 가 고치를 친 나의 현존 속에서, 내가 몽유병자처럼 끌어왔던 그 삶 속에서 이제 새로운 형상이 생겨나기 시작했다. 삶에 대한 동경이 내 속에서 피어났다. 더 정확히 말해 사랑에의 동경, 그리고 한동안 베아트리체를 숭배하며 해소할 수 있었던 성 충동이 새로운 형상들과 목적들을 요구해왔다. 여전히 내게 충족은 오지 않았으나 그 동경을 속이고, 내 학우들이 행복을 찾으러 가던 그 소녀들에게서 뭔가를 기대하는 건 그 어느 때보다도 더 불가능했다. 나는 다시 꿈을 많이 꾸었으며, 그것도 밤보다는 낮에 더 많이 그랬다. 온갖 상상들과 형상들 혹은 소망들이 마음속에 솟구쳐 올랐고 나를 외부 세계로부터 멀리 떼어놓았기에 나는 실제 주변 세계보다는 내 속에 있는 이 형상들과, 이 꿈들 혹은 그림자들과 더 현실적이고 더 생생하게 교류하며 살았다.

특정한 꿈 하나가, 혹은 언제나 되돌아오는 환상 놀이 하나가 내겐 의미심장해졌다. 이 꿈은 내 인생에서 가장 중요하고 가장 오래 지속된 것인데, 대략 이랬다. 나는 부모님의 집으로 돌아갔다. 대문 위에는 문장 속의 새가 푸른 바탕을 배경으로 노란색으로 빛나고 있었다. 집에서 어머니가 나를 향해 오셨다. 그러나 내가 안으로 들어가 어머니를 껴안으려 하자 그건 어머니가 아니라 한 번도 본 적이 없는 형상이었다. 키가 크고 강하며, 막스 데미안과 내가 그린 그림과 닮긴 했지만 달랐으며, 강한 힘에도 불구하고 전적으로 여성적이었다. 이 형상은 나를 끌어당겨 깊고도 가슴 떨리는 사랑의 포옹으로 나를 맞아주었다. 그 포옹엔 희열과 소름끼치는 전율이 섞여 있었다. 그건 신을 향한 예배이자 범죄이기도 했다. 어머니에 대한 너무 많은 기억, 내 친구 데미안에 대한 너무 많은 기억이 나를 껴안은 그 형상 속에서 어른거렸다. 그녀의 포옹은 모든 외경심에 저촉되는 것이었으나, 그럼에도 축복이었다. 나는 자주 깊은 행복감을 느끼며 이 꿈에서 깨어났고, 끔찍한 죄를 지은 듯 죽음의 공포와 양심의 가책을 느끼며 깨어나는 일도 자주 있었다.

이 순전히 내면적인 형상과 내가 찾아야 할 그 신에 관해 밖에서 온 신호 사이에 점차로 그리고 무의식적으로만 연결이 생겨났다. 그러자 그 연결은 더 밀접하고 더 내밀해졌다. 나는 바로 이러한 예감의 꿈속에서 내가 아브락사스를 부르고 있다고 느끼기 시작했다. 희열과 공포가, 남성과 여성이 섞여 있으며, 성스러운 것과 끔찍한 것이 서로 뒤얽혀 있고,

깊은 죄는 가장 여릿한 천진함을 통해 경련하는—내 사랑의 꿈속 형상이 그랬고 아브락사스 또한 그랬다. 사랑은 더이상 내가 처음에 겁내며 느꼈던 것처럼 동물적으로 어두운 충동이 아니었다. 또 사랑은 더 이상 내가 베아트리체의 형상에 바쳤던 그 경건하게 정신화된 숭배도 아니었다. 사랑은 두 가지 다였으며, 두 가지 다이면서 훨씬 더 많은 것이었다. 사랑은 천사의 형상이고 사탄이었으며, 남자와 여자가 하나로 합쳐진 것, 인간과 동물, 최상의 선과 극단적인 악이었다. 이 사랑을 사는 것이 내겐 결정된 일로 보였고 이것을 맛보는 것이 내 운명으로 생각되었다. 나는 그 운명에 동경을 느꼈으며 그 앞에서 공포를 느꼈다. 그러나 그 운명은 언제나 거기 있었으며 언제나 내 위에 있었다.

　이듬해 봄에 나는 고등학교를 졸업하고 대학에 가야 했다. 그러나 아직 어디서 무엇을 공부해야 할지는 몰랐다. 입술 위로 자그마니 수염이 자라났다. 나는 다 자란 사람이었지만 그럼에도 완벽히 무능했고 목적이 없었다. 단 한 가지만 확고했다. 내 마음속의 목소리, 그 꿈의 형상만이. 나는 그것이 인도하는 대로 무조건 따라야 한다는 사명감을 느꼈다. 그러나 그것은 힘들었으며 매일같이 나는 저항했다. 어쩌면 난 미쳤을까, 어쩌면 난 다른 사람들과는 다른 게 아닐까? 하고 적잖이 생각해보았다. 그러나 다른 사람들이 해내는 것을 모두 할 수 있었고 조금만 열심히 하고 애를 쓰면 플라톤을 읽거나 삼각법 문제를 풀거나 화학 분석을 따라갈 수 있었다. 딱 한 가지만 할 수 없었다. 그건 내 속에 어둡게 숨겨져 있는 목적을 끌어내어 내 앞 어딘가에 그려내는 것이었다. 교수가 되려는지, 판사나 의사 혹은 예술가가 되려는지, 그렇게 하는 데 얼마나 걸리는지, 그 일엔 어떤 장점들이 있는지를 정확히 알고 있는 다른 사람들이 하듯 말이다. 난 그게 안 되었다. 어쩌면 나도 언젠가 그런 사람이 될지도 모르지만 그걸 어찌 안단 말인가. 어쩌면 나 역시 길을 찾고 또 계속 찾아야만 할지도 몰랐다. 여러 해 동안, 그러고도 아무것도 되지 못하고 아무 목적지에도 도달하지 못할지도 몰랐다. 어쩌면 어떤 목적지에 도달할지도 모르지만, 그건 사악하고 위험하며 끔찍한 것일지도 몰랐다. 나는 오로지 내 속에서 저절로 우러나오려는 것을 살아보고자 했을 뿐이다. 그런데 그게 왜 그리도 힘들었을까?

나는 가끔 꿈속에 나오는 그 힘찬 사랑의 형상을 그려보려고 했다. 그러나 한 번도 성공하진 못했다. 만일 성공했다면 그 그림을 데미안에게 보냈으리라. 그는 어디에 있었던가? 모르는 일이었다. 내가 아는 건 그가 나와 연결되어 있다는 것뿐이었다. 그를 언제 다시 보게 되려나?

베아트리체 시기 동안 몇 주와 몇 달간 누렸던 그 쾌적한 안식은 오래전에 사라져버렸다. 그 당시 난 어떤 섬에 도달하여 평화를 찾았다고 믿었었다. 하지만 언제나 그렇듯이, 어떤 상태가 마음에 들자마자, 어떤 꿈이 내게 쾌감을 주자마자 그건 또 바로 시들었고 눈에 띄지 않게 되었다. 그렇다고 슬퍼해봤자 아무 소용없는 일이었다! 이제 나는 채워지지 않는 갈망과 팽팽하게 부풀어 오른 기대의 불길 속에 살고 있었다. 그 불길로 인해 아주 난폭해지고 미쳐 날뛰는 때가 자주 있었다. 꿈속의 연인상이 자주, 너무나 생생하게 눈앞에 나타났다. 그건 내 손보다 훨씬 더 뚜렷했으며 난 그 형상과 얘기하고 그 앞에서 울고 그것을 저주했다. 나는 그걸 어머니라 불렀으며 눈물을 흘리면서 그 앞에 무릎을 꿇었다. 나는 그것을 연인이라고 불렀으며 그의 성숙하고 모든 것을 충족시켜주는 입맞춤을 예감했다. 나는 그걸 악마요 창녀요 흡혈귀요 살인자라고 불렀다. 그 형상은 가장 부드러운 사랑의 꿈들로 그리고 황폐한 파렴치의 상태로 유혹했으며, 무엇도 너무 좋거나 너무 멋지지 않았고, 아무것도 너무 나쁘거나 비천하지 않았다.

그 겨우내 나는 말하기 어려운 내면의 폭풍우 속에서 살았다. 오랫동안 고독에 익숙해져 있어 혼자라는 건 괴롭지 않았다. 나는 데미안과, 새매와 그리고 내 운명이자 내 연인이기도 한 꿈속의 키 큰 형상과 함께 살았다. 그 속에서 살기엔 그걸로 충분했다. 모든 것이 광대한 것, 광활한 것을 내다보았고 그 모든 게 아브락사스를 가리키고 있었으므로. 그러나 이 꿈들 중 아무것도, 내 생각들 중 어떤 것도 내 뜻대로 되지 않았다. 나는 아무것도 불러낼 수 없었고 마음대로 색깔을 부여할 수 없었다. 그들이 다가와 나를 데려갔으며, 나는 그들의 지배를 받으며 그들로 인해 살아갔다.

나는 외부를 향해선 실로 안정되어 있었다. 사람들 앞에선 두려움이 없었고 그건 내 학우들도 알게 되어 은연중 나에게 존경심을 보였다. 그럴 때면 난 가끔 미소를 지었다. 하고자 했다면 나는 얼마든지 학우들 대부분을 통찰하고, 그렇게 해서 가끔씩 학우들을 놀라게 할 수 있었을 것이다. 다만 그러고자 한 적이 별로 없거나 아예 없었을 뿐이다. 나는 항상 나에게 몰두해 있었다. 언제나 나 자신에게 말이다. 내가 간절히 바란 것이 있다면, 이제 마침내 한 번쯤 제대로 살아보는 것, 내 속으로부터 나오는 뭔가를 이 세상에 주는 것, 세상과의 관계로, 세상과의 투쟁으로 나가는 것이었다. 어쩌다 저녁 무렵에 거리를 돌아다니다 내면의 불안으로 자정까지 귀가할 수 없을 때면, 이따금 '이젠 그래, 이젠 나의 연인이 나를 만나러 와야 한다. 다음 모퉁이를 지나가고 있어야 한다. 다음번 창에서 나를 불러야 한다'고 생각했다. 때때론 그 모든 게 참을 수 없을 만큼 고통스럽게 느껴지기

도 했고, 그러면 언젠간 삶을 끝내버리겠다는 각오를 나는
하고 있었다.

당시 난 독특한 도피처를 찾아냈다. 흔히 말하듯 '우연히'
말이다. 그러나 그러한 우연들이란 없는 법이다. 무엇인가
불가피하게 필요한 사람이 그걸 찾아낸다면, 그에게 그걸
준 건 우연이 아니라 그 자신이며, 그 자신의 요청과 필연성
이 그를 그곳으로 이끈 거다.

도시를 산책하다가 나는 두세 번 정도 어느 작은 변두리
교회당으로부터 흘러나오는 오르간 소리를 들은 적이 있다.
그러나 멈춰선 적은 없었다. 다음번 그곳을 지나갈 때 나는
다시 그 소리를 들었고 그게 바흐의 곡임을 알아챘다. 문으
로 가보니 문은 잠겨 있었다. 골목길엔 행인이 거의 없었기
에 나는 교회당 옆에 있는 방충석 위에 앉아 외투 깃을 세우
고 음악에 귀를 기울였다. 그건 크지는 않지만 질 좋은 오르
간이었고 연주는 놀라웠다. 그건 의지와 불굴성에 대한 고
유하고도 가장 개성적인 표현이었으며 마치 기도처럼 들렸
다. 난 이런 감정을 느꼈다. 저기서 연주하고 있는 사람은
이 음악 속에 보물이 숨겨져 있음을 아는 거라고. 그리고 자
신의 생명같이 이 보물을 얻으려고 애쓰며 두드리며 노력하
고 있는 거라고. 나는 기교라는 점에서는 음악을 잘 모르지
만 바로 이러한 영혼의 표현력은 어린 시절부터 본능적으로

알아들었고 음악적인 것을 뭔가 내 내면에 있는 자명한 것으로 느꼈다.

연주자는 이어서 무언가 현대적인 것도 연주했다. 그건 레거의 작품일지도 몰랐다. 교회당은 거의 완전히 어두웠고 아주 가느다란 빛줄기 하나만이 바로 옆에 있는 창에서 새어 나왔다. 나는 음악이 끝날 때까지 기다렸고 오르간 연주자가 나오는 것을 볼 때까지 이리저리 거닐었다. 연주자는 아직 젊은 사람이었으나 나보다는 연상이었으며 억센 인상에 땅딸막한 체격이었다. 그는 힘차고도 흡사 내키지 않는 듯한 걸음걸이로 급히 그곳을 떠나갔다.

그때부터 나는 가끔 저녁 시간에 교회당 앞에 앉아 있거나 이리저리 거닐곤 했다. 한번은 문이 열려 있는 것을 보았고, 오르간 연주자가 위쪽 희미한 가스 불빛 속에서 연주하는 사이 반 시간 동안을 추위에 떨면서 행복한 심정으로 좌석에 앉아 있었다. 그가 연주하는 음악에서 그의 해석만 들린 것은 아니었다. 그가 연주한 음악들은 서로 닮아 있는 듯이, 어떤 비밀스러운 연관성을 갖고 있는 것처럼 느껴졌다. 그가 연주하는 음악엔 모두 신앙심이 깃들어 있었으며 헌신적이고 경건하였다. 그러나 교인들과 목사님들이 보여주는 경건함이 아니라, 중세의 순례자와 걸인들이 지닌 경건함이었다. 그건 모든 교리를 넘어선 어떤 세계감정에 가차 없이 자신을 다 바쳐 헌신하는 경건함이었다.

바흐 이전의 대가들, 그리고 옛날 이탈리아 작곡가들의 곡들도 정성껏 연주되었다. 이 음악들은 모두 똑같은 말을 하고 있었다. 그 음악들은 오르간 연주자의 영혼 속에도 있는 것을 말하고 있었다. 그건 동경, 가장 마음 깊은 곳으로부터 세계를 파악하고 다시금 자신을 거기서 광폭하게 떼어 놓는 것, 자신의 수수께끼 같은 영혼에 열정적으로 귀 기울이는 것, 헌신의 도취와 경이로운 것을 향한 깊은 호기심이었다.

한번은 오르간 연주자가 교회에서 나와 가는 길을 몰래 따라갔다가 그가 멀리 시내 변두리에 있는 작은 술집으로 들어가는 것을 보았다. 나는 그를 따라 들어가지 않을 수 없었다. 여기서 처음으로 그의 모습을 분명하게 보았다. 그는 그 작은 술집의 한 모퉁이에 있는 탁자에 앉아 있었는데, 머리엔 검은색 중절모를 쓰고 와인 한 잔을 앞에 두었다. 그의 얼굴은 내가 예상했던 대로였다. 못생긴 얼굴에 뭔가 야성적이고 탐구적이며 집요하고 고집스럽고 의지에 꽉 차 있었다. 그런 반면 입가는 부드럽고 어린아이 같았다. 남성적이고 강한 것은 모두 눈과 이마에 몰려 있었으며, 얼굴의 아랫부분은 부드럽고 미완 상태이며 통제되지 않았고, 부분적으로 연약했다. 결단력이 전혀 없어 보이는 턱은 마치 이마와 눈빛에 모순을 이루는 듯 소년 같은 느낌을 풍겼다. 내 마음에 든 것은 짙은 갈색의 눈이었는데 그건 자부심과 적의에 가득 차 있었다.

나는 말없이 그의 맞은편에 앉았다. 술집엔 우리 말고 아무도 없었다. 그 사람은 나를 쫓아내려는 양 쏘아보았다. 그래도 나는 버텨내며 그가 언짢은 소리로 투덜거릴 때까지 끄떡 않고 그를 쳐다보았다.

"대체 뭘 그리 뚫어져라 쳐다보는 거지요? 내게 뭐 바라는 게 있나요?"

"아닙니다"라고 난 말했다. "이미 많은 걸 선생님으로부터 받았는데요."

그는 이마를 찌푸렸다.

"그래요, 열광 음악팬인가요? 음악에 열광하는 건 구역질 나는 일이라고 생각합니다."

나는 끄떡도 하지 않았다.

"이미 여러 번 선생님의 음악을 들었습니다. 저기 밖에 있는 교회당에서요"라고 난 말했다. "선생님을 귀찮게 하려는 뜻은 없습니다. 어쩌면 선생님에게서 뭔가 특별한 것을 찾아낼지 모른다고 생각했습니다. 그게 뭔지는 정말 모르지만요. 그러나 제 말에 조금도 신경 쓰지 마십시오! 전 교회에서 선생님 음악을 들을 수 있으니까요."

"그런데 교회당 문은 언제나 잠그는데요."

"최근에는 그걸 잊으셨던 모양입니다. 전 안에 들어가 앉았어요. 보통 때는 밖에 서 있거나 방충석에 앉지요."

"그래요? 다음번엔 들어오세요. 안이 더 따뜻하죠. 그냥 문을 두드리면 돼요. 그러나 힘차게요. 그리고 내가 연주하는 동안은 안 됩니다. 자, 그럼 무슨 말을 하려고 했었나요? 아주 젊으신 분인데, 아마 학생이거나 대학생이겠죠. 음악가세요?"

"아닙니다. 음악을 즐겨 듣습니다. 그러나 선생님께서 연주하시는 그런 것만 듣지요. 전적으로 조건 없는 음악, 한 인간이 천국과 지옥을 뒤흔드는 것이 느껴지는 그런 음악만요. 전 음악을 아주 좋아하는데, 그건 음악이 별로 도덕적이지 않기 때문이어서라고 생각해요. 다른 건 모두 도덕적이에요. 저는 그렇지 않은 것을 찾고 있습니다. 도덕적인 것에선 늘 고통만 받았거든요. 제 생각을 제대로 표현할 수는 없습니다만. 신이자 동시에 악마인 신이 분명 존재한다는 걸 아시는지요? 그런 신이 있었다고 하지요. 그 얘길 들었어요."

음악가는 챙이 넓은 모자를 약간 뒤로 제치고 넓은 이마에 놓인 검은 머리카락을 털었다. 그러면서 나를 뚫어져라 쳐다보았으며 탁자 너머로 내게 얼굴을 기울였다.

나지막하게 그리고 매우 궁금해하며 그가 물었다.

"지금 말한 그 신의 이름이 뭡니까?"

"아쉽게도 그 신에 관해 아는 게 거의 없어요. 실은 이름만 알고 있습니다. 그 신은 아브락사스라고 합니다."

음악가는 의심스러운 듯 주변을 둘러보았다. 마치 누군가 우리 말을 엿듣기라도 하듯 말이다. 그러고 나서 그는 내게 가까이 몸을 밀치더니 속삭이며 말했다.

"그럴 거라고 생각했지요. 댁은 누구요?"

"저는 고등학교 학생입니다."

"어디서 아브락사스에 관해 알게 되었죠?"

"우연히요."

그는 잔에서 와인이 흘러나올 만큼 탁자를 쳤다.

"우연이라고! 엉터리 같은 소리는 집어치워요, 젊은이! 아브락사스는 우연히 알게 되는 게 아니에요. 그걸 기억해 두시오. 그 신에 관해 좀 더 말해주지요. 그에 관해 좀 알거든요."

그는 말을 하지 않고 의자를 뒤로 당겼다. 내가 기대에 차서 그를 바라보자 그는 얼굴을 찡그렸다.

"여기선 아니고! 다음에 말해주죠. 자 이거 받아요!" 그러면서 그는 입고 있던 외투 주머니에 손을 넣어 구운 밤 몇 개를 꺼내어 내게 던졌다.

나는 아무 말 없이 그걸 받아먹었고 아주 만족했다.

"근데!" 좀 있다가 그가 중얼거렸다. "어디서 그 신을 알게 된 겁니까?"

나는 주저 없이 그에게 말했다.

"전 외로웠고 어찌해야 할지 몰랐지요" 하고 난 얘기를 했다. "그때 옛날에 알던 친구가 떠올랐는데, 제 생각에 그는 많은 것을 알고 있어요. 저는 그림을 그렸어요. 지구에서 빠져나오는 새 한 마리였어요. 그걸 그 친구에게 보냈습니다. 얼마 후 제가 더 이상은 진짜 답이 올 거라고 믿지 않았을 때 종이 한 장이 손에 들어왔고 거기 이렇게 쓰여 있었어요. 새는 힘들게 싸워 알을 깨고 나온다. 그 알은 세계다. 태어나려는 자는 한 세계를 부숴야만 한다. 그 새는 신에게로 날아간다. 신의 이름은 아브락사스다."

음악가는 아무 대답도 하지 않았다. 우리는 밤껍질을 까서 와인에 곁들여 먹었다.

"우리 한 잔 더 할까요?"라고 그가 물었다.

"아닙니다. 술을 잘 안 마십니다."

그는 좀 실망하여 웃었다.

"그러세요! 난 좀 달라요. 조금 더 있겠어요. 먼저 가세요!"

다음번 오르간 연주 후에 그와 함께 걸어갈 때 그는 그렇게 말이 많지 않았다. 그는 오래된 골목길에 있는 웅장한 고

저택의 위층으로 나를 이끌어 어느 널찍하면서도 좀 침침하고 방치되어 있는 방으로 데려갔다. 피아노를 빼고 보면 거기서 음악을 암시하는 건 아무것도 없었다. 반면 큰 책장과 책상이 그 공간에 뭔가 학술적인 분위기를 자아냈다.

"도대체 책이 얼마나 되는 겁니까!" 나는 감탄하며 말했다.

"책 중 일부는 내가 얹혀살고 있는 우리 아버지의 서가에서 온 거예요. 그래요, 젊은이, 난 부모님 댁에 살고 있어요. 하지만 그분들을 소개해드릴 수는 없소. 내 교제는 여기 이 집에선 별로 존중받지를 못해요. 난 탕자라오, 알겠소? 내 부친께서는 엄청나게 존경받는 분이시죠. 이 도시에서 주목받는 목사님이자 설교자십니다. 그리고 나라는 사람은, 금방 사정을 파악하도록 말하자면, 그분의 재능 있고 전도양양한 아들이었지만, 탈선한 데다 어느 정도는 돌아버렸죠. 나는 신학자였는데 국가고시를 치르기 바로 전에 이 훌륭한 학과를 집어치웠다오. 내 독학과 관련해보면 실은 아직도 그 분야에 몸담고 있지만요. 사람들이 그때그때마다 어떤 신들을 창안해내었는지, 그게 내겐 여전히 가장 중요하고 흥미로운 일이죠. 그 밖에 지금은 음악가이고 곧 자그마한 오르간 연주자 자리를 얻게 될 것 같아요. 그러면 또다시 교회에서 살게 되겠죠."

나는 책등들을 쭈르륵 살펴보았고, 작은 책상 램프의 희미한 불빛으로 볼 수 있는 한에서 그리스어, 라틴어, 히브리어로 된 제목들을 알아보았다. 그 사이 음악가는 어둠 속에서 벽 옆 바닥에 누워 뭔가를 바쁘게 하고 있었다.

"이리 와요!" 좀 있다가 그가 불렀다. "이제 우리 철학 연습 좀 해봅시다. 입은 다물고 배를 깔고 누워 생각하는 겁니다."

그는 성냥을 그어 앞에 있는 벽난로 속의 종이와 장작에 불을 지폈다. 불길이 솟아오르자 그는 불을 돋우어 일으켰으며 아주 신중하게 불길을 보살폈다. 나는 그에게로 다가가 해진 양탄자 바닥에 몸을 뉘었다. 그는 불길을 응시했고, 내 마음 역시 불길에 매료당했다. 우리는 말없이 한 시간가량 타오르는 장작 앞에 배를 깔고 누워서 불길이 활활 타오르고, 바지락 소리를 내고, 함몰하고 구부러지고, 가물거리며 꺼지다가 확 타오르더니 결국 바닥에 놓인 잔잔하고 가라앉은 불길 속에서 이글거리는 것을 바라보았다.

"불을 숭배하는 것이 인간이 생각해낸 것 중에서 가장 어리석은 건 아니었지."

음악가가 혼잣말로 중얼거렸다. 그것 말고 우린 아무도 말하지 않았다. 나는 눈으로 불길을 응시하며 넋을 잃고 꿈과 고요에 침잠하였으며 연기 속의 형상들과 재 속에 그려진 그림들을 보았다. 한번은 깜짝 놀라기도 했다. 내 친구가 송진을 불 속에 던지자 작고 가느다란 불길이 치솟아 올랐던 것이다. 그 불길 속에서 나는 노랑 새매의 머리를 가진 새를 보았다. 꺼져가는 벽난로의 불길 속에서 황금색으로 타오르는 실들은 모여 그물이 되었고, 글자와 그림들이 나타났으며 얼굴과 동물들, 식물들, 벌레와 뱀에 대한 기억들이 살아났다. 내가 깨어나면서 옆에 있는 그 사람을 보자니 그는 턱을 주먹 위에 받치고 헌신적으로, 그리고 광신적으로 재를 응시하고 있었다.

"이젠 가봐야 합니다." 내가 나지막이 말했다.

"그래요, 그럼 가보세요. 잘 가요!"

그는 일어서지 않았고 램프는 꺼져 있었으므로 나는 힘들게 손으로 더듬어가며 어두운 방과 복도와 층계를 지나 마법에 걸린 듯한 그 고저택에서 빠져나와야 했다. 거리에 나와선 잠시 멈춰 선 채 그 집을 올려다보았다. 불이 켜진 창은 하나도 없었다. 황동으로 된 작은 문패가 문 앞에 있는 가스등의 불빛에 반짝거렸다.

"피스토리우스, 주임 목사"라는 말을 문패에서 읽었다.

집에 돌아와 저녁 식사를 하고 혼자 작은 내 방에 앉았을 때야, 아브락사스나 그 밖의 것에 관해 피스토리우스에게서 들은 게 없고 우리가 거의 열 마디도 나누지 않았다는 생각이 떠올랐다. 하지만 난 그의 집을 방문한 게 너무도 만족스러웠다. 그리고 그는 다음번엔 오래된 오르간 음악의 아주 정선된 곡을, 북스테후데의 〈파사칼리아〉를 들려주겠노라고 약속했다.

오르간 연주자 피스토리우스는 우리가 그의 침침한 은둔자의 방에서 벽난로를 앞에 두고 누워 있었을 때, 내가 알아차리지 못하는 사이에 내게 첫 가르침을 주었다. 불 속을 들여다보는 건 내게 좋은 영향을 끼쳤다. 그건 내 속에 항상 존재하긴 했지만 실제로는 한 번도 돌본 적 없는 내면의 성향들을 강화하고 확인해주었다. 점차 내게 그것이 부분적으로 분명해졌다.

이미 어린아이였을 때부터 난 언제나 자연의 특이한 형식들을 관조하는 습성이 있었다. 관찰한다기보다는 그 형식의 고유한 마력에, 그 난잡하고 심오한 언어에 몰두하였다. 뻣뻣하게 굳어버린 긴 나무뿌리들, 암석에 새겨진 색깔 띤 줄무늬들, 물 위에 떠다니는 기름의 흔적, 유리의 균열들. 그와 비슷한 사물들 모두가 내겐 때때로 엄청난 마력을 부렸다. 물과 불, 연기와 구름, 먼지가 그랬고, 눈을 감으면 보이는 선회하는 색점들이 특히나 그랬다. 피스토리우스를 처음 방문하고 나서 며칠 동안 다시 이런 것들이 떠오르기 시작했다. 내가 그 방문 후로 느끼게 된 일종의 원기 강화와 기쁨, 나 자신에 대한 감정의 상승이 오로지 확 트인 불 속을 오랫동안 응시한 덕분임을 깨달았기 때문이다. 불을 응시하는 것은 신기하게도 마음을 편하게 하고 풍요롭게 해주었다.

지금까지 내 고유한 삶의 목적에 이르는 길 위에서 경험했던 몇 가지 일들에 이 새로운 경험이 덧붙여졌다. 자연의 비이성적이며 혼란스럽고 기이한 형상들에 몰두하면 우리 내면이 이런 형상들을 창조하는 의지와 일치한다는 감정이 마음속에 일어난다. 우리는 그걸 금방 우리 자신의 기분으로, 우리 자신의 창조물로 보려는 유혹을 느낀다. 우리 자신과 자연 사이에 있는 경계가 흔들리고 융해되어 사라지는 것을 보며, 망막에 비친 이 형상들이 외부의 인상에서 오는 건지 아니면 내부에서 오는 건지 알 수 없는 분위기를 경험하게 된다. 우리가 얼마나 창조적인 존재인지, 우리의 영혼이 얼마나 앞으로도 계속해서 세계의 지속적인 창조에 참여하고 있는지를 단순하고 쉽게 깨닫는 데 이 연습만 한 것이 없다. 더 정확히 말하자면, 그건 우리 속에서 그리고 자연 속에서 활동하고 있는 동일하고도 나눠질 수 없는 신성이다. 외부의 세계가 몰락한다면, 우리 중 하나가 그 세계를 다시 일으켜 세울 수 있을 것이다. 그건 산과 강, 나무와 잎사귀, 뿌리와 꽃들, 자연에서 형성된 모든 것들이 우리 속에 이미 형성되어 있고 영혼에서 나오기 때문인 바, 그 영혼의 본질은 영원이요, 그 본질을 우리는 모르지만, 그 본질은 우리에게 대부분 사랑의 힘이자 창조력으로서 느껴진다.

여러 해가 지난 후에야 나는 이러한 관찰 내용을 어느 책에서, 레오나르도 다 빈치의 책에서 확인한 바 있다. 그는 많은 사람들이 침을 뱉은 담벼락을 바라보는 것이 얼마나 깊고 좋은 자극이 되는지 말한 적이 있다. 축축한 담벼락에 난 저 얼룩들 앞에서 레오나르도 다 빈치는 피스토리우스와 내가 불 앞에서 느낀 것과 똑같은 것을 느꼈던 거다.

그다음에 우리가 함께했을 때 오르간 연주자는 내게 이런 설명을 해주었다.

"우리는 자기 인격의 경계를 항상 너무 좁게 긋고 있어요! 우리는 항상 개인적으로 구별한 것, 남다른 것으로 인식한 것만을 자신의 인격으로 생각합니다. 그렇지만 우리는 세계를 구성하는 전 요소들로 이루어져 있죠. 우리 각자가 다 그래요. 우리의 육신에 물고기까지, 또는 나아가 더 이전까지 거슬러올라가는 진화의 계보가 들어 있는 것처럼 우리 영혼에도 한때 인간 영혼 속에 살았던 모든 것이 다 들어 있어요. 여태껏 존재했던 신들과 악마들이 모두, 그게 그리스인과 중국인의 것이건 또는 아프리카 줄루카퍼족의 것이건 간에, 우리 내면에 함께 들어 있고 거기서 가능성으로서, 소망으로서, 탈출구로서 존재하죠. 만일 인류가 몰락하고, 교육이라곤 받아본 적 없는 보통의 재능을 가진 아이가 유일

하게 살아남는다면, 이 아이는 사물의 전 과정을 다시 찾아
내게 될 겁니다. 그건 신들, 데몬들, 낙원들이자 계명과 금
지 사항들이며 구약과 신약이겠지요. 그 애는 모든 걸 다시
창조해낼 수 있을 거예요."

"네, 좋아요"라면서 나는 이의를 제기했다. "하지만 그렇
다면 개체의 가치는 어디에 있는 거죠? 이미 모든 게 우리
내면에 완성된 상태로 있다면 우리는 뭐 때문에 애를 쓰는
거죠?"

"잠깐만요!"라고 피스토리우스가 격렬하게 소리쳤다.
"당신이 세계를 그냥 속에 지니고만 있는 것과 그 사실을 알
고 있다는 건 엄청난 차이예요! 정신병자도 플라톤을 떠올
리게 하는 사상을 만들어낼 수 있죠. 헤른후트파 신학교에
다니는 어리고 경건한 소년도 그노시스파나 조로아스터교
에 나오는 그런 심오하고 신비주의적인 사상적 맥락들을 독
창적으로 성찰할 수는 있어요. 하지만 그는 그런 것에 관해
선 전혀 모르죠! 모르고 있는 한에서 그는 나무이거나 돌,
기껏해야 동물에 불과합니다. 하지만 이 같은 인식의 최초
의 불꽃이 희미하게 빛나기 시작하면 그때 그는 인간이 되
는 겁니다. 설마 저기 거리에 두 발로 돌아다니는 존재들을
모두 인간으로 여기는 건 아니겠지요. 단지 그들이 똑바로
서서 걷고 아홉 달 동안 아이를 태내에 품고 있다고 해서요?

그중 얼마나 많은 사람들이 물고기이거나 양들인지, 벌레이거나 고슴도치인지, 얼마나 많은 사람들이 개미인지, 또 꿀벌인지 아시잖아요! 그러나 그들 각자의 내면에는 인간이 될 가능성이 있어요. 하지만 그가 그 가능성을 예감할 때, 나아가 부분적으로는 그걸 의식화하는 걸 배울 때야 비로소 그 가능성은 그의 것이 되는 겁니다."

우리 대화는 대략 이런 유의 것들이었다. 거기서 내게 전적으로 새로운 것, 뭔가 속속들이 놀라운 내용은 드물었다. 그러나 가장 진부한 내용까지도 모두가 내 속의 동일한 지점에다 나지막하게 지속적으로 망치질을 했으며, 모든 것이 나의 자기 형성을 도왔고, 모든 것이 내가 허물을 벗고 알의 껍질을 깨는 걸 도와주었다. 매번 그럴 때마다 나는 고개를 좀 더 높이, 좀 더 자유롭게 들어 올렸다. 마침내 나의 노랑새가 부서진 세계의 껍질 밖으로 그 아름다운 맹금의 머리를 내밀 때까지.

우리는 서로 꿈 얘기도 자주 나누었다. 피스토리우스는 그 꿈들에 해석을 달 줄 알았다. 한 가지 놀라운 예가 기억에 남아 있다. 나는 한번 내가 날 줄 아는 꿈을 꾸었다. 그러나 어느 정도는 주체할 수 없이 힘찬 도약으로 인해 공중에 내던져진 상태였다. 이 비행의 기분은 고무적이었지만 내가 뜻하지 않게 매우 높은 곳으로 떠밀려 오르는 것을 보자 곧 공포심으로 변했다. 그때 나는 숨을 참고 내쉼으로써 상승과 하강을 조정할 수 있다는 걸 알아내어 구제받았다.

이 꿈에 대해 피스토리우스는 이렇게 말했다.

"그대를 날게 한 그 도약의 힘은 누구나 가진 우리 인류의 위대한 재산입니다. 그건 모든 힘의 근원과 연결되어 있다는 감정이지요. 그런데 그때 사람은 곧 겁을 먹게 되죠! 너무 위험하거든요! 그래서 대부분의 사람은 흔쾌히 날기를 포기하고 법 조항에 따라 도보 위로 거니는 걸 더 좋아하죠. 그러나 당신은 그렇지 않아요. 유능한 젊은이라면 응당 그렇듯 당신은 계속 날고 있죠. 그리고 보세요. 당신은 거기서 놀라운 사실을 발견합니다. 당신이 점차 그걸 제어하게 되는 것을요. 당신을 잡아챈 저 거대하고 보편적인 힘에 섬세하고 작은, 독자적인 힘이 작용하는 것을요. 하나의 신체 기관, 조종키 하나가 말이죠! 그건 멋진 일입니다. 그게 없으면 아무 의지 없이 공중으로 날아가는데, 그건 예를 들면 미친 사람들이 하는 짓이죠. 당신에겐 저 거리에 있는 사람들보다 더 깊은 예감이 주어져 있어요. 그들에겐 아무 열쇠도 없고 조종키도 없지요. 그래서 심연으로 질주하죠. 그러나 당신은, 싱클레어 당신은 잘하고 있어요! 게다가 어떻게 하고 있나요, 아직도 모르겠어요? 당신은 그걸 새로운 기관으로, 즉 호흡 조절로 해내고 있는 거예요. 그러니 당신의 영혼이 그 깊숙한 곳에선 거의 '개인적'이 아니라는 걸 알 수 있을 겁니다. 당신의 영혼이 이 호흡 조절법을 발명한 게 아니니까요! 그건 새로운 게 아니에요! 그건 빌려온 거고, 수천 년 동안 존재해왔던 거죠. 그건 물고기의 평형기관인 부레라는 겁니다. 실제로 오늘날에도 특이하고 고풍스러운 물고기가 몇 종류 있는데, 이들의 부레는 동시에 허파 역할도 해서 상황에 따라선 호흡하는 데 쓰일 수 있죠. 그러니까 당신이 꿈에서 비행용 부레로 사용한 것과 똑같은 허파죠!"

심지어 그는 동물학 도감까지 가져와 저 고풍적인 물고기들의 이름과 그림을 보여주었다. 그러자 나는 이상한 전율과 더불어 진화의 초기 역사에 속하는 어떤 기능이 내 속에 있음을 생생하게 느꼈다.

제6장

야곱의 싸움

그 별난 음악가 피스토리우스에게서 들은 아브락사스의
이야기를 간단하게 다시 옮길 수는 없다. 그러나 그에게서
배운 가장 중요한 것은 내가 자신에 이르는 길로 한 걸음 더
나아갔다는 점이다. 당시 나는 열여덟 살 먹은 평범하지 않
은 젊은이였다. 수백 가지 일에선 조숙하면서 수백 가지 다
른 일에서는 뒤떨어지고 어리벙벙했다. 이따금씩 남과 나를
비교할 때면 난 자주 자만심에 빠지고 내가 잘난 줄 알았다.
허나 또 그만큼 자주 풀이 죽고 기가 꺾이기도 했다. 어떨
때는 나 자신을 천재로 생각하다가 어떤 때는 반미치광이로
생각하기도 했다. 내 또래들이 느끼는 기쁨과 생활에는 참
여하질 못했다. 그래서 그들과는 일말의 가망도 없이 분리

되어 있고, 삶은 내 앞에 굳게 닫혀 있다는 비난과 근심으로 자주 심신을 갉아먹었다.

그 자신은 이미 다 성장한 기인이었던 피스토리우스는 내게 용기와 자존감을 지키는 법을 가르쳐주었다. 그는 내가 하는 말과 내가 꾼 꿈들, 나의 상상과 생각들 속에서 항상 가치 있는 것을 찾아내어 그것을 진지하게 여기고 진지하게 논평하면서 내게 실례를 제시했다.

"당신은 음악이 도덕적이지 않기 때문에 좋아한다고 했지요"라고 그가 말했다. "그렇다고 치죠. 하지만 당신 자신 또한 도덕주의자가 될 필요가 없는 겁니다! 남과 자신을 비교해서도 안 되고요. 만일 자연이 당신을 박쥐로 만들었다면 자신을 타조로 만들려고 해선 안 되겠죠. 당신 자신이 가끔 기묘하다는 생각이 들고, 대부분의 사람들과 다른 길을 가는 것에 비난을 퍼붓기도 할 겁니다. 그런 태도를 버려야 해요. 불길 속을 들여다보세요, 구름 속을요. 예감이 깃들고 그대 영혼 속의 목소리들이 말하기 시작하면 그땐 자신을 거기에 맡기세요. 그리고 그게 '선생님이나 아버님의 혹은 어떤 신의 뜻에 맞을까, 그들이 좋아할까'라는 질문들은 하지 마세요! 그렇게 하면 자신을 망치게 됩니다. 그렇게 하면 보도 위를 걷게 되며, 화석이 되는 거죠. 싱클레어 군, 우리의 신은 아브락사스입니다. 그는 신이자 악마예요. 그는 밝고 어두운 세계를 다 자기 속에 갖고 있죠. 아브락사스는 그대의 생각과 그대의 꿈들 중 어느 것에도 반대하지 않아요. 이 사실을 절대 잊지 마세요. 그러나 그대가 흠잡을 데 없고 정상적인 사람이 되면, 아브락사스는 그대를 버릴 겁니다. 그럼 그 신은 그대를 떠나 자신의 사상을 끓여낼 새로운 냄비를 찾게 되겠죠."

내 모든 꿈들 중에서 가장 충실하게 지속된 건 저 비밀스러운 사랑의 꿈이었다. 나는 그 꿈을 자주 반복해서 꾸었다. 꿈에서 나는 문장에 새겨진 새 밑을 지나 옛날 우리 집으로 들어가서 어머니를 끌어안으려고 했다. 그러면 어머니 대신 반은 남성적이며 반은 어머니 같은 그 키 큰 여인을 껴안고 있었다. 나는 그 여인에게 두려움을 느끼지만 또한 불타오르는 열망으로 그녀에게 이끌렸다. 이 꿈 얘기는 절대 내 친구에게 할 수 없었다. 다른 꿈은 모두 털어놓을 때도 이 꿈만은 마음속에 간직했다. 그 꿈은 내 구석진 방이요, 나만의 비밀이요, 피난처였다.

마음이 울적할 때면 나는 피스토리우스에게 그 오래된 북스테후데의 〈파사칼리아〉를 연주해달라고 청했다. 그러면 나는 저녁 무렵의 어두침침한 교회당 안에 앉아 이 기이하고도 내면적이며 자신 속에 침잠하여 내면에 귀 기울이고 있는 음악에 넋을 잃고 빠져들었다. 이 음악은 들을 때마다 내 기분을 북돋아주었고 영혼의 목소리가 옳다고 인정할 마음이 더욱 들게 했다.

때때로 우리는 오르간 연주가 끝나고 나서도 한참 교회당에 앉아 있기도 했으며, 높은 아치형 창들로 희미한 불빛이 비쳐 들고 사라지는 것을 보았다.

"이상하게 들리겠지만," 피스토리우스가 말했다. "난 한때는 신학자였고 목사까지 될 뻔했죠. 하지만 그건 당시 내가 저지른 형식상의 오류였을 뿐이고, 사제가 되는 것은 나의 직업이자 내 목적입니다. 단지 아브락사스를 알기 전에 너무 일찍 만족했던 거고, 여호와의 재량에 나를 맡겼던 거죠. 그래요. 종교는 모두가 다 아름다워요. 종교는 영혼입니다. 기독교의 성찬식을 행하든 메카로 순례 여행을 떠나든 마찬가지예요."

"그렇다면 선생님은 사실 목사가 될 수도 있었잖아요" 하고 내가 말했다.

"아니요, 싱클레어, 그건 아니에요. 그랬다면 난 거짓말을 해야 했겠죠. 우리의 종교는 마치 종교가 아닌 양 그렇게 행해지고 있어요. 마치 이성의 산물이라는 듯이 행동하죠. 정녕 어쩔 수 없다면 난 천주교도는 될 수 있겠지요. 하지만 개신교 목사는 아닙니다. 안 돼요! 진실한 신자 몇 사람은, 그런 사람들을 알고 있어요. 기꺼이 말씀 그대로를 믿습니다. 그런 사람들에게 가령 예수는 사람이 아니라 반신이며, 신화라고. 엄청난 그림자 상으로서 거기서 인류는 영원의 벽에 그려진 자기 모습을 보는 거라고 말할 수는 없잖아요. 그리고 현명한 말 한마디를 들으러, 의무를 다하러, 혹은 아무것도 소홀히 하지 않겠다는 등의 이유로 교회에 나오는 다른 사람들에겐 대체 무슨 말을 해줘야 했을까요? 그들을 개종시켜야 한다고 생각하세요? 난 그럴 생각은 조금도 없어요. 사제는 개종시키려고 하지 않습니다. 그는 오로지 신자들 속에, 자신과 같은 사람들 속에 섞여 살며 우리의 신을 만들어내는 그 감정의 수행자요, 그 감정의 표현이고자 할 뿐입니다."

그는 잠시 말을 멈췄다. 그러곤 다시 말을 이어갔다. "지금 우리가 아브락사스라는 이름을 붙여준 우리의 새로운 신앙은 아름다워요. 친구여, 그 신은 우리가 가진 최상의 것이라오. 그런데 그 신은 아직은 젖먹이죠! 아직 날개가 돋지 않았어요. 아, 고독한 종교란 아직 진정한 것은 아니죠. 그 종교는 공동의 것이 되어야 하며, 제식과 도취, 축제와 비밀스러운 제식이 있어야 합니다……."

그는 깊이 생각하며 내면으로 침잠했다.

"비밀스러운 제식을 혼자서 아니면 작은 범위에서 치를 수는 없을까요?" 머뭇거리며 내가 물었다.

"그럴 수 있죠." 그가 고개를 끄덕였다. "난 이미 오랫동안 그렇게 하고 있어요. 누가 알게 되면 그 때문에 여러 해 감방살이를 해야 할 그런 제식을 올려왔죠. 하지만 그게 아직은 올바른 게 아니라는 건 알고 있어요."

갑작스레 그가 내 어깨를 툭 치는 바람에 나는 깜짝 놀라 몸을 움츠렸다.

"젊은이." 그가 절박하게 말했다. "그대도 비밀스러운 제식을 갖고 있어요. 내게 다 말하지 않은 꿈들이 있다는 걸 압니다. 그걸 알려는 게 아니에요. 그러나 그대에게 이렇게 말해주죠. '이 꿈들을 살아보세요. 이 꿈들을 삶의 무대에 펼치세요. 거기에 제단을 세워주세요! 그건 아직 완전한 건 아니지만, 하나의 길입니다. 혹여 우리가, 그대와 나와 다른 몇몇 사람들이 언젠가 이 세계를 갱신하게 될지 어떨지는 두고 봐야겠죠. 그러나 우리 내면에서는 날마다 세계를 갱신하고 있어야 합니다. 그렇지 않다면 우린 아무것도 아니게 됩니다. 그걸 생각하세요! 그대는 열여덟 살이죠, 싱클레어. 그대는 거리의 창녀들에게 가지 않아요. 그대는 분명 사랑의 꿈들, 사랑의 욕구를 가지고 있을 거예요. 어쩌면 그 꿈들은 그대가 두려워하는 그런 것일지도 모르죠. 두려워하지 마세요! 그 꿈들이야말로 그대가 가진 최상의 것입니다. 내 말을 믿어도 됩니다. 그대 나이 때 나는 내 사랑의 꿈들을 억압하여 많은 것을 잃어버렸어요. 그럴 필요가 없답니다. 아브락사스를 안다면 더 이상 그렇게 해서는 안 됩니다. 우리 내면의 영혼이 바라는 것이라면 아무것도 두려워 말고, 아무것도 금지된 것으로 생각해서는 안 됩니다."

나는 깜짝 놀라 이렇게 항변했다.

"하지만 머리에 떠오르는 생각을 모두 행할 수는 없잖아요! 누군가가 역겹다고 그 사람을 죽일 수는 없잖습니까."

그는 내게 좀 더 몸을 밀착시켰다.

"상황에 따라선 그래도 됩니다. 대부분은 그건 오류에 지나지 않지만요. 내 말은 그대의 생각에 떠오른 것은 모두 그냥 실행해야 한다는 뜻이 아니에요. 아니죠. 그러나 좋은 뜻을 가진 이런 생각들을 몰아내고, 이리저리 도덕화해서 해치는 일은 없어야 한다는 거죠. 스스로를 혹은 다른 사람을 십자가에 못 박는 대신 장엄한 사상이 깃든 성배에서 포도주를 들이켜고 그러면서 제물을 바치는 비밀스러운 제식을 생각해볼 수 있답니다. 그런 예식들 없이도 자신의 충동과 이른바 마음의 유혹들을 존중과 사랑으로 다룰 수 있어요. 그러면 충동과 마음의 유혹들은 그 나름의 의미를 드러내죠. 그들은 모두 의미를 갖고 있어요. 만약 다시 한번 뭔가 정말 미친 생각이나 부정한 것이 떠오르면 말이죠, 싱클레어. 누군가를 죽이거나 어떤 엄청나게 음란한 짓을 하고 싶어지면 말이죠, 그럼 한순간 이걸 생각하세요. 그렇게 그대 속에서 상상의 나래를 펴는 건 바로 아브락사스라는 걸요! 그대가 죽이고 싶은 그 사람은 결단코 아무개 씨가 아니고, 분명 변장에 불과할 뿐이죠. 우리가 어떤 사람을 미워한다 면 그 형상 속에서 우리는 자신 속에 있는 뭔가를 미워하는 거예요. 우리 자신 속에 있지 않은 것, 그건 우리를 자극하 지 않아요."

여태껏 피스토리우스는 내 가장 깊은 심중에 관해 그렇게 정곡을 찌르는 말을 한 적이 없었다. 난 답할 수가 없었다. 하지만 내 마음을 가장 강하고 가장 유별나게 움직인 것은 이 격려의 말이 수년 동안 내가 마음속에 품고 있었던 데미 안의 말과 일치한다는 사실이었다. 이 두 사람은 서로 몰랐 으나 내게 똑같은 말을 했던 것이다.

피스토리우스가 나직이 말했다.

"우리가 보는 사물들은 우리 속에 있는 것과 똑같은 것이 죠. 우리 자신 속에 있는 현실 말고 다른 현실이란 없습니 다. 대부분의 사람들은 밖에 있는 형상들을 진짜로 생각하 고 자신 속에 있는 본래의 세계엔 전혀 발언의 기회를 주지 않으므로 그토록 비현실적으로 사는 거예요. 그러면서 행복 할 수는 있어요. 그렇지만 일단 다른 것을 알게 되면요, 그 럼 더 이상 대부분의 사람들이 가는 길을 선택하지 않죠. 싱클레어, 대개의 사람들이 가는 길은 평탄하고 우리의 길은 험난하답니다. 갑시다."

그를 기다리다 두 번이나 허탕을 치고 난 며칠 후에, 나는 저녁 늦게 길거리에서 그와 마주쳤다. 그는 외로이 차가운 밤바람을 맞으며 모퉁이를 돌아 오고 있었다. 비틀거렸고 완전히 술에 취해 있었다. 그를 부르고 싶지는 않았다. 그는 나를 보지 못하고 내 옆을 스쳐 지나갔는데, 이글거리면서 고독이 깃든 눈으로 앞만 뚫어져라 쳐다보고 있었다. 마치 미지의 곳에서 들려오는 어두운 부름을 따라가고 있는 것 같았다. 나는 길을 따라 그를 뒤쫓아 갔다. 그는 보이지 않는 줄에 끌려가듯이 움직였다. 마치 유령처럼, 신들린 것 같으면서도 흐트러진 걸음걸이로.

나는 슬퍼졌고, 집으로, 나의 구제받지 못한 꿈들로 돌아갔다.

'그런 식으로 그는 자기 속의 세계를 갱신한단 말이지!'라고 난 생각했으며 그 순간 또한 이 생각이 비천하고 도덕적이라고 느꼈다. 그의 꿈들에 관해 내가 뭘 안단 말인가? 어쩌면 그는 그 취기 상태에서 불안에 떠는 나보다도 더 확실한 길을 가고 있을지도 몰랐다.

수업들 사이 쉬는 시간에 내가 한 번도 주목하지 않았던 어느 학우가 내게 접근하려는 모습이 때때로 눈에 띄었다. 그는 자그마하고 허약해 보이는 약골의 소년으로 붉은빛이 도는 가는 금발에, 눈빛이나 거동에는 뭔가 독특한 데가 있었다. 어느 날 저녁, 내가 집에 가고 있을 때 그가 골목에서 나를 기다렸다가 자기를 스쳐 지나쳐 가게 두더니 다시 내 뒤를 따라왔고 우리 집 문 앞에 서 있었다.

"내게 원하는 게 있어?" 내가 물었다.

"그냥 너랑 한번 얘기해보고 싶어서"라고 그가 수줍은 듯 말했다. "나랑 좀 걷지 않을래."

나는 그를 따라갔으며, 그가 깊이 흥분해 있고 기대에 차 있는 걸 느꼈다. 그의 손은 떨고 있었다.

"넌 심령론자지?" 갑자기 그가 물었다.

"아니 크나우어, 조금도 아니야. 어떻게 그런 생각을 했어?" 나는 웃으며 말했다.

"하지만 신지론자인 건 맞지?"

"그것도 아닌데."

"아, 그렇게 마음의 문 닫지 말고! 너에게 뭔가 특별한 게 있다는 걸 아주 잘 느끼고 있거든. 네 눈 속에 그게 있지. 너는 정령들과 소통하고 있는 게 확실해. 호기심에서 물어보는 게 아니야, 싱클레어, 아니라고! 나 역시 구도자야, 알겠니? 그리고 너무도 혼자야."

"어서 얘기해봐!" 하며 나는 그를 격려했다. "정령들에 관해선 조금도 모르지만 말이야, 난 내 꿈속에서 살아. 그걸 네가 느낀 걸 거야. 다른 사람들도 꿈속에서 살지. 그러나 그들 자신의 꿈속이 아니야. 그게 차이지."

"그래, 아마 그럴 거야." 그가 속삭였다. "문제는 어떤 종류의 꿈속에 사느냐겠지. 하얀 마술에 관해 들어본 적 있어?"

나는 아니라고 할 수밖에 없었다.

"그걸 배우면 자기 자신을 지배하게 돼. 불사가 되고 또 마법도 부릴 수 있어. 그런 연습 한 번도 안 해봤어?"

내가 호기심에 차서 그 연습에 관해 묻자 그는 처음엔 비밀스럽게 있다가, 내가 가려고 몸을 돌리자 털어놓았다.

"예를 들어 잠이 들거나 집중하려고 할 때 그런 연습을 해. 뭔가를 머릿속에 생각하는데, 예를 들면 단어 또는 이름 하나, 또는 기하학적인 형상이지. 그걸 내 마음속에 집어넣어 생각하는데, 할 수 있는 만큼 강렬하게 해. 그게 내 안에 있다고 느낄 때까지 머릿속에 상상하려고 애쓰지. 그런 다음엔 목에서 그걸 생각하고, 그렇게 계속해. 나 자신이 온전히 그 생각으로 가득 채워질 때까지 말이야. 그러면 난 아주 단단하게 돼서 어떤 것도 나를 더는 이 평온함에서 벗어나게 못 하지."

그가 무슨 말을 하려는 건지 나는 어느 정도 이해했다. 그러나 뭔가 다른 말도 하고 싶어 한다고 느꼈다. 그는 이상하게 흥분해 있었고 황망했다. 나는 그가 쉽게 물어볼 수 있게 해주려 애썼고, 그는 곧 본래의 관심사를 털어놓았다.

"너도 자제하고 있는 거지?"라고 그가 조심스럽게 물었다.

"무슨 말이야? 성적인 거 말하는 거야?"

"그래. 지금 난 2년째 자제하고 있어, 그 교리를 알게 된 후로. 그전엔 부도덕한 짓을 했지. 무슨 말인지 알 거야. 넌 아직 한 번도 여자랑 있어본 적 없지?"

"없어." 내가 말했다. "올바른 짝을 못 찾았거든."

"네가 말하는 그 올바른 짝을 찾으면, 그럼 그 여인과 잘 거야?"

"그럼, 당연하지. 그녀가 반대하지 않는다면 말이야"라고 난 약간 조롱 조로 말했다.

"오, 그건 잘못된 길이야! 내면의 힘들은 완전히 성적으로 자제할 때만 형성될 수 있거든. 난 2년간이나 그걸 했어. 2년하고 한 달 좀 더 되었어! 너무 힘든 일이야! 어떨 땐 더 참을 수 없을 지경이야."

"크나우어, 내 말 좀 들어봐. 내 생각에 금욕은 그토록 중요한 게 아니야."

"알아." 그가 대답했다. "모두 그렇게 말하지. 그러나 네게선 그런 대답을 들을 거라고 기대하지 않았어. 보다 고차원적인 정신의 길을 가려는 자는 순결해야만 해, 무조건!"

"그래, 그럼 그렇게 해! 하지만 자기의 성을 억압하는 자가 왜 다른 사람들보다 '더 순결'하다는 건지 이해 안 가. 아니면 너는 성적인 것을 모든 생각과 꿈에서도 차단할 수 있단 말이야?"

그는 절망해서 나를 바라보았다.

"아니, 그게 안 된다고! 하느님 맙소사, 그런데도 그래야만 하거든. 내가 밤에 꾸는 꿈들, 그건 나 자신에게도 절대 얘기할 수 없는 것들이지! 끔찍한 꿈을 꾼다니까!"

피스토리우스가 내게 했던 말이 떠올랐다. 하지만 아무리 그의 말이 바르다고 느낄지라도 그걸 전할 수는 없었다. 나 자신의 경험에서 나오지 않고, 따르기엔 나 스스로 아직 성장해 있지 않다고 믿는 그런 조언을 남에게 해줄 수는 없었다. 나는 말이 없어졌고 누군가 내게서 조언을 구하지만 그걸 줄 수 없다는 생각에 의기소침해졌다.

"난 다 해봤다고!"라며 크나우어가 내 곁에서 한탄했다. "할 수 있는 일은 다 해봤어. 차가운 물로, 눈으로, 체조와 달리기로. 그런데 아무것도 소용없어. 매일 밤 나는 생각해서는 안 되는 꿈에서 깨어나. 경악스러운 건, 내가 정신적으로 배웠던 모든 게 그것 때문에 점차 다시 사라진다는 거야.

정신을 집중하거나 잠드는 걸 거의 더는 할 수 없어. 자주 뜬눈으로 밤을 새우지. 더 이상 오래는 견디지 못할 거야. 하지만 내가 결국 끝까지 싸워낼 수 없다면, 포기하고 다시 불순하게 된다면, 그럼 전혀 싸우지도 않았던 다른 모든 사람들보다도 내가 더 나쁜 거야. 그걸 이해하겠니?"

난 머리를 끄덕였지만 아무 말도 덧붙일 수 없었다. 그의 얘기가 지루해지기 시작했다. 그러면서 명백한 그의 곤경과 절망이 내게 더 깊은 인상을 주지 않는다는 사실에 나 자신이 더 놀랐다. 내가 느낀 건 이것뿐이었다. '난 널 도와줄 수 없어.'

"그럼 내게 아무 말도 해줄 수 없다는 거야?" 마침내 그가 지쳐서 애처롭게 말했다. "전혀, 아무 말도? 하지만 분명 길이 있을 거 아니야! 넌 어떻게 하고 있는데?"

"네게 아무 말도 해줄 수가 없어, 크나우어. 여기선 서로가 도울 수 없어. 아무도 날 도와주지 않았었고. 너 스스로 깨달아야 하고 정말로 네 본질에서 나오는 것을 해야 해. 달리 길이 없어. 네가 너 자신을 찾아낼 수 없다면, 그럼 넌 정신들도 찾아내지 못한다고 난 생각해."

실망하며 불현듯 말이 없어지더니 그 자그마한 녀석은 나를 쳐다보았다. 그러더니 느닷없는 증오심에 사로잡혀 눈빛이 타올랐고, 내게 얼굴을 찡그리더니 격분하여 소리쳤다.

"그래, 넌 내게 멋진 성자지! 네게도 죄악이 있다는 걸 난 알아! 현자처럼 행동하지만 나와 모든 사람처럼 똑같은 오물에 비밀스레 매달려 있지! 넌 돼지야, 나 같은 돼지라고, 우린 모두 돼지라고!"

난 그를 세워둔 채 자리를 떴다. 그는 두세 걸음 나를 따라오더니 멈췄고 몸을 돌려 달려갔다. 나는 동정과 혐오의 감정으로 기분이 좋지 않았다. 나는 이 감정에서 벗어나질 못했다. 집에 돌아와 내 작은 방에서 내 그림 몇 장을 주위에 세우고 동경에 가득 찬 간절함으로 꿈들에 몰두하자 곧 내 꿈이 다시 돌아왔다. 대문과 문장, 어머니와 낯선 여인에 관한 꿈이, 그리고 난 그 여인의 모습을 너무나 분명하게 보았기에 그날 저녁에 그녀의 형상을 그리기 시작했다.

며칠 후 이 그림을 끝마쳤을 때, 의식 없이 꿈속 같은 15분이 지나가고 난 후, 난 저녁 무렵 그림을 벽에 걸고 탁상 램프를 그 앞으로 밀어 옮겼다. 그러곤 마치 결판이 날 때까지 내가 싸워야만 하는 어느 정령 앞에 서듯 그림 앞에 서 있었다. 그건 이전의 그림과 비슷했고 내 친구 데미안과 비슷했으며 몇 가지 모습에서는 나를 닮기도 한 얼굴이었다. 한쪽 눈은 다른 눈보다 두드러지게 올라가 있었고, 눈길은 깊이 침잠하여 응시하며 나를 넘어 멀리 향했고 운명에 가득 차 있었다.

나는 그 앞에 서 있었다. 내적으로 너무 힘을 쓴 나머지 가슴속까지 싸늘해졌다. 나는 그 형상에게 물음을 던졌고, 그 형상을 비난했으며 그걸 애무했고 그에게 기도를 올렸다. 나는 그 형상을 어머니라고 불렀고 연인이라 불렀으며, 그걸 창녀요 매춘부라고 불렀으며, 그걸 아브락사스라고 불렀다. 그러는 사이 피스토리우스의 말이(아니면 데미안의 말이었던가?) 떠올랐다. 언제 그 말을 들었는지는 기억할 수 없었다. 그런데 그 말이 다시 들리는 것 같았다. 그건 신의 천사와 야곱의 싸움에 관한 것과 "나를 축복해주지 않으면, 그대를 놓아주지 않겠소"라는 말이었다.

　매번 탄원할 때마다 그림의 얼굴은 전등 빛 속에서 변했다. 그건 밝고 빛나는가 하면 검고 어두워졌으며, 생기 잃은 눈 위로 창백한 눈꺼풀을 내려 감는가 하면 다시 눈을 뜨고 이글거리는 눈빛을 반짝였다. 그건 여성이었고 남성이었으며, 소녀였고 어린아이요, 동물이었다. 그건 몽롱해져 얼룩이 되었으며 다시 커지고 선명해졌다. 마지막에 나는 강력한 내면의 부름을 쫓아 눈을 감았다. 그러자 그 형상이 내 안에서 보였는데 그건 더 강력하고 더 힘찼다. 나는 그 형상 앞에 무릎을 꿇으려 했으나 그건 너무도 깊숙이 내 속에 들어와버려 더 이상 나와 분리할 수가 없었다. 마치 그것이 순전히 내가 되어버린 것처럼 말이다.

그때 나는 초봄의 폭풍우에서 나는 듯한 어렴풋하고 무거운 바람 소리를 들었으며 두려움과 체험으로 뒤섞인 형언할수 없이 새로운 감정에 몸을 떨었다. 별들이 내 앞에서 번쩍거리다 꺼졌다. 최초의, 까맣게 잊어버린 유년기까지. 그래, 존재하기 이전의 시기 그리고 형성기의 초기 단계까지 이르는 기억들이 물밀듯이 밀려와 내 곁을 흘러갔다. 그렇지만 내 전 생애를 가장 비밀스러운 부분까지 재현하고 있는 듯한 이 기억들은 어제와 오늘에서 끝나지 않았고 계속해서 나아가 미래를 반영했고, 나를 현재에서 떼어내어 새로운 삶의 형식들로 데려갔다. 새로운 형식의 형상들은 엄청나게 밝고 눈이 부셨으나, 나중엔 그중 어느 것도 제대로 기억할 수 없었다.

한밤중에 나는 깊은 잠에서 깨어났다. 옷을 입은 채로 침대 위에 비스듬히 누워 있었다. 나는 전등에 불을 붙이고 중요한 것을 기억해내야 한다고 느꼈다. 그러나 몇 시간 전에 관해선 더 이상 아무 생각도 나지 않았다. 전등에 불을 붙였다. 기억이 점차 되살아났다. 그림을 찾았지만 벽에는 걸려 있지 않았고 탁자 위에도 없었다. 그러자 희미하게나마 내가 그림을 불태워버린 생각이 나는 것 같았다. 아니면 그걸 손안에서 태우고 그 재를 먹어버린 것은 꿈이었을까?

나는 강하게 움찔거리는 불안감에 내몰렸다. 나는 모자를 집어 쓰고 집과 거리를 지나 걸어갔다. 어쩔 수 없이 그래야 하는 듯이. 그리고 폭풍우에 휩쓸린 듯 거리를 지나 광장 위로 달리고 또 달렸다. 내 친구의 어두침침한 교회 앞에서 귀를 기울였고 어두운 충동에 이끌려 찾고 또 찾았다. 무엇을 찾아야 하는지도 모르고서 말이다. 나는 매음굴이 있는 교외를 지나갔다. 그곳엔 여기저기 아직도 불이 켜져 있었다. 더 멀리 외곽에는 새로 지은 집들과 벽돌 더미가 쌓여 있었는데, 일부는 잿빛 눈에 덮여 있었다. 나는 몽유병 환자처럼 이상한 압박감 속에서 이러한 황무지를 돌아다니고 있었기에, 고향 도시에 있던 그 새 건물이 생각났다. 한때 나를 괴롭혔던 크로머가 첫 돈을 받아내려고 나를 거기로 데려갔었다. 그와 비슷하게 생긴 집이 한밤중, 여기 내 앞에 서 있었고 검은 대문 구멍이 하품하며 나를 바라보았다. 나는 이끌려 안으로 들어갔다. 피하려고 했지만 모래와 토사 더미에 걸려 비틀거렸다. 그래도 충동이 더 강렬했다. 난 안으로 들어가야만 했다.

나는 널빤지와 부서진 벽돌 위를 지나 황량한 공간 속으로 휘청거리며 들어갔다. 습기 찬 냉기와 돌멩이 냄새가 흐릿하게 났다. 모래 더미가 하나 놓여 있었다. 그건 회백색 얼룩이었고 그 밖의 나머지는 모두 컴컴했다.

그때 놀란 목소리가 나를 불렀다.

"하느님 맙소사, 싱클레어, 너 어디서 오는 길이야?"

내 옆에서 어떤 사람이 어둠 속에 몸을 일으켰다. 작고 마른 사내인데 유령 같았다. 머리카락이 쭈뼛하고 서는 동안에 난 내 학우 크나우어를 알아보았다.

"어떻게 여길 온 거야?" 하며 그는 흥분해서 정신 나간 듯이 물었다. "어떻게 날 찾아낼 수 있었지?"

난 무슨 영문인지 몰랐다.

"너를 찾았던 게 아니야." 나는 멍하게 말했다. 말 한마디 한마디가 너무 힘이 들었고, 마치 얼어붙은 듯한 무감각하고 무거운 입술에서 힘들게 흘러나왔다.

그는 나를 빤히 쳐다보았다.

"찾은 게 아니라고?"

"그래. 뭔가 날 끌어당겼어. 너가 나를 불렀지? 너가 날 부른 게 틀림없어. 대체 여기서 뭐하고 있는 거야? 이 밤중에 말이야."

그는 가느다란 팔로 나를 격렬하게 껴안았다.

"그래, 밤이지. 곧 아침이 오겠지. 오 싱클레어, 너가 날 잊지 않았다니! 날 용서할 수 있겠어?"

"대체 뭘 말이야?"

"그래, 나 정말 추했었잖아!"

이제야 우리의 대화가 기억났다. 그게 나흘 혹은 닷새 전이었던가? 내겐 그 뒤로 한평생이 흘러간 것 같았다. 그런데 지금 모든 게 갑자기 분명해졌다. 우리 사이에 일어났던 일뿐 아니라, 왜 내가 이리로 오게 된 건지, 크나우어가 여기 밖에서 무엇을 하려고 한 건지도 말이다.

"너 죽으려고 했던 거지, 크나우어?"

그는 추위와 두려움에 몸을 떨었다.

"응, 그러려고 했지. 그럴 수 있었을지는 모르겠어. 아침이 될 때까지 기다리려고 했어."

나는 그를 밖으로 데리고 나갔다. 수평으로 길게 뻗은 그날 최초의 빛살들이 이를 데 없이 차갑고 활기 없이 회색 공기 속에서 희미하게 빛을 발했다.

나는 그 애의 팔을 잡고 한 구간을 걸었다. 내 속에서 이런 말이 나왔다. '이제 집에 가서 누구에게도 아무 말 하지 마! 넌 잘못된 길을 간 거야, 잘못된 길을! 우리는 또 돼지가 아니야, 네가 생각하듯이. 우린 인간이라고. 우리는 신들을 만들고 그들과 투쟁하지. 그러면 그들은 우리에게 축복을 내리지.'

말없이 우린 계속 걸어갔고 헤어졌다. 집에 돌아왔을 때 날이 밝았다.

St.에서 보낸 시절에 가장 좋았던 일은 오르간 연주를 들으며 혹은 벽난로의 불 앞에서 피스토리우스와 함께 보낸 시간이었다. 우리는 아브락사스에 관한 그리스어 문헌을 함께 읽었고, 그는 우파니샤드의 번역물 중 몇 구절을 내게 읽어주었으며, 성스러운 '옴'을 발음하는 법을 가르쳐주었다. 그런 가운데 나를 내면에서 뒷받침한 것은 이런 학식들이 아니라 오히려 그 반대였다. 내게 도움이 된 것은 나 자신 속에서 앞을 향한 길을 찾고, 나 자신의 꿈과 생각과 예감에 대한 신뢰가 커지고, 내가 자신 속에 갖고 있는 힘을 점점 더 깨닫게 된 것이었다.

피스토리우스와 나는 어떤 방식으로든 잘 통했다. 강렬하게 그를 생각하는 것만으로 충분했다. 그러면 나는 그가 오거나 혹은 그에게서 인사가 온다는 확신이 있었다. 그 자신이 자리에 없어도 데미안에게처럼 그에게도 뭔가 물어볼 수가 있었다. 그를 힘껏 머릿속에 떠올리고 내 질문을 집약된 생각으로써 그에게 향하면 충분했다. 그러면 질문으로 주어진 모든 영혼의 힘이 대답이 되어 내게 되돌아왔다. 다만 내가 상상하는 그는 피스토리우스라는 사람이 아니고 막스 데미안이라는 사람도 아니고, 내가 꿈꾸고 그림으로 그린 형상이었다. 그건 내가 불러야만 했던 나의 데몬인, 그 남성이자 여성인 꿈속의 형상이었다. 그건 이제 더 이상 내 꿈속에서만 그리고 종이에 그려진 채로만 살지 않고, 내 속에서, 내가 바라는 이상이자 질적으로 강화된 나 자신의 모습으로

서 살았다.

자살에 실패한 크나우어가 나와 가진 관계는 독특하고 이따금은 이상야릇했다. 내가 그에게로 보내졌던 그날 밤 이후 그는 내게 마치 충성스러운 하인처럼 혹은 개처럼 애착을 가졌고, 자신의 삶을 내 삶과 연결시키고자 했으며 나를 맹목적으로 따랐다. 그는 가장 별난 질문과 소망들을 품고 내게 왔으며, 유령들을 보고자 했고 카발라를 배우고자 했으며 내가 이 모든 것에 관해 아무것도 이해하지 못한다고 확인시켜도 믿지 않았다. 그는 내게 모든 권능이 있다고 믿었다. 신기했던 건, 바로 내 속의 어떤 매듭이 풀어져야 할 때 그가 종종 그 별나고 어리석은 질문들을 갖고 내게로 왔고, 그러면 그의 변덕스러운 생각들과 관심사들이 종종 내게 매듭을 풀 수 있는 신호와 자극을 주었다는 사실이다. 그는 자주 내게 귀찮은 존재가 되어 무뚝뚝하게 내쫓기기도 했다. 그럼에도 나는 느꼈다. 그 역시 내게 보내진 자이며, 내가 그에게 준 것은 그에게서 두 배가 되어 내게로 돌아왔다. 그 또한 내겐 인도자였거나 아니면 하나의 길이었다. 그는 자신의 치유를 찾았던 굉장한 책들과 문서들을 가져왔는데, 그것들은 내가 그 순간 파악할 수 있었던 것보다 더 많은 것을 가르쳐주었다.

이 크나우어는 훗날, 내가 눈치채지도 못한 사이에 내 길에서 사라져갔다. 그와는 논쟁이 필요하지 않았다. 그러나 피스토리우스와는 달랐다. St.에서 학업이 끝나갈 무렵 난 이 친구와 뭔가 독특한 것을 또 경험했다.

아무리 순한 사람이라 해도 살다 보면 한 번쯤 혹은 여러 차례 외경심과 감사의 마음 같은 아름다운 미덕들과 갈등에 빠지기 마련이다. 누구든 한 번은 아버지와 선생님에게서 벗어나는 걸음을 떼야만 한다. 누구든 고독의 쓰라림을 맛봐야만 한다. 대개의 사람들이 그걸 참지 못하고 곧 다시 그들 밑으로 기어들어 갈지라도 말이다. 나는 부모님과 그분들의 세계, 내 행복했던 유년기의 '밝은 세계'와 격렬한 투쟁을 하며 헤어졌던 게 아니다. 오히려 서서히, 거의 알아채지 못하게 그들에게서 멀어져갔고 낯설어졌다. 그건 가슴 아픈 일이었으며, 그래서 고향 집을 방문할 때면 종종 쓰라린 시간을 보내기도 했다. 그러나 그건 마음속까지 사무치는 아픔은 아니었고 견딜 만했다.

그런데 습관이 아니라 가장 자발적인 동기에서 사랑과 경외감을 바쳤던 곳, 우리가 가장 자발적인 마음으로 누군가의 제자요 친구가 되었던 곳에서 우리를 인도하는 마음의 흐름이 우리를 사랑하는 사람에게서 떼어놓으려는 걸 문득 깨닫게 될 때면, 그때 그건 비장하고 끔찍한 순간이 된다. 그때 친구이자 스승을 거부하는 우리의 생각들은 모두 독가

시를 품고 우리 자신의 심장을 향하며, 그때 방어의 타격은 자신의 얼굴을 때린다. 그때 스스로 도덕성이 있다고 자신했던 사람에게는 수치스런 호칭과 낙인처럼 '변절'과 '배은망덕'이란 말들이 떠오른다. 그때 놀란 심장은 두려움에 떨며 유년기의 미덕이라는 애정 어린 계곡들로 도망치며, 이 절교 또한 일어나야 하고, 이 연대의 끈 역시 끊겨야만 한다는 사실을 믿을 수 없어 한다.

시간이 지나면서 서서히 내 마음속에도 어떤 감정이 일어나 내 친구 피스토리우스를 그처럼 무조건 인도자로 인정하는 데 등을 돌렸다. 내가 청소년기의 가장 중요한 몇 달 동안에 겪었던 일이란 바로 그와의 우정이었고, 그의 조언, 그의 위로와 그의 곁이었다. 그를 통해 신은 내게 말을 했다. 그의 입에서 내 꿈들이 되돌아왔고, 규명되고 해석되었다. 그는 내게 나 자신에 대한 용기를 선사했다. 아, 그런데 이제 나는 점차 그를 향해 자라나는 반항심을 내심 느끼고 있었다. 그의 말에는 교훈적인 것이 너무 많았고 그가 나의 일부만을 제대로 이해하고 있다고 느꼈다.

우리 사이엔 싸움이나 어떤 험악한 장면도 없었으며 절교도, 어떤 담판조차도 없었다. 그냥 내가 그에게 말 한마디, 원래는 아무 악의도 없는 말 한마디를 한 게 전부였다. 그런데 마침 바로 그 순간에 우리 사이에 있던 환상이 다채로운 조각으로 산산이 부서져 내린 것이다. 이미 한동안 미리 느낀 예감이 내 마음을 짓누르고 있었다. 그게 분명한 감정으로 변한 건 어느 일요일 그의 오래된 서재에서였다. 우리는 불을 바라보며 바닥에 누워 있었다. 그는 자신이 연구하고 깊이 생각 중인 비밀스러운 제의와 종교 형식들에 관해 얘기했다. 이들의 가능한 미래에 그는 몰두해 있었다. 그러나 내겐 이 모든 얘기가 삶에 중요하다기보다는 그저 호기심을 자아내는 흥미로운 것으로만 보였다. 그건 현학적인 말로 느껴졌고, 지나간 세계의 폐허 속에서 지치도록 길을 모색하는 말로 들렸다. 그러자 단번에 이 모든 방식에, 이 신화들의 숭배에, 전래된 신앙 형식들로 짜인 이 모자이크 놀이에 반감이 솟구쳤다.

"피스토리우스." 나 자신에게도 의외이고 놀랄 정도로 머리를 쳐드는 악의를 느끼며 내가 불쑥 말했다. "다시 한번 꿈 얘기를, 밤에 꾼 진짜 꿈 얘기를 해주시죠. 지금 말씀하시는 건, 너무나, 너무나 신물 날 만큼 케케묵은 얘기 아닌가요!"

그는 한 번도 내가 그런 식으로 말하는 걸 들어본 적이 없었다. 나 역시 수치심과 전율을 느끼며 그 순간 퍼뜩 알아챘다. 내가 그를 향해 쏘아 심장을 찌른 그 화살은 바로 그의 무기고에서 가져온 것이며 그가 가끔씩 빈정대는 투로 내뱉었던 자책의 소리를 이제 내가 과격한 형태로 못되게 그에게 퍼부었다는 걸.

그는 순간적으로 그걸 느꼈고 곧바로 잠잠해졌다. 나는 마음속에 두려움을 느끼며 그를 바라보았고 그가 끔찍하리만치 창백해지는 걸 보았다.

한참 무거운 침묵이 흐른 뒤 그는 새 장작을 불 위에 올려놓으며 조용히 말했다.

"전적으로 맞는 말이요, 싱클레어. 그대는 영리한 사람이에요. 고리타분한 말로 그대를 귀찮게 하지 않을게요."

그는 아주 잔잔하게 말했지만 그가 받은 상처의 아픔이 들려왔다. 난 무슨 짓을 한 것인가! 눈물이 나올 것 같았다. 난 진심으로 그에게로 돌아서 용서를 빌고 싶었다. 그에 대한 나의 애정, 나의 정성 어린 감사의 마음을 확인시켜주고 싶었다. 감동시킬 말들이 떠올랐지만 내뱉을 수가 없었다. 나는 엎드린 채 불 속을 바라보며 침묵했다. 그 역시 말이 없었다. 우리는 그렇게 바닥에 엎드려 있었고 불길은 서서히 꺼져 내려앉았으며 불꽃이 하나씩 꺼져갈 때마다 다시는 돌아올 수 없는 뭔가 아름답고 친밀한 것이 꺼지고 날아가 버리는 걸 느꼈다.

"절 잘못 이해하셨을까 봐 걱정됩니다"라고 마침내 내가 심히 억눌린 심정으로, 마르고 쉰 목소리로 말문을 열었다.

어리석고 무의미한 말들이 마치 신문 연재소설을 소리 내 읽는 양 기계적으로 입에서 흘러나왔다.

"당신이 한 말 제대로 이해했어요." 피스토리우스가 나지막이 말했다. "당신 말이 맞아요." 그는 잠시 뜸을 들였다가 천천히 말을 이어갔다. "누군가 다른 사람에 대해 옳을 수 있는 한에서 말이죠."

아니에요, 아닙니다, 하고 내 마음속에서 외치는 소리가 올라왔다. 전 옳지 않아요! 하지만 난 아무 말도 할 수가 없었다. 사소한 내 말 한마디가 그의 본질적인 약점, 그의 고민과 상처를 건드린 걸 알았다. 분명 그 자신도 미심쩍어하는 그 지점을 내가 건드렸던 거다. 그의 이상은 '고리타분'했고 그는 과거를 향해 길을 찾는 자였으며 낭만주의자였다. 그러자 난데없이 깊이 느껴지는 바가 있었다. 피스토리우스는 그가 내게 의미했던 것, 내게 주었던 바로 그것일 수 없고 그걸 줄 수도 없다는 것을. 그는 나를 어떤 길로 이끌었으나 그건 그를, 인도자를 뛰어넘고 떠나야 하는 길이었다.

어떻게 그런 말이 나왔는지 아무도 모른다! 난 그렇게 하려는 나쁜 의도가 없었으며, 파국을 맞을 거라곤 예상도 못했다. 말을 내뱉는 순간 나 자신도 좀처럼 몰랐던 것을 말하고 만 것이다. 난 별거 아니면서도 좀 기지가 있고 좀 심술궂은 생각에 넘어간 것인데, 그게 운명이 되어버린 거다. 나로선 소소하고 부주의한 실례를 저지른 것이나, 그에겐 재판이었던 것이다.

오, 당시 난 얼마나 간절히 바랐던가. 그가 화를 내고, 자기를 방어하고, 내게 소리 지르기를! 그는 이 중 아무것도 하지 않았으며, 그 모든 걸 내 맘속에서 스스로 해야만 했다. 할 수만 있었다면 그는 미소를 지어 보였을 것이다. 그가 웃을 수 없었다는 사실에서 내가 얼마나 그의 급소를 찔렀는지 가장 잘 알 수 있었다.

피스토리우스는 건방지고 배은망덕한 제자인 나의 일격을 그토록 소리 없이 참아냄으로써, 침묵하며 내게 정당성을 줌으로써, 내 말을 운명으로 인정함으로써, 내가 나 자신을 증오하게 만들었고 나의 무분별함을 수천 번이나 더 커보이게 했다. 내가 덤벼들었을 때 난 강하고 무장된 사람을 만날 거라고 생각했었다. 그런데 그는 조용하고 인내하는 사람, 말없이 투항하는 무방비 상태의 사람이었다.

오랫동안 우리는 서서히 꺼져가는 불 앞에 누워 있었다. 그 불길 속에서 이글거리는 각각의 형상들, 다 타서 으스러지는 장작개비의 재들은 행복하고 아름답고 풍요롭던 시간들을 떠올리게 했으며, 피스토리우스에 대한 내 의무의 죄책감은 점점 더 크게 쌓여갔다. 결국엔 그걸 더 이상 참을 수가 없었다. 나는 몸을 일으켜 떠났다. 나는 그의 문 앞에 오랫동안 서 있었다. 어두침침한 층계에서 한참을, 집 밖에서도 한참을 기다리며 서 있었다. 혹시나 그가 나를 뒤따라올지도 모른다는 생각에. 그런 후 난 계속 걸음을 옮겼으며 몇 시간이고 도시와 교외, 공원과 숲을 지나 저녁까지 돌아다녔다. 그 당시 처음으로 내 이마 위에서 카인의 표시를 느꼈다.

차츰 나는 그 문제에 관해 깊이 생각해보기 시작했다. 내 생각들은 하나같이 나를 비난하고 피스토리우스를 변호하려는 의도를 지녔다. 그런데 모든 게 그 반대로 끝나고 말았다. 나는 수천 번이나 경솔한 내 말을 후회했으며 철회할 준비가 되어 있었다. 그러나 그 말은 또한 진실이기도 했다. 이제야 난 피스토리우스를 이해하고, 그의 꿈 전부를 내 앞에 그려보기에 이르렀다. 그 꿈은 사제가 되어 새로운 종교를 선포하고 찬양과 사랑과 숭배의 새로운 형식을 부여하는 것, 새로운 상징을 만드는 것이었다. 하지만 그건 그의 힘이, 그의 직무가 아니었던 거다. 그는 이미 존재했던 것들에 너무 뜸 들이며 머물렀고 과거의 것들을 너무 정확히 알았으며 이집트와 인도와 미트라스와 아브락사스에 관해 너무 많이 알고 있었다. 그의 사랑은 대지가 이미 보았던 형상들에 매여 있었다. 그런 가운데 그의 가장 깊숙한 내면에서는 새로운 것은 새롭고 다르며, 신선한 땅에서 흘러나와야 하며, 수집품과 도서관에서 퍼내 올 필요가 없다는 걸 잘 알고 있었다. 그의 직무는 아마도 그가 내게 했던 것처럼 사람들이 자기 자신에게 이르도록 돕는 것이었으리라. 사람들에게 전대미문의 것, 새로운 신들을 제공하는 건 그의 직무가 아니었던 거다.

여기서 불현듯 마치 선명한 불길처럼 깨달음의 불이 나를 태웠다. 누구에게나 '직무'가 있다. 그러나 자신이 선택하고 고쳐 쓰고 임의로 관리해도 되는 직무란 누구에게도 없다. 새로운 신들을 원한 것은 잘못이었다. 세계에 뭔가를 주고자 한 것은 완전히 잘못이었다! 각성한 사람에게는 단 하나의 의무 말고는 아무런, 아무런 의무도 없는 것이다. 그건 자기 자신을 찾고, 자기 속에서 확고해지고 자신의 길을 앞으로 더듬으며 나아가는 것이다. 그 길이 어디로 데려가든 상관없이. 이 생각에 나는 깊이 동요되었으며, 이것이 내게는 이 체험의 결실이었다. 나는 전에 자주 미래의 형상들과 유희했었다. 어쩌면 시인이나 예언자로서 또는 화가나 다른 어떤 것으로서 내게 배정되어 있을 역할들을 꿈꿨었다. 그런 건 모두 아무것도 아니었다. 나는 시를 짓거나 설교를 하려고, 그림을 그리려고 존재하지 않았다. 나도 그리고 그 밖의 어느 누구도 그러기 위해서 존재하는 게 아니었다. 그런 건 모두 부수적인 결과로 생겨날 뿐이었다. 각자에게 진짜

소명은 단 하나였다. 그건 자기 자신에게 이르는 것이다. 사람은 시인이나 광인, 예언자나 범죄자로 끝날지도 모른다. 그건 그의 과제가 아니며 결국엔 중요하지 않다. 그의 본연의 임무란 자신의 운명을 발견하는 것이다. 그냥 어떤 임의의 운명이 아니라. 그리고 그 운명을 자기 속에서 온전히, 전적으로 중단 없이 살아내는 거였다. 다른 건 모두 반쪽이고 빠져나가려는 시도이며 대중의 이상으로 도망쳐 돌아가는 것이었다. 그건 순응이며 자기 본래의 내면 앞에서 느끼는 두려움이었다. 새로운 형상이 무섭고도 성스럽게 내 앞에 떠올랐다. 난 그걸 수백 번 예감했고 어쩌면 이미 여러 번 말했을지도 모르지만 이제야 비로소 체험한 것이다. 나는 자연이 내던진 투사물이었다. 불확정한 것 속으로, 어쩌면 새로운 것을 향해, 어쩌면 무(無)를 향해서. 그리고 가장 심오한 곳에서 내던져진 이 투척물을 작용하게 하고, 그의 의지를 내 속에서 느끼며, 그것을 완전히 내 것으로 만드는 것, 그것만이 나의 소명이었다. 오직 그것만이!

난 이미 숱하게 고독을 맛본 터였다. 이제 더 깊은 고독이 있으며 거기서 빠져나갈 수 없음을 예감했다.

나는 피스토리우스와 화해하려고 애쓰지 않았다. 우리는 친구로 남았지만 그 관계는 변했다. 단 한 번 우리는 그 문제에 관해 얘기했는데 실제로 말을 꺼낸 사람은 그였다. 그는 말했다.

"나는 사제가 되려는 꿈이 있어요. 그건 당신도 알지요. 우리가 그토록 예감했던 새로운 종교의 사제가 되기를 가장 바랐었죠. 절대 그렇게 되지는 못할 거예요. 그걸 난 알고 있고, 나 자신에게 완전히 고백하지 않고도 오래전부터 알고 있었지요. 나는 그야말로 다른 식으로 사제 일을 보게 될 겁니다. 어쩌면 오르간으로 하거나 다른 식으로 하겠지요. 그러나 내가 아름답고 신성하다고 느끼는 것들이 항상 나를 둘러싸고 있어야 해요. 오르간 음악이나 신비스러운 제식, 상징과 신화 같은 것들 말이죠. 내겐 그런 게 필요하고 거기서 손을 떼고 싶지 않아요. 그게 나의 약점이에요. 때때로 난 깨달아요, 싱클레어. 이따금씩은 알아요. 나는 그런 소망을 가져선 안 되며 그건 사치이자 약점이라는 걸요. 그냥 단순히, 요구 없이 운명에 나를 맡긴다면 더 위대하고 더 올바를 겁니다. 그런데 그럴 수가 없어요. 그게 바로 내가 할 수 없는 유일한 것이죠. 어쩌면 그대는 언젠가 그렇게 할 수 있을 거예요. 그건 어려워요. 이 세상에 존재하는 진짜로 어려운 유일한 일이죠, 친구여. 나는 종종 그러길 꿈꾸기는 했지만 해낼 수가 없어요. 그 앞에서 두려워 벌벌 떨죠. 나는 그렇게 완전히 벗은 채로 고독하게 서 있을 수가 없어요. 나역시 가련하고 허약한 개랍니다. 뭔가 온기와 음식이 필요하고 간혹가다 자기와 같은 종족이 옆에 있는 것을 느끼고 싶어 하는 거지요. 자신의 운명 말고는 정말로 아무것도 원하지 않는 자, 그에겐 자기와 같은 사람이 더 이상 없으며 완전히 홀로 서 있고 차가운 세계 공간만이 주변을 두르고 있죠. 그게 바로 겟세마네 동산의 예수랍니다. 기꺼이 십자가에 못 박힌 순교자들이 있긴 해요. 그러나 그들도 영웅이 아닙니다. 자유로워지지 못했죠. 그들은 자기들이 좋아하고 고향같이 느껴지는 그 무언가를 원했지요. 그들에겐 모범이, 이상이 있었죠. 오로지 운명만을 원하는 자에겐 모범도 이상도 더 이상 없어요. 그에겐 사랑스럽고 위로가 되는 것이 하나도 없어요! 원래는 이 길을 가야만 하는 겁니다, 나와 당신 같은 사람들은. 그래요, 정말 외롭지요. 하지만 우리에겐 서로가 있어요. 우리는 다르다는, 반항한다는, 특별한 것을 원한다는 비밀스러운 만족감을 느끼고 있죠. 그것 역시 없어져야 합니다. 만일 누군가 그 길을 온전히 가고자 한다면 말이죠. 그 사람은 또 혁명가도, 선례도, 순교자도 되려고 해서는 안 됩니다. 그 길은 생각해낼 수 있는 게 아니에요."

그래, 그건 생각해낼 수 있는 일이 아니었다. 하지만 그건 꿈꿀 수 있고, 미리 느낄 수 있고 예감할 수 있었다. 아주 고요한 시간이 주어지면 난 몇 번 그걸 느꼈었다. 난 내 속을 들여다보았고 내 운명의 형상의 열려 있고 응시하는 눈을 들여다보았다. 그 눈은 지혜로 가득 차거나 광기로 차 있을 수 있고 사랑이나 깊은 악의를 내뿜을 수 있지만 그건 모두 마찬가지였다. 그중 어느 것도 우리는 선택해선 안 되고 어느 것도 원해서는 안 되었다. 우리가 원해도 되는 것은 오로지 자신, 자신의 운명뿐이었다. 피스토리우스는 그 도정의 한 구간에서 나의 인도자 역할을 맡아주었던 거다.

그 시절 나는 정신없이 마구 돌아다녔다. 마음속에선 폭풍우가 휘몰아쳤고 매 발걸음은 위험이었다. 나는 내 앞에서 심원한 어두움 말고는 아무것도 보지 못했다. 그 어둠 속으로 지금까지 온 모든 길들이 뻗어 들어가 가라앉았다. 나의 내면에서는 데미안을 닮았으며 그 눈 속에서 내 운명이 도사리고 있는 인도자의 형상을 보았다.

나는 종이 위에 이렇게 썼다. '한 인도자가 나를 떠났다. 나는 완전히 어둠 속에 서 있다. 한 발자국도 혼자 내디딜 수가 없다. 도와줘!'

그걸 난 데미안에게 보내려고 했다. 그러나 그만두었다. 그러려고 할 때마다 그건 멍청하고 무의미해 보였다. 하지만 나는 작은 기도를 외워 알고 있어서 그걸 마음속으로 자주 읊조렸다. 그 기도가 매시간 나와 함께했다. 나는 기도가 무엇인지 예감하기 시작했다.

내 고등학교 시절은 끝났다. 방학 동안 여행을 하기로 되어 있었다. 그건 아버지의 생각이었다. 그런 후엔 대학에 가기로 되어 있었다. 뭘 전공해야 할지는 몰랐다. 한 학기 동안 철학 수강을 허가받았다. 다른 전공이었다 해도 나는 마찬가지로 만족했을 것이다.

제7장
에바 부인

방학 중에 나는 막스 데미안이 몇 해 전 그의 어머니와 함께 살았던 집에 한 번 가본 적이 있다. 어느 노부인이 정원에서 산책을 하고 계셨다. 나는 그분에게 말을 붙였고 그 집이 그분의 소유라는 걸 알게 되었다. 나는 데미안의 가족에 관해 여쭤보았다. 노부인은 그들을 잘 기억하고 계셨다. 그러나 그들이 현재 어디서 사는지는 모르셨다. 노부인은 내 관심사를 알아채고 나를 집 안으로 데리고 들어갔으며, 가죽으로 된 앨범을 찾아내어 데미안의 어머니 사진을 하나 보여주었다. 나는 데미안 어머니의 모습을 거의 기억할 수 없었다. 그런데 지금 그 작은 사진을 보는 순간, 심장의 고동이 멎어버렸다. 그건 내 꿈속의 그 형상이었다! 그녀였다.

키가 크고 거의 남성적인 여인의 형상, 아들과 비슷하면서, 모성애와 엄격함과 깊은 열정의 표정을 지닌 아름답고 유혹적이며, 아름답고 접근할 수 없는 모습, 데몬이자 어머니요, 운명이자 연인인 그 형상, 그건 그녀였다!

내 꿈의 형상이 지상에 살고 있다는 걸 그렇게 알고 나자, 엄청난 기적 같다는 느낌이 강하게 들었다! 내 운명의 모습을 띤 것으로 보이는 여인이 존재하는 것이었다! 그녀는 어디에 있는 걸까? 어디에? 그런데 그녀는 데미안의 어머니였다.

이어 곧 나는 여행길에 올랐다. 특이한 여행이었다! 나는 한 곳에서 다른 곳으로, 생각이 떠오르는 대로 언제나 이 여인을 찾아 쉼 없이 떠다녔다. 어떨 때는 그녀를 떠올리는, 그녀를 상기시키는, 그녀와 닮은 순전히 그런 형상들만 만나는 날들이 있었다. 그 형상들은 뒤죽박죽인 꿈속에서처럼 낯선 도시의 골목들과 역과 열차 안에서 나를 유혹했다. 그녀를 찾아 돌아다니는 것이 얼마나 소용없는 것인지 깨닫는 날들도 있었다. 그러면 나는 아무것도 하지 않고 어딘가 공원이나 호텔 정원, 혹은 대기실에 앉아 내 마음속을 들여다보았고 내 속의 그 형상을 생생하게 떠올리려고 애썼다. 그러나 그 형상은 이제 겁을 먹고 사라져가는 듯했다. 나는 조금도 잠을 잘 수 없었고, 미지의 풍경 속을 기차가 달려가는 동안에만 15분 정도 꾸벅거리며 졸았다. 한번은 취리히에서 어떤 여인이 나를 따라왔다. 예쁘고 깜찍한 느낌의 여인이었다. 나는 그녀가 공기인 양 거의 거들떠보지도 않고 계속 걸어갔다. 단 한 시간이라도 다른 여인에게 주의를 돌리느니 차라리 당장 죽어버리는 게 더 나았던 것이다.

나는 운명이 끌어당기는 걸 느꼈다. 실현의 순간이 가까워졌음을 느꼈다. 그걸 위해 내가 아무것도 할 수 없다는 초조함에 미칠 지경이었다. 한번은 기차역에서, 인스브루크였다고 생각한다. 이제 막 출발하는 기차의 창 안에서 그녀를 상기시키는 어떤 형상을 보았다. 그러고는 며칠 동안이나 불행하기 짝이 없었다. 갑자기 그 형상은 다시 밤의 꿈속에 나타났다. 나는 내 추적의 무의미함을 느끼게 하는 수치스럽고 막막한 감정에 싸여 깨어났고, 곧바로 집으로 돌아갔다.

몇 주 뒤에 나는 H. 대학에 등록했다. 모든 것이 실망스러웠다. 내가 수강한 철학사 강의는 젊은 대학생들의 거동과 매한가지로 실체가 없고 대량생산품 같았다. 모든 게 너무나 틀에 박혀 있었고, 너 나 할 것 없이 똑같이 행동했다. 소년 같은 얼굴 위에 떠도는 열에 들뜬 기쁨은 얼마나 우울해질 만큼 공허하고 기성품처럼 보였던가! 그러나 나는 자유로웠으며, 하루를 온전히 나를 위해 썼고, 교외의 오래된 집에서 조용히 잘 살아가며 책상에는 니체의 책 몇 권을 올려 두었다. 나는 니체와 더불어 살았으며 그의 영혼의 고독을 느꼈고 그를 부단히 몰아붙인 운명의 냄새를 맡았다. 그리고 그와 함께 괴로워하고 그처럼 가차 없이 자신의 길을 간 사람이 있었다는 사실에 행복해했다.

언젠가 저녁 늦게 나는 가을바람이 부는 가운데 도시를 돌아다녔다. 술집에서는 학생 단체들이 노래하는 소리가 들려왔다. 열린 창에서 담배 연기가 구름이 되어 흘러나왔으며, 굵직하게 흘러나오는 한 무리의 노랫소리는 시끄럽고 뻣뻣했으며 활기 없고 생기도 없이 획일적이었다.

나는 거리 모퉁이에 서서 그걸 들었다. 두 술집에서 정확히 훈련된 청춘의 싱싱함이 밤공기 속으로 울려 퍼졌다. 어디서든 공동체요, 어디서든 함께 모여 앉아 있으며, 어디서든 운명을 내려놓고 따뜻한 무리 곁으로 도주했다!

내 뒤로 두 남자가 천천히 지나갔다. 그들이 나누는 대화 일부가 들렸다.

"이건 흑인 마을에 있는 젊은 남자들의 집과 똑같지 않습니까?" 하고 한 사람이 말했다. "모든 게 다 그래요. 심지어는 문신도 유행입니다. 보시죠, 이것이 젊은 유럽이랍니다."

그 목소리는 내게 놀랍게도 뭔가를 떠올리게 하는, 잘 알고 있는 소리였다. 나는 어두운 골목길에서 그 두 사람 뒤를 따라갔다. 한 사람은 일본인이었고, 키가 작고 우아했다. 거리의 등불 아래서 미소 짓는 그의 황색 얼굴이 반짝거리는 게 보였다.

그때 다른 사람이 다시 말했다.

"글쎄요. 당신네 일본에서도 사정은 더 낫지 않을 겁니다. 무리를 따라다니지 않는 사람들은 어디서든 드물어요. 여기에도 몇 명 있지요."

말 한마디 한마디가 기쁘도록 놀라게 하며 나를 사로잡았다. 말하는 이는 내가 아는 사람이었다. 그건 데미안이었다.

나는 바람 부는 밤에 어두운 골목길을 지나 그와 일본인을 따라갔고 그들의 대화를 귀 기울여 들었으며 데미안의 목소리에서 나오는 울림을 즐겼다. 그 목소리는 예전의 음조 그대로였고, 예전의 아름다운 안전감과 침착성도 그대로였고, 나에 대한 권위도 그대로 갖고 있었다. 이젠 모든 것이 괜찮았다. 난 그를 찾아낸 거다.

교외의 거리 끝에서 일본인은 작별 인사를 하더니 어떤 집 대문을 열었다. 데미안은 온 길을 되돌아갔다. 나는 머물러 선 채로 길거리 한 가운데서 그를 만나길 고대했다. 두근거리는 심장으로 그가 내게로 다가오는 모습을 보았다. 꼿꼿하고 유연하게, 갈색 비옷을 입고 가느다란 지팡이를 팔에 걸고서. 그는 규칙적인 걸음을 바꾸지 않고 내 앞으로 가까이 다가왔으며, 모자를 벗었고 결단력 있는 입과 넓은 이마에 고유한 광채를 발하는 예전의 그 밝은 얼굴을 내게 드러냈다.

"데미안!" 하고 나는 불렀다.

그는 내게 손을 내밀었다.

"그러니까 너구나, 싱클레어! 너를 만날 거라고 기대했지."

"내가 여기 있는 걸 알았던 거야?"

"알지는 못했지만 분명 그러길 바랐지. 너를 본 건 오늘 저녁이 처음이야. 넌 줄곧 우리 뒤를 따라왔잖아."

"나를 바로 알아봤던 거군?"

"당연하지. 네 모습이 변하기는 했지만, 넌 그 표시를 갖고 있잖아?"

"표시라니? 무슨 표시 말이지?"

"네가 아직 기억할 수 있다면 우린 그걸 예전에 카인의 표시라고 불렀었지. 그게 우리의 표시야. 네겐 그게 언제나 있었지. 그래서 내가 네 친구가 된 거고. 그런데 이젠 그게 더 명료해졌어."

"난 몰랐어. 아니면 원래는 알았는지도 몰라. 한번 네 그림을 그렸는데, 데미안, 그게 나를 닮기도 해서 놀랐었지. 그게 그 표시였을까?"

"그게 그 표시지. 네가 지금 여기에 있다니 잘됐다! 우리 어머니도 기뻐하실 거야."

나는 깜짝 놀랐다.

"네 어머니? 여기 계셔? 근데 나를 전혀 모르시잖아."

"왜, 너에 관해 아시지. 네가 누군지 내가 말하지 않아도 엄마는 너를 아실 거야. 네 소식을 오랫동안 못 들었네."

"아, 종종 편지를 쓰려고 했었어. 하지만 안 되더라고. 얼마 전부터는 너를 빨리 찾아내야겠다고 느꼈지. 매일 그 순간을 기다렸어."

그는 내 팔짱을 끼고 나와 함께 걸었다. 그에게서 평온함이 흘러나와 내게로 스며들었다. 우리는 곧 예전처럼 종알거렸다. 우리는 학창 시절을 회상했고, 견진성사 수업과 또 당시 방학 중의 불행했던 만남도 떠올렸다. 다만 우리 사이에 있었던 최초이자 가장 긴밀한 연대에 관해선, 즉 프란츠 크로머와 관련된 이야기는 지금도 하지 않았다.

어쩌다 보니 우리는 기이하면서도 예감이 가득한 대화를 한참 나누고 있었다. 데미안이 일본인과 했던 그 대화를 연상시키는 대학 생활에 관해 얘기했으며 거기서 동떨어져 있는 듯한 다른 화제로 옮겨갔다. 그러나 데미안의 말속에서 그 얘기들은 결합되어 내적인 연관 관계를 형성했다.

그는 유럽의 정신과 이 시대의 징표에 관해 얘기했다. 동맹과 떼거리 짓기가 널리 군림하고 있지만 어디에도 자유

와 사랑은 없다고 그는 말했다. 학우회와 합창단부터 국가
에 이르기까지 이러한 상호 연대는 모두 강제로 형성된 것
이며, 그건 두려움과 공포와 당혹감에서 비롯된 공동체고
내적으로는 썩고 낡았으며 곧 붕괴될 상태에 있다는 말이
었다.

"공동체는 아름다운 거야. 그러나 우리가 보는, 저기 사방
에서 만연하고 있는 건 공동체가 아니야. 공동체는 개인들
이 서로에 관해 알게 되면서 새로이 생겨나는 거지. 그건 한
동안 세계를 재형성할 거야. 그러나 지금 저기서 공통성이
라고 하는 것은 그냥 떼 짓기에 불과해. 사람들은 서로에게
로 도피하지. 왜냐면 그들은 서로를 두려워하니까. 주인들
은 주인들대로, 노동자들은 노동자들대로, 학자들은 학자들
대로! 그런데 왜 두려워하는 걸까? 자기 자신과 일치하지
못할 때만 사람은 두려움을 느끼는 법이야. 그들은 한 번도
자기 자신을 신봉하지 못했으므로 두려움을 느끼는 거야.
자기 속에 있는 미지의 것을 두려워하는 사람들로만 이루어
진 공동체란! 그들 모두 자기 삶의 법칙이 더 이상 맞지 않
고 낡은 계명에 따라 살고 있으며 자신의 종교도 윤리도, 그
아무것도 우리가 필요로 하는 것에 걸맞지 않다는 걸 느끼
지. 백여 년 동안 유럽은 그저 연구만 하고 공장을 지었던
거야! 그들은 사람을 한 명 죽이려면 탄약이 몇 그램 필요한

지는 정확히 알지만, 어떻게 신에게 경배하는지, 어떻게 하면 한 시간 동안 즐거울 수 있는지조차도 모르거든. 학생들이 드나드는 선술집을 한번 봐! 아니면 부자들이 가는 유흥장소를 한번 보라고! 절망적이야! 싱클레어, 이 모든 것에서 쾌활한 것이 나올 수는 없다고. 그렇게 불안해하며 모여 있는 이 사람들은 두려움과 악의에 가득 차 있어. 아무도 다른 사람을 믿지 않아. 그들은 더는 이상이 아닌 이상에 매달리면서 새로운 이상을 내세우는 사람을 돌로 쳐 죽이지. 분쟁들이 존재한다는 게 느껴져. 분쟁이 일어날 거야. 내 말을 믿어. 분쟁이 곧 일어날 거라고! 당연히 그런 분쟁으로 세계가 '개선되지는' 않겠지. 노동자들이 공장주들을 때려죽이건, 러시아와 독일이 서로 포격을 가하건, 그래 봤자 소유주만 바뀔 뿐이야. 하지만 그래도 아무 소용없는 일만은 아닐 거야. 그건 오늘날의 이상이 무가치하다는 걸 입증하겠지. 석기시대의 신들이 처분되겠지. 지금 있는 이 세상은 죽으려고 해. 이 세상은 몰락하려고 해. 그리고 그렇게 될 거야."

"그럼 그때 우리는 뭐가 될까?"라고 내가 물었다.

"우리? 오, 아마 우리도 함께 몰락하겠지. 그들은 우리 같은 자들도 때려죽일 수 있어. 다만 우리가 그걸로 끝장이 나지는 않겠지. 우리에게서 남는 것, 혹은 우리 중에서 살아남는 자들 주위로 미래의 의지가 모여들겠지. 우리 유럽이 한

동안 기술과 학문의 대목장을 열며 질러대는 소리에 파묻혔던 인류의 의지가 드러날 거야. 그러면 인류의 의지는 한 번도 그리고 어디서도 오늘날의 공동체들, 국가들, 민족들, 단체들, 교회들의 의지와 같지 않았다는 사실이 드러나겠지. 자연이 인간을 가지고 의도하는 것은 오히려 개별 인간들 속에 적혀 있어. 너 속에, 나 속에. 그건 예수 속에, 니체 속에 적혀 있었어. 만일 오늘날의 공동체들이 붕괴되면 이 유일하게 중요한 흐름을 위해, 이 흐름은 물론 매일 달라 보일 수 있겠지만, 공간이 생겨날 거야."

우리는 나중에 강가에 있는 어느 마당 앞에 멈추어 섰다.

"여기가 우리 집이야"라고 데미안이 말했다. "조만간 우리 집에 들러줘. 우린 널 몹시 기다리고 있어."

나는 기쁜 마음으로 서늘해진 밤공기 속에 먼 길을 걸어 집으로 돌아갔다.

여기저기서 도시를 지나 귀가하는 대학생들이 소리를 지르거나 비틀거렸다. 나는 그들이 지닌 이상한 종류의 명랑함과 나의 외로운 삶의 대립을 종종 느꼈는데, 어떨 때는 결핍의 감정을, 어떨 때는 냉소를 품은 채로 그랬다. 하지만 나는 그게 얼마나 나와 무관한 일인지, 그것이 내게는 얼마나 멀리 있는 사라진 세계인지를 오늘처럼 평온한 마음과 비밀스러운 힘으로 느껴본 적이 없었다. 나는 고향 도시에 있는 관리들을, 그 연세 있고 위엄 있는 어른들을 떠올렸다. 그분들은 마치 행복했던 낙원에 대한 추억인 양 술집에서 보낸 대학 시절의 기억에 매달렸고, 마치 시인이나 다른 낭만주의자들이 유년기를 숭배하듯 그렇게 사라져버린 대학 시절의 '자유'를 숭배했다. 어디서나 마찬가지였다! 어디서든 그들은 자신 뒤에 있는 저 어딘가에서 '자유'와 '행복'을 찾았다. 그들 고유의 책임이 상기되고 그들 고유의 길을 가라고 경고받을지 모른다는 순전한 불안감에서 말이다. 그들은 몇 년 동안이나 퍼마시고 환호성을 질러댔다. 그러곤 기어들어가 국가에 봉사하는 신실한 신사가 된 것이다. 그렇다. 우리 땅은 썩고 썩었으며, 이 학생들의 어리석은 짓거리는 백 가지 다른 어리석음에 비하자면 덜 우둔하고 덜 조악했다.

그러나 멀리 떨어진 내 집에 도착해 잠자리에 들었을 때, 이런 생각들은 모두 날아가버렸고 나의 모든 감각은 기대감에 가득 찬 채 이 하루가 내게 준 위대한 약속에 매달렸다. 내가 원하기만 한다면 내일이라도 당장 데미안의 어머니를 만나게 될 것이다. 대학생들이 술판을 펼치고 얼굴에 문신을 새기겠다면 새기라지. 세상이 썩어빠져 몰락을 기다린다면 그러라지. 그게 나와 무슨 상관이랴! 나는 오로지 내 운명이 새로운 형상으로 다가오기만을 고대했다.

나는 아침 늦게까지 푹 잤다. 새로운 이날은 소년 시절의 성탄절 축제 이후론 겪어본 적 없는 장엄한 축제일로서 밝아왔다. 나는 가장 깊숙한 내면의 불안에 차 있었지만, 조금도 두렵지는 않았다. 내게 중요한 하루가 동텄다고 느꼈다. 나를 둘러싼 세계가 변모했고, 관계로 가득하고 장엄해진 것을 느꼈다. 나지막이 내리는 가을비 역시 아름답고 고요하며 축제 날처럼 진정한 기쁨의 음악으로 충만했다. 처음으로 외부 세계는 나의 내면의 세계와 어울려 순수한 화음을 만들어냈다. 그렇게 되면 그건 영혼의 축제일이고, 그러면 산다는 건 보람 있는 일이다. 골목길에 있는 어떤 집도, 어떤 진열창도, 어떤 얼굴도 거슬리지 않았으며 모든 것이 그래야만 하는 상태에 있었다. 그건 일상과 습관의 공허한 얼굴을 하지 않았으며 기다리고 있는 자연으로서 숙연하게 운명을 맞을 준비가 되어 있었다. 내가 어린 소년이었을 때 크리스마스와 부활절 같은 위대한 축제일 아침에 세계는 바로 그렇게 보였었다. 이 세계가 아직도 그렇게 아름다울 수 있다는 걸 난 몰랐었다. 나는 내면에 잠적해 살아가는 데 익숙해 있었다. 저기 바깥 세상에 대한 감각이 내게서 사라져버렸다는 것, 빛나던 색채의 상실은 어쩔 수 없이 유년기의 상실과 불가분의 관계에 있다는 것, 영혼의 자유와 남성다움을 얻는 대신 이 성스러운 미광을 포기하는 것으로 어느 정도 대가를 치러야 한다는 것을 감수하는 데 익숙해져 있었다. 지금 나는 이 모든 것이 파묻히고 은폐되어 있었을 뿐이며, 자유로워진 자, 유년의 행복을 포기하는 자로서 이 세상이 빛나는 것을 보고 어린이의 눈으로 볼 때의 진정한 전율을 맛보는 일이 가능함을 알고 황홀한 심경이 되었다.

어젯밤 막스 데미안과 작별했던 교외의 정원을 다시 찾아갈 시간이 왔다. 높직하고 비에 젖어 회색빛인 나무들 뒤에 가려져 작은 집 한 채가 서 있었다. 집은 밝고 아늑하였으며, 커다란 유리 벽 뒤편으로 키가 큰 관목들이 보이고, 반지르르한 창문 뒤로는 그림과 책들이 진열되어 있는 어두운 실내의 벽들이 보였다. 현관문은 난방이 된 작은 홀로 바로 이어졌다. 흰 앞치마를 두른, 말 없고 나이든 흑인 하녀가 나를 안으로 안내하였고 외투를 받았다.

그녀는 나를 홀에 혼자 두었다. 주위를 둘러보자 대뜸 내 꿈 한가운데 있었다. 어떤 문 위쪽 어두운 나무 벽에 검은 테를 두른 액자가 걸려 있고 그 유리 안에는 내가 너무도 잘 아는 그림이, 황금빛 노랑 새매의 머리를 가진 나의 새 그림이 들어 있었다. 세계의 껍질을 깨고 날아오르려는 새. 나는 감동에 사로잡혀 그 자리에 멈춰 서 있었다. 너무나 기쁘면서도 가슴이 쓰라렸다. 마치 이 순간 내가 지금까지 행하고 체험했던 모든 것이 답변과 실현이 되어 내게로 되돌아오는 듯했다. 순식간에 수많은 영상들이 내 영혼을 스쳐 지나갔다. 대문 아치 위로 오래된 돌 문장이 있는 고향의 부모님집, 그 문장을 그리고 있던 소년 데미안의 모습, 숙적인 크로머의 사악한 속박에 빠져 두려움에 떨고 있는 소년인 나자신의 모습, 작은 내 방의 책상에 조용히 앉아 동경의 새를 그리는 청소년인 내 모습, 자신의 실로 짠 그물 속에 얽혀든 영혼. 그리고 모든 것이, 지금 이 순간까지의 모든 것이 내 마음속에서 되울려 퍼지며, 긍정되고, 응답을 받고 승인되었다.

나는 젖은 눈으로 내 그림을 응시하며 마음속에서 읽고 있었다. 그때 내 시선이 아래로 향했다. 새 그림 아래, 문이 열린 곳에 검은 옷을 입은 키 큰 여인이 서 있었다. 그녀였다.

나는 아무 말도 할 수가 없었다. 아름답고 존귀한 그 부인은 그녀의 아들처럼 시간도 나이도 없고 혼을 불어넣은 의지가 충만한 얼굴로 내게 친절한 미소를 지어 보냈다. 부인의 시선은 실현이요, 부인의 인사는 귀향을 뜻했다. 나는 부인에게 말없이 두 손을 내밀었다. 부인은 힘차고 따뜻한 두 손으로 내 두 손을 잡았다.

"당신이 싱클레어죠. 금방 알아보았어요. 정말 잘 왔어요!"

부인의 목소리는 깊고 따뜻했다. 나는 그 목소리를 달콤한 포도주처럼 들이마셨다. 그리고 이제 눈을 들어 부인의 고요한 얼굴을, 검고 심오한 눈 속을, 신선하고도 성숙한 입술을, 자유롭고 위엄 있는 이마를, 그 표시가 있는 이마를 쳐다보았다.

"얼마나 기쁜지 모르겠습니다!"라며 나는 부인의 손에 입을 맞추었다. "제 평생 언제나 길 위에 있었던 것 같습니다. 이제 집에 돌아온 겁니다."

부인은 어머니 같은 미소를 지었다.

"집에는 결코 도달할 수 없답니다." 다정하게 부인이 말했다. "그러나 우정 어린 길들이 만나면 그때 잠시 모든 세상은 고향처럼 보이지요."

부인은 내가 이리로 오는 동안 느꼈던 바를 말했다. 그 목소리와 또 그 단어들은 아들인 데미안과 아주 비슷하면서도 또 완전히 달랐다. 모든 게 더 성숙하고 더 따스하고 더 자명하였다. 그러나 막스가 예전에 누구에게도 소년 같은 인상을 주지 않았던 것처럼 그의 어머니도 다 큰 아들을 둔 어머니로는 절대 보이지 않았다. 부인의 얼굴과 머리카락 위에 떠도는 분위기는 너무나 젊고 감미로웠고, 황금빛 피부는 너무도 팽팽하고 주름 하나 없으며, 그 입술은 너무나 싱그러웠다. 꿈속에서보다 훨씬 더 웅장한 모습으로 부인은 내 앞에 서 있었다. 그녀의 곁은 사랑의 행복이요 그녀의 시선은 실현이었다. 그러니까 이것이 내 운명이 모습을 드러내는 새로운 형상이었다. 그 형상은 더 이상 엄격하지도 고독하지도 않았다, 아니 성숙하고 쾌락에 넘쳤다! 나는 아무 결심도 하지 않고 어떤 맹세도 하지 않았다. 나는 목적지에, 더 높은 지점에 도달했다. 거기서부터 계속되는 앞길은 넓고 멋지게 모습을 드러냈다. 그 길은 약속의 땅들을 향해 정진하면서, 가까운 행복이라는 나무 우듬지의 그늘에 덮여 있고, 가까운 온갖 쾌락의 정원에서 땀을 식히고 있었다. 내게 어떤 일이 벌어져도 괜찮았다. 이 여인이 이 세상에 있음을 아는 것으로, 그녀의 목소리를 마시고 그녀 곁에서 숨 쉬는 것으로 난 지극히 행복했다. 그녀가 내게 어머니요, 연인이요, 여신이 되어도 좋았다. 그녀가 거기에 있기만 하다면! 내 길이 그녀의 길 가까이에 있기만 하다면 말이다!

부인은 내 새매 그림을 가리켰다.

"다른 어떤 것도 우리 막스에게 이 그림이 준 것보다 더한 기쁨은 주지 못했을 거예요" 하고 부인이 생각에 잠겨 말했다. "내게도 그렇고요. 우린 그대를 기다렸답니다. 그래서 이 그림이 왔을 때 그대가 우리에게로 오고 있다는 걸 알았지요. 그대가 어린 소년이었을 때 말이죠, 싱클레어. 어느 날 우리 애가 학교에서 돌아와 이렇게 말하더군요. '어떤 남자애가 있어. 이마에 표시가 있었어. 그 애는 반드시 내 친구가 될 거야.' 그 애가 바로 그대죠. 그대에게 삶은 쉽지 않았을 테지만 우린 그대를 믿었답니다. 한번은 방학 중 집에 와 있을 때 다시 막스를 만난 적이 있죠. 당시 그대는 대략 열여섯 살쯤 되었을 거예요. 막스가 내게 그때 얘기를 해주 었죠."

내가 말을 막았다.

"오, 막스가 부인께 그 얘기를 했군요! 그때가 제게는 가 장 불행한 시기였습니다!"

"그래요, 막스가 말하더군요. '지금 싱클레어는 가장 힘든 일을 앞두고 있어. 그는 한 번 더 공동체 속으로 도망치려고 할 거야. 게다가 술집 놈까지 되었어. 하지만 그 도피는 성 공하지 못할 거야. 그의 표시는 숨겨져 있어. 하지만 비밀스 럽게 그를 태우고 있어'라고요. 그렇지 않았나요?"

"예, 그랬습니다. 바로 그랬어요. 그러고 나서 전 베아트 리체를 발견했고, 그런 후 마침내 다시 어떤 인도자가 제게 왔지요. 그는 피스토리우스라고 하죠. 그러자 비로소 왜 저 의 소년기가 그토록 막스와 연결되어 있었는지, 왜 제가 그 로부터 벗어날 수 없었는지가 분명해졌습니다. 친애하는 부 인, 친애하는 어머님, 그 당시 전 삶을 마감해야 한다고 자주 생각했답니다. 그 길은 누구에게나 그렇게 힘든 건가요?"

부인은 공기처럼 가볍게 내 머리를 쓰다듬었다.

"태어나는 건 언제나 힘들어요. 새는 알에서 나오려고 애

쓴다는 걸 알잖아요. 돌이켜 생각해보고 이렇게 물어보세요. 그 길이 정말 그렇게 힘들었던가? 힘들기만 했던가? 또한 아름답지도 않았던가? 그대는 좀 더 아름답고 더 쉬운 길을 알았을까요?"

나는 고개를 저었다.

"그건 힘들었습니다"라고 마치 꿈속인 듯 나는 말했다. "그 꿈이 나타날 때까지 힘들었습니다."

부인은 고개를 끄덕이더니 나를 뚫어지게 바라보았다.

"그래요. 우리는 자신의 꿈을 찾아내야만 해요. 그러고 나면 길은 쉬워지죠. 하지만 영속적인 꿈은 없어요. 이전의 꿈은 모두 새로운 꿈으로 교체되죠. 어떤 꿈도 꽉 잡고 있으려 해서는 안 됩니다."

나는 심히 놀라고 말았다. 그건 정말 경고였을까? 그건 방어였던 걸까? 어쨌거나 매한가지였다. 나는 그녀에게 인도받을 준비는 되어 있었으나 목적지에 대해 물어볼 준비는 안 되어 있었다.

"모르겠습니다. 제 꿈이 얼마나 지속될는지요. 그 꿈이 영원하기를 바라지요. 새의 그림 밑에서 제 운명이 저를 맞았습니다. 어머니처럼요, 연인처럼요. 저는 그 운명에 속하며 그 밖엔 누구에게도 속하지 않습니다."

"그 꿈이 그대의 운명인 한 그 꿈에 충실해야겠지요."

그녀가 엄숙하게 확언했다. 어떤 슬픔이, 그리고 매혹적인 이 시간에 그만 죽어버리고 싶다는 열렬한 소망이 나를 사로잡았다.

한없이 눈물이 솟구쳐 나와 나를 제압하는 게 느껴졌다. 난 얼마나 오랜 시간을 울지 못했던가! 나는 부인에게서 격하게 몸을 돌려 창가로 다가갔으며, 아무것도 보지 않으면서 화분의 식물을 넘어 멀리 바라보았다.

뒤에서 부인의 목소리가 들려왔다. 그 목소리는 초연하게 들렸지만 그러면서도 가장자리까지 가득 찬 와인잔처럼 자상함이 넘쳤다.

"싱클레어, 그댄 아이네요! 그대의 운명은 그대를 사랑해요. 그대가 충실하게 산다면 그 운명은 언젠가 완전히 그대에게 속하게 될 거예요. 바로 그대가 꿈꾸듯이 말이죠."

나는 마음을 억누르고 부인에게 다시 얼굴을 돌렸다. 부인은 내게 손을 내밀었다.

"내겐 친구들이 몇 명 있어요." 미소를 지으며 부인이 말했다. "정말 몇 안 되는 친구들이고 아주 친한 친구들이죠. 그들은 나에게 에바 부인이라고 합니다. 원한다면 나를 그렇게 부르세요."

부인은 나를 문으로 데려가 열더니 정원 속을 가리켰다. "저기 밖에서 막스를 보게 될 거예요."

키 큰 수목들 아래에서 나는 마비되고 깊이 동요된 채로 서 있었다. 평소보다도 더 깨어 있는 건지 아니면 더 꿈을 꾸고 있는 건지 알지 못했다. 나뭇가지에서 빗방울이 스르르 떨어졌다. 나는 정원으로 천천히 걸어 들어갔다. 정원은 멀리 강가를 따라 나 있었다. 마침내 나는 데미안을 찾아냈다. 그는 웃옷을 벗은 채 탁 트인 정자에 있었고, 매달린 모래주머니 앞에서 복싱 연습을 하고 있었다.

나는 놀라서 서 있었다. 데미안은 근사해 보였다. 넓은 가슴과 단단하고 남성적인 머리, 팽팽한 근육으로 이루어진 쳐든 팔은 강하고 숙련되어 있었다. 몸의 움직임들은 노니는 샘물처럼 엉덩이와 어깨와 팔 관절에서 흘러나왔다.

"데미안." 내가 불렀다. "거기서 대체 뭐 하는 거야?"

그는 즐겁게 웃었다.

"몸을 단련하고 있어. 그 작은 일본인에게 복싱 한번 하자고 약속했거든. 그자는 고양이처럼 날쌔다고. 물론 그만큼 교활하지. 하지만 나를 이기진 못할 거야. 아주 약간이지만 체면 구긴 것 같아줄 거야."

그는 셔츠와 재킷을 둘러 입었다.

"벌써 우리 어머니 만나 뵀어?" 그가 물었다.

"응. 데미안, 그런 멋진 어머니를 두었다니! 에바 부인! 어머니에게 완벽하게 어울리는 이름이야. 그분은 모든 존재의 어머니 같아."

그는 잠시 생각에 잠겨 내 얼굴을 들여다보았다.

"벌써 그 이름을 알고 있어? 친구, 넌 자랑스러워해도 되겠어! 어머니가 처음 본 순간에 이름을 알려준 사람은 네가 처음이야."

이날부터 나는 아들이자 형제처럼, 또한 연인처럼 그 집을 들락거렸다. 내 뒤로 대문을 닫을 때면, 저 멀리서 키 큰 정원의 수목들이 나타나는 걸 볼 때면 벌써 나는 풍요롭고 행복했다. 밖에는 '현실'이 있었고, 밖에는 거리와 집들이, 사람과 시설들이, 도서관과 강의실이 있었다. 그러나 여기, 이 안에는 사랑과 영혼이 있고, 여기엔 동화와 꿈이 살고 있었다. 하지만 우린 절대로 세상과 절연한 채 살았던 게 아니었다. 사상과 대화 속에서 우리는 현실의 한가운데에 있기 일쑤였다. 다만 다른 영역에 있을 뿐이었다. 우리는 경계선이 아니라 다른 방식으로 봄으로써 다수의 사람과 분리되어 있었다. 우리의 과제는 이 세상에서 섬 하나를 보여주는 것인데, 아마 본보기가 될 수도 있겠지만, 어쨌든 삶의 다른 가능성을 공표하는 것이었다. 나는, 오랫동안 고독했던 나는 완전한 고독을 경험한 사람들 사이에서나 가능한 공동체를 알게 되었다. 이 다른 사람들의 공동체를 볼 때면 나는 다시는 행복한 사람들의 연회로, 기쁨에 들뜬 사람들의 축제로 돌아가길 갈망하지 않았으며 다시는 질투심이나 향수가 나를 덮치지 않았다. 그리고 서서히 나는 그 '표시'를 가진 사람들의 비밀에 정통하게 되었다.

표시를 가진 우리는 당연히 세상에서 이상한 존재, 그렇다, 미쳤고 위험한 존재로 간주될 수 있을 것이다. 우리는 깨어난 자들이거나 아니면 깨어나는 자들이며, 우리의 노력은 점점 더 완벽히 깨어 있음을 목표로 한다. 그에 반해 다른 사람들의 노력과 행복 추구는 자신의 의견을, 이상과 의무를, 자신의 삶과 행복을 무리의 그것과 점점 더 세게 묶는 데 목표를 두고 있다. 거기에도 역시 노력이 따랐고 거기에도 힘과 위대함이 있었다. 그렇지만 우리의 해석에 따라 보자면 표시를 지닌 우리는 새로운 것, 개별화된 것, 미래의 것을 지향하는 자연의 의지를 표현하는 데 반해 다른 이들은 지속의 의지 속에서 살았다. 그들에게 인류는—그들 또한 우리처럼 인류를 사랑했다—뭔가 완성된 것, 그래서 보존되고 보호받아야 하는 것이었다. 그에 반해 우리에게 인류는 먼 미래였는 바, 우리 모두는 그 미래를 향해 가는 길 위에 있는 것이며 그 미래의 모습은 아무도 모르고 그 법칙은 어디에도 쓰여 있지 않았다.

에바 부인과 막스 그리고 나 외에도 우리 그룹엔 좀 더 가깝든 멀든 간에 매우 다양한 부류의 구도자도 많이 속해 있었다. 그중 많은 이들은 특이하게 좁은 길을 갔으며, 별다른 목적을 품었고 특별한 의견과 의무에 매달렸다. 그중에는 천문학자, 카발라 신자들 그리고 톨스토이 백작의 추종자들, 온갖 부류의 섬세하고 내성적이고 상처 입기 쉬운 사람들, 새로운 종파의 신봉자들, 인도 요가의 수련자들, 채식주의자들과 기타 등등의 사람들이 있었다. 이들 모두와 우리 사이엔 각자가 다른 이의 비밀스러운 삶의 꿈에 부여하는 존중심 말고는 진정 어떤 공통점도 없었다. 우리에게 좀 더 가까웠던 다른 이들은 인류가 추구했던 신들과 새로운 소망의 형상들을 지나간 과거에서 찾았다. 그들의 연구는 내 친구 피스토리우스를 자주 떠올리게 했다. 그들은 책을 가져왔고 고대어로 된 문서를 우리에게 번역해주었으며 오래된 상징과 제식을 그린 그림들을 보여주었다. 그리고 지금까지 인류가 완벽하게 소유했던 이상들이 얼마나 무의식적인 영혼의 꿈들로 이루어져 있는지 보는 법을 우리에게 가르쳐주었다. 그 꿈들 속에서 인류는 자신의 미래의 가능성에 대한 예감을 뒤쫓았던 것이다. 이리하여 우리는 기독교로의 개종이 동터오던 전환기까지 고대 세계의 경이롭고, 머리가 수천 개 달린 한 덩어리 신들의 세계를 두루 알게 되었다. 고독한 신도들의 종파들을 알게 되었고, 한 민족에서 다른 민족으로 옮아간 종교의 변신을 깨닫게 되었다. 우리가 수집

한 모든 자료에서 우리 시대와 오늘날의 유럽에 대한 비판이 도출되었다. 현재의 유럽은 엄청난 노력 속에서 인류의 강력하고 새로운 무기를 만들어냈지만, 마침내는 극심하고 종국엔 절규하는 정신의 황폐화에 빠져들고 말았다. 왜냐하면, 유럽은 전 세계를 얻었지만 그럼으로써 자신의 영혼을 잃어버렸기 때문이다.

여기에도 특정한 희망과 구원론을 믿는 신자와 추종자들이 있었다. 유럽을 개종시키려는 불교 신자들, 톨스토이를 추종하는 젊은이들, 그리고 다른 유의 종파들이 있었다. 좀 더 친밀한 그룹에 속하는 우리는 경청했으며 이 교리들 중 어떤 것도 상징으로만 받아들였다. 표시를 지닌 우리에겐 미래의 형성을 고민해야 할 의무가 없었다. 우리에게 모든 종파와 모든 치유의 교리들은 이미 벌써 죽은 것이며 무용했다. 우리가 유일하게 의무요 운명으로 느낀 것이 있다면 그건 우리 각자가 완전히 자기 자신이 되는 것, 자기 내면에서 활동하고 있는 자연의 싹에 온전히 부응하여 그 뜻에 맞게 사는 것, 불확실한 미래가 무엇을 가져오건 일어날 모든 일에 만반의 준비가 되어 있는 것이었다.

말을 하건 안 하건 우리 모두는 새로운 탄생과 현존하고 있는 세계의 붕괴가 임박해 있으며 이미 그걸 감지할 수 있다고 감정으로 뚜렷이 느끼고 있었기 때문이다. 데미안은 내게 자주 이런 말을 하곤 했다. "앞으로 일어날 일은 상상할 수도 없어. 유럽의 영혼은 무한히 오랜 시간을 포박당해 있던 짐승이야. 그 짐승이 풀려나면 그의 최초의 움직임들은 가장 사랑스러운 행동이 아닐 거야. 하지만 그렇게 오랜 시간 동안 번번이 기만당하고 마비되었던 영혼의 진정한 위기가 표면에 떠오를 때, 길과 우회로는 중요하지 않아. 그때 우리의 시간이 올 것이고 그땐 우리가 필요하게 될 거야. 지도자나 새로운 입법자로서가 아니라―우린 새로운 법은 더이상 겪지 않게 될 거야―오히려 운명이 부르는 곳으로 함께 가서 그 자리에 있을 준비가 된 사람들, 그럴 용의가 있는 자들로서 말이지. 봐, 인간은 모두 자신의 이상이 위협받을 때는 엄청난 일을 치를 각오가 되어 있어. 하지만 새로운 이상이, 새롭고 어쩌면 위험하면서 무시무시한 성장의 움직임이 문을 두드릴 때면 거기엔 아무도 없다고. 그럴 때 그자리에 있고 함께 갈 수 있는 소수의 사람들이 바로 우리일거야. 우리의 표시는 그러기 위해 있는 거야. 두려움과 증오를 일으켜 당시의 인류를 비좁은 이상향에서 위험한 광야로 몰아내라고 카인에게 표시가 주어졌던 것과 똑같은 이치지. 인류의 행보에 영향을 끼친 사람들은 모두 오로지 자신의 운명을 따를 준비가 되어 있었기 때문에 능력과 영향력을 발휘했던 거야. 모세와 부처님이 그랬고, 나폴레옹과 비스마르크도 그랬어. 어떤 물결을 타는지, 어떤 극의 지배를 받는지, 그건 선택할 수 있는 문제가 아니야. 만일 비스마르크가 사회민주주의를 이해하고 거기에 입장을 맞추었더라면 영리한 인물은 되었겠지만, 운명의 남자는 되지 못했겠지. 나폴레옹이 그랬고, 카이사르, 로욜라 그리고 모두가 다 그랬어! 우리는 이걸 항상 생물학적이자 진화론적으로 생각해야만 해! 지구 표면에 일어난 대변혁들이 수상동물을 육지로, 육상동물을 물속으로 내던졌을 때, 운명을 따를 준비가 된 표본들이 있었지. 그들은 사상 초유의 것과 전대미문의 일을 수행하고 새롭게 적응함으로써 자기 종을 구제할 수 있었던 거야. 이들이 그전에 자신이 속한 종에서 보수적이고 보존 지향적인 것으로서 두각을 드러냈던 그 표본들이었는지 아니면 되레 특별하고 혁명적인 표본들이었는지, 그건 우리가 알 수 없지. 그들은 준비되어 있었고, 그래서 자기네 종을 새로운 진화의 과정으로 이끌어 구제해낼 수 있었어. 그건 우리가 알지. 때문에 우린 준비가 되어 있고자 하는 거야."

그렇게 대화를 나눌 때면 종종 에바 부인도 함께 자리에 있었다. 그러나 부인은 이런 식으로 함께 말을 나누지는 않았다. 부인은 우리가 생각을 털어놓는 우리의 청중이요 반향이었으며, 신뢰와 이해심이 넘쳤다. 모든 생각이 부인에게서 나오고 부인에게로 돌아가는 것 같았다. 부인 곁에 앉아 가끔 그 음성을 듣고, 부인을 감싸고 있는 성숙함과 영혼의 분위기에 함께한다는 건 내게 행복이었다.

부인은 내 마음속에서 그 어떤 변화가 일거나 불투명해지거나 새것으로 교체되는 중일 때면 금방 그걸 알아챘다. 내가 잠잘 때 꾸는 꿈들은 부인이 보내는 계시처럼 느껴졌다. 나는 종종 부인에게 내 꿈 이야기를 했는데, 그 꿈들은 부인에겐 이해되고 자연스러웠으며 부인이 분명한 느낌으로 따를 수 없는 특별한 것이란 없었다. 나는 한동안 우리가 낮 동안에 나누었던 대화의 복사체라고 할 수 있는 꿈들을 꾸었다. 내 꿈속에서 전 세계는 격동 속에 있었고, 나는 혼자 또는 데미안과 함께 긴장한 채 거대한 운명을 기다리고 있었다. 운명은 감추어져 있었으나, 어딘지 모르게 에바 부인의 모습을 하고 있었다. 그녀에게서 선택을 받거나 거부당하는 것, 그것이 운명이었다.

가끔 부인은 미소를 띠고 말했다.

"그 꿈은 완전하지 않아요, 싱클레어. 그대는 가장 좋은 부분은 잊고 있어요."

그러면 내게 다시 기억이 떠올랐고 그럴 때면 그걸 도대체 어떻게 잊어버릴 수 있었는지 도저히 납득할 수 없는 때가 있었다.

이따금 나는 만족하지 못하고 욕망으로 고통을 받았다. 부인을 품에 안지 못하고 그저 옆에서 보는 것만으로는 더 이상 참을 수 없다고 생각했다. 부인은 그것도 즉각 알아차렸다. 어느 땐가 내가 여러 날 자리를 비우다가 혼란스러운 모습으로 다시 나타났을 때, 부인은 나를 옆으로 끌어당기더니 이렇게 말했다.

"그대가 믿지 않는 소망에 헌신해서는 안 돼요. 그대가 뭘 원하는지 나는 알아요. 이 소망들을 포기할 수 있거나 아니면 완전히 그리고 제대로 소망할 수 있어야 합니다. 그대 맘 속에서 소망이 실현될 거라고 확신하면서 빈다면, 소망도 이루어지죠. 하지만 그대는 바라고 나면 다시 그걸 후회하죠. 그러면서 두려움을 느끼죠. 그런 게 다 극복되어야 하는 거예요. 동화를 하나 들려줄게요."

부인은 어느 별을 보고 사랑에 빠진 젊은이 이야기를 해주었다.

그는 바닷가에 서서 손을 뻗어 별을 숭배했다. 그는 별의 꿈을 꾸었고 그의 모든 생각은 별을 향했다. 하지만 그는 사람이 별을 껴안을 수 없다는 걸 알았거나 안다고 생각했다. 그는 실현의 가망 없이 별을 사랑하는 것이 자신의 숙명이라고 생각했으며, 이런 생각에서 체념과 그리고 자신을 갱신하고 정화해줄 묵묵하고도 충실한 고통에 관해 완전한 인생 문학을 지었다. 그러나 그의 꿈들은 모조리 별을 향해 갔다. 한번 그는 다시 밤 바닷가에 섰다. 높은 절벽 위에 서서 그 별을 바라보았고 별에 대한 사랑으로 불타올랐다. 그리움이 극에 달한 순간 그는 뛰어올랐고 별을 향해 허공에 몸을 내던졌다. 그러나 뛰어오르는 그 순간에도 '하지만 이건 불가능한 일이잖아!'라고 그는 재빨리 생각했다. 그러자 그는 아래쪽 해안가에 산산조각 난 채로 뻗어 있었다. 그는 사랑할 줄을 몰랐던 거다. 그가 뛰어오르는 그 순간, 확고하고 확실하게 실현되리라 믿는 영혼의 힘을 가졌더라면 그는 위로 날아올라 별과 하나가 되었을 텐데 말이다.

"사랑은 간청해서는 안 돼요"라고 부인이 말했다. "또한 요구해서도 안 되죠. 사랑은 자기 자신 속에서 확신에 이르는 힘을 가져야 하는 거예요. 그러면 사랑은 더 이상 끌려가지 않고 끌어당기게 되죠. 싱클레어, 그대의 사랑은 내게 끌려가고 있어요. 만일 언젠가 그대의 사랑이 나를 끌어당기게 되면, 나는 그대에게 갈 거예요. 나는 그냥 나를 주고 싶지 않아요. 나는 쟁취되고 싶어요."

그러나 다음번에 부인은 다른 동화를 들려주었다. 아무 희망 없이 사랑에 빠진 남자가 있었다. 그는 완전히 자신의 영혼에 틀어박힌 채, 사랑에 불타 소멸될 것이라고 믿었다. 그에게 세상은 사라져버렸다. 푸른 하늘과 초록빛 숲은 더 이상 보이지 않았고, 시냇물 소리도 들리지 않았으며, 하프 소리도 울리지 않았다. 모든 것이 침몰했으며, 그는 가련하고 비참해졌다. 하지만 그의 사랑은 자라났다. 그는 사랑하는 그 아름다운 여인을 포기하느니 차라리 죽어 썩어버리기를 바랐다. 그러면서 그는 자신의 사랑이 마음속의 다른 모든 것을 태워버린 걸 느꼈다. 그의 사랑은 강력해져서 끌어당기고 또 끌어당겼기에 그 아름다운 여인은 따라오지 않을 수 없었다. 그녀가 왔다. 그는 그녀를 끌어안으려고 팔을 벌리고 서 있었다. 그러나 그녀가 그의 앞에 와 섰을 때, 그녀의 모습은 완전히 변했다. 그러자 그는 전율을 느끼며 자신이 잃어버렸던 전 세계를 끌어당긴 걸 느끼고 또 보았다. 세계가 그의 앞에 서 있었고 그에게 자신을 바쳤다. 하늘과 숲과 시냇물, 그 모든 것이 새로운 색채 속에서 신선하고도 황홀하게 그를 향해 다가왔으며, 그의 소유가 되었고, 그의 언어로 말했다. 그는 단순히 한 여인을 얻은 게 아니라 전 세계를 마음에 얻었으며, 하늘의 별은 모두 그의 마음속에서 불타오르고 그의 영혼을 통해 즐거움을 발했다. 그는 사랑하였으며, 그러면서 자기 자신을 발견하였다. 그러나 대부분의 사람은 사랑하며, 그러면서 자기 자신을 잃어버린다.

에바 부인을 향한 사랑이 내 삶의 유일한 내용인 것 같았다. 그러나 부인은 매일 달리 보였다. 때때로 나는 내 본질이 이끌려 추구하는 것이 그녀라는 사람이 아니고, 그녀는 오히려 나의 내면의 형상일 뿐이며 오로지 나를 나 자신 속으로 더 깊이 이끌어가려 한다고 분명하게 느꼈다. 종종 부인에게서 듣는 말은, 내 마음을 움직인 다급한 질문에 대한 내 무의식의 답변으로 들렸다. 그러고 나면 다시 부인 곁에서 관능적인 욕망에 불타오르며 부인이 만진 것들에 입을 맞추는 순간들이 있었다. 점차 관능적인 사랑과 관능적이지 않은 사랑이, 현실과 상징이 서로 포개졌다. 그러면 내 방에서, 고요한 내면성 속에서 부인을 생각하고 그러면서 부인의 손을 내 손에, 부인의 입술을 내 입술에 느낀다고 믿는 일이 있었다. 아니면 내가 부인 곁에 있고 부인의 얼굴을 들여다보며 부인과 얘기하고 부인의 목소리를 듣는데, 부인이 진짜로 있는 건지, 꿈은 아닌지 모를 때가 있었다. 나는 어떻게 사랑을 지속적으로 불사의 것으로 소유할 수 있는지 예감하기 시작했다. 어떤 책을 읽으며 새로운 인식을 얻으면, 그건 에바 부인의 입맞춤과 똑같은 감정이었다. 부인은 내 머리를 쓰다듬으며 그 성숙하고도 향기로운 포근함을 미소로 전했다. 그러면 나는 마치 내 마음속에서 일종의 진보를 했을 때와 똑같은 감정을 느꼈다. 내게 중요하고 운명인 것은 모두가 부인의 형상을 띨 수 있었다. 부인은 내 모든 생각으로 변화되며 모든 것은 부인으로 변화될 수 있었다.

부모님 댁에서 보내는 크리스마스 축제일을 앞두고 나는 2주 동안 에바 부인과 떨어져 지내는 건 고통스러울 거라고 걱정했었다. 그런데 그건 고통이 아니었다. 집에서 지내며 그녀를 생각하는 것은 황홀했다. 내가 H.로 되돌아왔을 때도 나는 이틀을 더 부인의 집에 가지 않고 보냈다. 이 안정 감과 부인의 감각적인 현전으로부터 독립된 상태를 누리려고 말이다. 나는 꿈도 꾸었는데 거기서 부인과의 합일은 새롭고 비유적인 방식으로 이루어졌다. 부인은 내가 흘러가면서 합류하는 바다였다. 부인은 별이었고 나 자신 역시 별이 되어 그녀를 향해 가고 있었다. 우리는 만났고, 서로에게 끌렸다고 느꼈으며 함께 머물렀다. 우리는 가깝게 울려 퍼지는 원을 그리며 황홀하게 서로의 주위를 영원히 돌고 있었다. 부인을 다시 방문했을 때 나는 이 꿈 이야기를 들려주었다.

　"그 꿈은 아름다워요." 부인이 조용히 말했다. "그 꿈을 현실로 만드세요!"

　이른 봄의 어떤 날이었다. 나는 이날을 결코 잊지 못한다. 나는 홀 안으로 들어갔다. 창문 하나가 열려 있었고 온화한 공기의 흐름을 타고 히아신스의 진한 향기가 공간을 쇄도하고 있었다. 아무도 보이지 않았기에 나는 층계를 올라가 막스 데미안의 공부방으로 갔다. 나는 가벼이 문을 두드렸고,

언제나 그렇듯이 대답을 기다리지 않은 채 안으로 들어갔다. 방은 어두웠으며 커튼은 모두 닫혀 있었다. 작은 옆방으로 난 문이 열려 있었는데, 그곳에 막스는 화학 실험실을 차렸다. 그 방에서 비구름 사이로 드러난 봄날의 밝고 하얀 햇빛이 번져 나왔다. 난 아무도 없다고 생각했고 그래서 커튼 하나를 뒤로 젖혔다.

거기서 나는 막스 데미안이 커튼에 가려진 창문가에 놓인 걸상에 앉아 있는 것을 보았다. 그는 몸을 움츠리고 있었고 이상하게 변한 모습이었다. 번개처럼 어떤 감정이 나를 스쳐 갔다. 넌 이걸 언젠가 한 번 봤던 적이 있어! 막스는 팔을 꼼짝 않고 늘어뜨린 채였고, 손은 무릎 위에 얹혀 있었다. 눈을 뜬 채 약간 앞으로 숙인 얼굴은 초점 없이 죽어 있었다. 동공엔 작고 반짝이는 반사광이 마치 한 조각 유리 위에서처럼 생명 없이 반짝거렸다. 창백한 그 얼굴은 내면에 침잠해 있었고, 섬뜩할 만큼 뚫어지게 응시하는 것 말고는 다른 표현이 없었다. 그 얼굴은 신전의 정문에 있는 태고의 동물 마스크처럼 보였다. 그 얼굴은 숨을 쉬고 있지 않은 것 같았다.

내 가슴은 기억으로 떨렸다. 그렇게, 바로 그렇게 난 한 번 그를 본 적이 있었다. 오래전에, 내가 아직 어린 소년이었을 때 말이다. 그렇게 눈은 내면을 향해 있었고, 그렇게 손은 죽은 듯 가지런히 놓여 있었으며, 파리가 그의 얼굴 위로 날아다녔었다. 당시 그는, 아마도 6년 전인가, 바로 그 나이에 그렇게 시간을 초월한 듯이 보였는데, 얼굴의 주름도 오늘날 다르지 않았다. 두려움이 덮쳐와서 나는 조용히 방을 빠져나와 층계를 내려갔다. 홀에서 에바 부인을 만났다. 부인은 창백하고 피곤해 보였다. 그건 내가 그녀에게서 본 적이 없는 모습이었다. 그림자 하나가 창문을 스치고 날아갔으며, 눈을 부시게 하던 하얀 해는 갑자기 사라져버렸다.

"막스에게 갔었어요." 난 급히 속삭여 말했다. "무슨 일이 일어났나요? 잠을 자는 건지 아니면 침잠해 있는 건지 모르겠어요. 그가 그런 모습인 걸 예전에 한 번 본 적이 있어요."

"그를 깨우진 않았겠죠?" 재빨리 부인이 물었다.

"네, 막스는 제가 온 걸 못 들었어요. 저는 금방 밖으로 나왔습니다. 에바 부인, 데미안이 어떻게 된 건지 말씀해주세요."

부인은 손등으로 이마를 쓸었다.

"침착하세요, 싱클레어. 막스에겐 아무 일도 안 일어나요. 자기 속으로 물러나 있는 거예요. 오래 걸리진 않을 거예요."

부인은 일어나, 바로 비가 내리기 시작했건만 정원으로 나갔다. 나는 따라가서는 안 된다고 느꼈다. 그래서 난 홀 안을 왔다 갔다 하며 마취시키듯 향기를 뿜어내는 히아신스의 냄새를 맡았다. 그리고 문 위에 걸려 있는 나의 새 그림을 쳐다보았으며, 마음을 졸인 채 오늘 아침 이 집을 가득 덮고 있는 이상한 그림자를 들이켰다. 이건 뭘까? 무슨 일이 일어난 걸까?

에바 부인이 금방 되돌아왔다. 빗방울이 부인의 검은 머리카락에 걸려 있었다. 부인은 자신의 안락의자에 앉았다. 그 모습에서 피곤이 어른거렸다. 나는 부인 옆으로 가 몸을 굽히고 그녀의 머리카락에 맺힌 빗방울에 입을 맞추었다. 부인의 눈은 밝고 고요했으나 빗방울에선 눈물 같은 맛이 났다.

"그를 보러 가볼까요?" 속삭이며 내가 물었다.

부인은 살짝 미소를 지었다.

"어린 소년같이 굴지 말아요, 싱클레어!" 하면서 마치 자신 속의 침묵을 깨려는 듯이 큰 소리로 부인이 나를 타일렀다. "지금은 갔다가 나중에 다시 오세요. 지금 난 그대와 얘기를 나눌 수가 없군요."

나는 자리를 떴고, 집과 도시를 멀리 벗어나 산으로 달려갔다. 비스듬하고 가는 빗자락이 내게로 몰아쳤으며, 구름은 무거운 압력을 받아 낮게, 마치 공포 속에서인 양 재빨리 밀려갔다. 아래쪽에는 바람이 거의 없었고, 위에선 폭풍이 이는 듯했다. 여러 차례 해가 잠깐씩 창백하고 눈부시게 금속 같은 회색 구름층을 뚫고 나왔다.

그때 하늘 저 너머로 느슨한 노란색 구름이 밀려왔다. 그건 회색의 벽에 부딪혀 정체되었다. 바람이 몇 초 사이에 노랑과 파랑에서 형상을 하나 빚어냈다. 그건 엄청나게 큰 새였다. 새는 푸른색 혼동에서 몸을 빼내었고 넓게 날개를 치면서 하늘 속으로 사라졌다. 그러자 폭우 소리가 들렸고, 비가 우박과 섞여 아래로 내리쳤다. 믿을 수 없이 끔찍한 소리를 내는 짧은 천둥소리가 비가 후려친 풍경 위로 울려 퍼졌다. 그에 이어 곧바로 다시 태양이 뚫고 나왔으며 가까운 산에서는 갈색의 숲을 넘어 창백한 흰 눈이 흐릿하고 비현실적으로 반짝거렸다.

내가 몇 시간 후 비와 바람에 젖어 다시 돌아왔을 때 데미안이 직접 현관문을 열어주었다. 그는 나를 자기 방으로 데리고 올라갔다. 실험실에는 가스 불이 타오르고 있었고 종이가 널려 있었으며, 그는 작업을 한 것 같았다.

"앉아" 하고 그가 권했다. "피곤할 거야, 끔찍한 날씨잖아. 한참 밖에 있었던 모양이군. 곧 차를 가져올 거야."

"오늘 무슨 일이 일어나고 있어"라고 내가 주저하면서 말을 시작했다. "그건 그냥 폭우만은 아닐 거라고."

그는 나를 살피듯 바라보았다.

"뭔가 본 거야?"

"응. 구름 속에서 한순간 분명하게 어떤 형상을 보았어."

"어떤 형상인데?"

"새였어."

"새매? 그거야? 네 꿈속의 새 말이야?"

"그래, 그건 나의 새매였어. 새는 노란색에 엄청나게 컸고 검푸른 하늘 속으로 날아갔어."

데미안은 깊이 숨을 내쉬었다.

문에서 노크 소리가 났다. 나이 먹은 하녀가 차를 가져왔다.

"마셔, 싱클레어. 네가 그 새를 우연히 본 건 아닐 거라고 생각하는데?"

"'우연히'라고? 그런 걸 우연히 보나?"

"그래, 아니지. 거기엔 무슨 뜻이 있겠지. 무슨 뜻인지 알아?"

"아니. 내가 느끼는 건 다만, 그게 격동을 뜻한다는 것, 운명에서의 한 걸음이라는 거야. 그건 우리 모두와 관계된다는 생각이 들어."

데미안은 격렬하게 왔다 갔다 했다.

"운명에서의 한 걸음이라고!" 그가 큰 소리로 말했다. "그와 똑같은 것을 난 어젯밤 꿈으로 꿨어. 어머니도 어제 똑같은 의미를 가진 예감을 느끼셨고. 난 꿈을 꿨어. 나는 나무 줄기나 탑에 걸쳐 있는 사다리를 타고 올라갔지. 내가 위에 다다르자 온 나라가 보였어. 그건 커다란 평지였는데, 도시와 마을들이 불타고 있었어. 모든 걸 얘기해줄 수는 없어. 모든 게 아직은 내게 명확하지 않아서."

"그 꿈을 너와 연관 지어 해석하는 거야?" 하고 내가 물었다.

"나와 관련지어서? 당연하지. 아무도 자기와 관계없는 꿈을 꾸지 않아. 그러나 나하고만 관련된 것은 아니야. 그 점에선 네가 맞아. 난 상당히 정확하게 꿈들을 구별하는데, 나 자신의 영혼의 움직임을 표시하는 꿈들과 아주 드물지만 전 인류의 운명이 암시되는 다른 꿈들이 있지. 그런 꿈들은 거의 꾸지 않지. 그리고 예언이었고 실현되었다고 말할 수 있는 꿈은 아직 한 번도 꿔본 적이 없어. 해석들은 너무나 막연해. 그러나 나에게만 관련되지 않는 뭔가를 꿈꾸었다는 건 확실히 알아. 이 꿈은 내가 예전에 꾸었던 다른 꿈들에 속하고, 이 꿈이 그 꿈들을 이어가는 거야. 싱클레어, 이런 꿈들에서 내가 너에게 이미 말한 적 있는 그 예감이 느껴져. 우리의 세계가 정말로 썩었다는 걸 우린 알고 있어. 그렇다고 이 세상의 몰락이나 그와 비슷한 것을 예견할 이유는 없을 거야. 하지만 난 여러 해 전부터 꿈을 꿔왔는데, 거기서 추론하거나 느끼거나 혹은 네가 뭐라고 부르건, 구세계의 붕괴가 가까이 다가왔다는 것을 느껴. 그건 처음엔 아주 회박하고 멀리 있는 예감이었어. 그런데 점점 더 분명해지고 더 강력해졌지. 뭔가 엄청나게 크고 무서운 것이 눈앞에 닥쳐왔다는 것과 그게 나와도 관련된다는 것 말고 다른 건 아직 몰라. 싱클레어, 우리가 가끔 말했던 그걸 우린 겪게 될 거야! 세계는 새로이 갱신되려고 해. 죽음의 냄새가 나. 죽음 없이 새로운 것은 오지 않거든. 그건 내가 생각했던 것보다 훨씬 끔찍해."

나는 깜짝 놀라 그를 빤히 쳐다보았다.

"네 나머지 꿈 얘기를 해주지 않을래?"라고 난 수줍게 부탁했다.

그는 머리를 저었다.

"아니."

문이 열렸고, 에바 부인이 들어왔다.

"거기 나란히 앉아 있구나! 아들들, 하지만 슬퍼하진 않겠지?"

부인은 상큼했고 조금도 더는 피곤해 보이지 않았다. 데미안은 부인에게 미소를 지었으며, 부인은 엄마가 겁먹은 아이에게로 가듯이 우리에게 다가왔다.

"슬프지는 않아요, 어머니. 우린 다만 이 새로운 표시들을 좀 풀어보려고 했죠. 그렇지만 거기엔 아무것도 없어요. 오고자 하는 것은 갑자기 와 있을 것이며, 그러면 우리는 알

필요가 있는 것들을 알게 되겠지요."

그러나 나는 기분이 좋지 않았다. 작별을 고하고 혼자 홀을 지나갈 때 히아신스의 향기는 시들고, 김빠지고, 시체같이 느껴졌다. 우리들 위로 그림자가 드리워진 것이다.

제8장
종말의 시작

　나는 여름 학기도 H.에서 보낼 수 있도록 내 뜻을 관철시켰다. 우리는 집 안에서 보내는 대신 이젠 거의 언제나 강가에 있는 정원에서 지냈다. 복싱에서 제대로 패한 그 일본인은 떠났고, 톨스토이의 팬도 이제 없었다. 데미안은 말 한 마리를 키우며 끈기 있게 날마다 말을 탔다. 나는 자주 그의 어머니와 단둘이 있곤 했다.

　이따금 난 내 삶의 평화로움에 놀라워했다. 나는 홀로 지내면서 체념을 연습하고 내 고통과 힘겹게 맞붙어 싸우는 데 워낙 오랫동안 익숙해진 터라, H.에서 보낸 이 몇 달간은 편안하게, 마법에 걸린 채 오로지 아름답고 유쾌한 일과 감정으로만 살아가도 되는 꿈의 섬인 양 느껴졌던 거다. 그것은 우리가 생각하던 저 새롭고 더 숭고한 공동체를 예고하는 전조라고 난 예감했다. 그리고 이 행복이 오래 지속될 수 없음을 잘 알고 있었기에 이따금 행복감을 넘어 슬픔에 사로잡히곤 했다. 내겐 충만과 안락함 속에서 숨 쉬는 운명이 주어져 있지 않았으며, 나는 고통과 닦달이 필요했다. 그리고 어느 날 이 아름다운 사랑의 형상들에서 깨어나 다시 홀로 서 있게 되리라는 것을, 내게는 고독이나 투쟁에 지나지 않으며, 평화도 공동의 삶도 아닌 그런 다른 이들의 차가운 세계에서 완전히 혼자가 되리라는 걸 느꼈다.

그러면 난 갑절로 애정을 품고 에바 부인 곁으로 파고들었으며, 내 운명이 여전히 이 아름답고 고요한 모습을 하고 있다는 사실이 기뻤다.

여름 몇 주는 빠르고 경쾌하게 흘러갔다. 학기는 이미 끝나가고 있었다. 작별의 시간이 눈앞에 다가왔다. 난 그 생각을 해서는 안 되었고 또 하지도 않았다. 그 대신 마치 나비가 꿀 있는 꽃에 집착하듯이 이 아름다운 날들에 매달렸다. 그건 나의 행복한 시절이었으며, 내 삶의, 최초의 실현이었고 동맹으로의 입단이었다. 그다음엔 무슨 일이 일어날까? 난 다시 싸워나가고, 동경으로 괴로워하고, 꿈을 꾸면서 홀로 있게 될 것이다.

이렇게 시간을 보내던 어느 날 그 예감은 너무나 강해져,

에바 부인에 대한 내 사랑이 갑자기 고통스럽게 타올랐다. 하느님 맙소사, 조금만 있으면 그럼 난 더 이상 부인을 보지 못하고, 그녀가 집 안을 지나가며 내는 단호하고 기분 좋은 발걸음 소리를 더 이상 듣지 못하며, 내 책상 위에 그녀가 가져온 꽃들을 더 이상 보지 못하겠지! 내가 이룬 게 뭐지? 나는 꿈을 꾸었고 쾌적함 속에 누워 몸을 흔들었지. 그녀를 쟁취하고, 그녀를 얻으려 싸우고, 그녀를 영원히 내 사람으로 만드는 대신에 말이다! 진실한 사랑에 관해 부인이 내게 했던 말들이 모두 생각났고, 수백 개의 섬세하고 경고하는 단어들이, 수백 개의 나지막한 유혹들, 어쩌면 약속들이 떠올랐다. 그걸 듣고 난 뭘 했던 거지? 아무것도! 아무것도 하지 않았다!

나는 방 한가운데 서서 전 의식을 모아 에바를 생각했다. 그녀가 내 사랑을 느끼도록, 그녀를 내게로 끌어오려고 내 영혼의 힘들을 모두 모으려고 했다. 그녀는 와야 하고 나의 포옹을 갈망해야 했다. 나의 입맞춤은 그녀의 성숙한 사랑의 입속을 물릴 줄 모르고 헤집어 놓아야 했다.

나는 일어서서 손가락과 발부터 차가워질 때까지 몸을 긴장시켰다. 내게서 힘이 빠져나가는 걸 느꼈다. 잠시 동안 무엇인가 내 속에서 단단하고 촘촘히 뭉쳐졌다. 뭔가 환하고 서늘한 것이었다. 한순간 나는 가슴 속에 크리스털을 지니고 있다는 느낌을 받았고, 그것이 나의 자아임을 깨달았다. 차가움이 가슴까지 올라왔다.

이 끔찍한 긴장 상태에서 깨어났을 때, 나는 무엇인가가 올 것이라는 걸 느꼈다. 나는 죽을 만큼 탈진해 있었으나, 마음을 불태우며 황홀한 심정으로 에바가 방에 들어오는 걸 볼 준비가 되어 있었다.

이제 말발굽 소리가 긴 거리를 두드리며 다가오고 있었고, 가깝고 세게 들리더니 갑자기 멈춰 섰다. 나는 창가로 뛰어갔다. 아래에선 데미안이 말에서 내리고 있었다. 나는 뛰어 내려갔다.

"무슨 일이야, 데미안? 어머니께 무슨 일이 일어난 건 아니겠지?"

그는 내 말을 듣지 않았다. 그는 매우 창백했으며, 땀방울이 그의 이마에서 뺨을 따라 양쪽으로 흘러내렸다. 그는 흥분한 말의 고삐를 마당 울타리에 동여매고 내 팔을 잡더니 나와 함께 거리를 내려갔다.

"벌써 소식 알고 있어?"

난 아무것도 몰랐다.

데미안은 내 팔을 누르며 얼굴을 내게로 돌렸다. 어둡고 동정 어린 특이한 눈빛이었다.

"그래, 친구, 이제 시작이야. 러시아와의 심각한 긴장 상태는 알고 있겠지."

"뭐라고? 전쟁이 일어난다고? 그럴 거라고 한 번도 생각해본 적 없어."

아무도 옆에 없었건만 그는 나직이 말했다.

"아직 전쟁이 선포된 건 아니야. 그러나 전쟁은 일어나. 믿어도 돼. 난 그날 이후 그 일로 너를 더 이상 귀찮게 하지 않았지. 그러나 그때 이후로 세 번이나 새로운 징후를 보았어. 그건 세계의 몰락도, 지진도, 혁명도 아닐 거야. 그건 전쟁이 될 거야. 넌 그게 어떻게 일어나는지 보게 될 거야! 사람들에게 전쟁은 엄청난 기쁨이 되겠지. 지금부터 벌써 모두가 그 난타전을 기대하며 기뻐하고 있어. 그들에게 삶이란 그토록 맥빠진 게 되어버린 거야. 그러나 넌 보게 될 거야, 싱클레어. 그건 시작에 불과하다는 걸. 그건 아마도 큰 전쟁이, 매우 큰 전쟁이 될 거야. 하지만 그것도 시작에 불과해. 새로운 것이 시작되고, 그 새로운 것은 기존의 것에 집착하는 사람들에게는 끔찍한 것이 되겠지. 넌 뭘 할 거야?"

나는 망연자실했다. 그 모든 것이 내겐 아직도 낯설고 비현실적으로 들렸다.

"모르겠어. 그런데 너는?"

그는 어깨를 실룩거렸다.

"동원이 시작되자마자 난 대열에 끼게 되어 있어. 소위거든."

"네가? 그건 정말 몰랐는데."

"그래, 그게 내 적응 방식 중 하나야. 내가 밖으로 눈에 띄는 걸 좋아하지 않았고, 오히려 흠 없이 행동하려고 항상 뭔가 너무 많이 했던 거, 넌 알잖아. 난 8일 내에 이미 전장에 나가 있을 거라고 믿어."

"하느님 맙소사."

"이봐, 친구. 그걸 감상적으로 이해할 필요는 없어. 산 사람을 향해 사격 명령을 내리는 건 따지고 보면 내게 즐거운 일은 아니야. 그러나 그건 부수적인 거야. 지금 우리 각자는 커다란 바퀴 속으로 들어가겠지. 너도. 넌 분명 징집될 거야."

"그러면 네 어머니는, 데미안?"

이제야 비로소 나는 15분 전에 있었던 일을 다시 상기했다. 세상은 어떻게 변해버렸는가! 가장 달콤한 형상을 불러내기 위해 나는 모든 힘을 끌어모았었다. 그런데 지금 갑자기 운명은 위협할 정도로 무서운 가면을 쓰고 나를 새롭게 쳐다보고 있었다.

"내 어머니? 아, 우리가 그분 때문에 염려할 필요는 없어. 어머니는 안전하셔. 오늘날 세상에 있는 그 누구보다도 더

254 데미안

안전하시지. 어머니를 그렇게도 사랑하나?"

"알고 있구나, 데미안?"

그는 환하게, 완전히 자유로운 모습으로 웃었다.

"애송이 친구! 당연히 알고 있었지. 아직까지 어머니를 사랑하지 않으면서 에바 부인으로 부른 사람은 없었거든. 그건 그렇고, 어찌 된 일이야? 네가 오늘 어머니나 나를 불렀지. 안 그래?"

"그래, 내가 불렀어. 에바 부인을 불렀지."

"어머니가 그걸 느끼셨어. 그래서 갑자기 나를 보내신 거야. 내가 너에게 가봐야 한다고. 막 어머니께 러시아에 관한 뉴스를 말씀드리고 있던 참이었지."

우리는 되돌아왔고 조금 더 말을 나누었다. 그는 말 고삐를 풀고 올라탔다.

위층 내 방에서야 비로소 내가 얼마나 데미안이 전해준 소식으로, 그보다 더 많이 그전에 했던 긴장으로 인해 지쳐 있는지 느꼈다. 그런데 에바 부인은 내가 부르는 소리를 들었던 거다! 나는 생각을 모아 마음속에서 그녀에게 가닿았던 거다—만일…… 아니었다면—그녀는 직접 왔을 텐데. 이 모든 것이 얼마나 특이한가, 그리고 따지고 보면 얼마나 아름다운가! 이제 전쟁이 일어날 것이다. 이제 우리가 너무도 자주 얘기했던 일이 일어나기 시작할 것이다. 데미안은 그에 관해 그렇게나 많이 미리 알고 있었다.

이제 세상의 흐름이 더 이상 그 어딘가에서 우리를 지나쳐가지 않는다는 건 너무도 이상한 일이다. 그것이 지금 갑자기 우리의 심장 한가운데를 뚫고 간다는 것은, 모험과 야성적인 운명이 우리를 부르고 있다는 것은, 세상이 우리를 필요로 하는 순간이, 세상이 변하고자 하는 순간이 곧 오리라는 것은 얼마나 이상한 일인가. 데미안이 옳았다. 감상적으로 그걸 받아들일 수는 없었다. 내가 지금 그토록 고독한 일인 '운명'을 그렇게 많은 사람들과, 전 세계와 함께 겪게 될 거라는 사실만이 기묘할 따름이었다. 그럼 좋다!

나는 각오가 되어 있었다. 저녁나절 도시를 지나갈 때 온 천지가 엄청난 흥분의 도가니로 들끓고 있었다. 사방에서 그 말이 들려왔다.

"전쟁!"

나는 에바 부인의 집으로 갔다. 우리는 정원의 작은 정자에서 저녁을 먹었다. 내가 유일한 손님이었다. 아무도 전쟁에 관해 말 한마디 꺼내지 않았다. 나중에야, 내가 돌아가기 바로 전에 에바 부인이 말했다.

"싱클레어, 그대가 오늘 나를 불렀어요. 내가 왜 직접 오지 않았는지는 알 거예요. 하지만 잊지 마세요. 그대는 이제 소환할 줄 알죠. 언제라도 그대가 표시를 가진 누군가 필요할 때는 다시 부르세요!" 부인은 몸을 일으켜 정원의 어스름 사이로 앞서 걸어갔다. 신비스러운 그 존재는 침묵하는 나무들 사이로 위대하고 장엄하게 발걸음을 옮겼으며, 그녀의 머리 위엔 수많은 별들이 작고 다정하게 반짝거리고 있었다.

내 얘기는 이제 끝에 이르렀다. 사태는 신속하게 진행되었다. 곧 전쟁이 발발했고, 데미안은 군복에 은회색의 외투를 걸치고 너무나 낯선 모습으로 떠나갔다. 나는 그의 어머니를 집으로 모셔다드렸다. 나 역시 곧바로 부인에게 이별을 고했다. 부인은 내 입술에 입을 맞추고 한순간 나를 가슴에 껴안았다. 부인의 커다란 눈은 내 눈 속에 가까이 다가와 견고하게 타올랐다.

모든 사람들이 마치 형제의 의를 맺은 것 같았다. 그들은 조국과 명예를 말했다. 그러나 그건 운명이었으며, 그 운명의 들춰진 얼굴을 그들 모두가 한순간 들여다보았다. 젊은 남성들은 병영에서 나와 열차에 올라탔고, 수많은 얼굴에서 나는 하나의 표시를 보았다. 우리의 표시가 아니라, 사랑과 죽음을 의미하는 아름답고 장엄한 표시를. 나 역시 지금껏 본 적도 없는 사람들의 포옹을 받았고, 그걸 이해했으며 기꺼이 거기에 응답했다. 그들이 그렇게 한 건 도취감에서였지, 운명의 의지는 아니었다. 그러나 그 도취는 성스러웠다. 그 도취는 그들 모두가 이 짧고 각성시키는 눈길을 운명의 눈 속으로 보낸 데서 생겨난 것이다.

내가 전장에 나갔을 때는 이미 거의 겨울이었다.

처음에 나는 총격전이라는 흥분에도 불구하고 모든 것에 실망했다. 예전에 나는 사람이 어떤 이상을 위해 사는 게 왜 그리도 극히 드문 일일까 하며 많은 생각을 했었다. 지금 나는 많은 사람이, 그래, 모든 사람이 하나의 이상을 위해 죽을 수 있다는 걸 보았다. 다만 그건 개인적이고 자유롭고 선택한 이상이어서는 안 되었고, 공동의, 넘겨받은 이상이어야 했다.

그러나 시간이 지남에 따라 나는 사람들을 평가절하했음을 알게 되었다. 아무리 직무와 공동의 위험이 그들을 획일화시킬지라도 난 많은 사람들이, 산 자와 죽어가는 자들이 운명의 의지에 훌륭하게 다가가는 것을 보았다. 많은, 너무나 많은 사람들이 공격할 때뿐 아니라 언제나 확고하고 요원하면서도 어느 정도 홀린 듯한 그 눈빛을 갖고 있었다. 그 눈빛은 목적에 관해선 아무것도 모른 채 거대한 운명에 바치는 완전한 헌신을 뜻했다. 원하는 게 무엇이건 그걸 믿고 확신하고자 했을 때, 이들은 각오가 되어 있었고, 이들은 유용했으며, 이들로부터 미래가 형성될 수 있었다. 세상이 전쟁과 영웅주의, 명예와 구시대의 다른 이상들을 더 완고하게 목표 삼고 있는 것 같고, 겉보기에 인류가 내는 개개의 목소리는 더 요원하고 더 비현실적으로 들릴지라도, 그건 모두 표면에 불과했다. 그건 전쟁의 외적이고 정치적인 목적에 대한 질문이 표면에 불과한 것과 마찬가지였다. 그 깊숙한 곳에서는 뭔가가 형성되고 있는 중이었다. 새로운 인간성과 같은 무엇이. 그건 증오와 분노, 살해와 파괴는 대상과 관련 없다는 통찰을 느낌으로 알았던 많은 사람들을 내가 볼 수 있었고, 그중 많은 사람들이 내 옆에서 죽었기 때문이다. 아니, 목적과 마찬가지로 그 대상들 또한 완전히 우연이었다. 원초적 감정들은, 가장 야성적인 것까지도, 적을 향한 것이 아니었다. 피비린내 나는 그들의 행위는 내면의, 내적으로 분열된 영혼의 발산이었을 뿐이다. 그 영혼은 새로이 탄생할 수 있기 위해 미쳐 날뛰고, 살해하고, 파괴하고 그리고 죽기를 원했다. 거대한 새가 힘들게 투쟁하여 알 밖으로 나오고 있었다. 그 알은 세계였고, 그 세계는 폐허가 되어야 했다.

어느 이른 봄날 밤에 나는 우리가 점령한 농가 앞에서 보초를 서고 있었다. 변덕스러운 돌풍 속에서 헐거운 바람이 지나갔고, 높은 플랑드르의 하늘 위로 구름 떼가 몰려갔다. 그 뒤 어딘가에 달이 있으리라는 예감을 주면서. 난 이미 종일토록 불안한 상태에 있었다. 뭔지 모를 근심이 나를 방해했다. 이제 난 어두운 초소 위에서 지금까지 내 삶의 형상들을, 에바 부인과 데미안을 온 마음으로 생각하고 있었다. 나는 어느 포플러 나무에 기대 서 있었고 동요하는 하늘을 응시하였다. 비밀스레 경련을 일으키던 밝음은 곧 연속적으로 솟아오르는 커다란 형상이 되었다. 나는 이상하리만치 희박해진 맥박에서, 바람과 비를 못 느끼는 내 피부의 무감각에서, 번뜩이는 내면의 각성 상태에서 어느 인도자가 나를 둘러싸고 있음을 느꼈다.

　나는 구름 속에서 커다란 도시 하나를 볼 수 있었는데, 거기서 수백만 명의 인간들이 쏟아져 나왔다. 그들은 무리를 지어 넓은 풍경 너머로 퍼져나갔다. 그들 한가운데로 강력한 신의 형상이 나타났다. 그 머리카락 속엔 번쩍이는 별들이 있었고, 산맥처럼 웅장했으며 에바 부인의 모습을 하고 있었다. 인간의 대열은 마치 엄청난 굴속으로 들어가듯이 그 형상 속으로 사라져 들어가더니 없어졌다. 여신은 바닥에 몸을 웅크리고 앉았다. 그녀의 이마에 있는 점이 환하게 반짝거렸다. 꿈이 그녀를 지배하는 것처럼 보였다. 그녀는 눈을 감았고 그 거대한 얼굴은 고통으로 찌푸려졌다. 여신은 갑자기 날카롭게 고함을 쳤으며 그녀의 이마에서 별들이 튀어나왔다. 수천 개의 빛나는 그 별들은 멋진 곡선과 반원을 그리며 검은 하늘 위로 움직였다. 그 별들 중 하나가 밝은 소리를 내면서 바로 내 쪽으로 향해 왔고 나를 찾는 것 같았다. 그때 그 별은 포효하면서 수천 개의 섬광으로 부서졌다. 그건 나를 위로 낚아챘으며 다시 바닥에 내던졌고 내 위의 세상은 천둥소리를 내면서 무너져 내렸다.

나는 포플러 나무 가까이에서 발견되었다. 흙에 파묻혀 있었고 부상이 심한 상태였다.

나는 지하실에 누워 있었다. 내 위에서 대포 소리가 쾅쾅 울렸다. 나는 어떤 차에 실려 있었고 텅 빈 들판을 지나가며 흔들렸다. 나는 대부분 잠을 자거나 의식을 잃은 상태였다. 그러나 깊이 잠들면 들수록 난 더욱 격렬하게 무언가가 나를 끌어당기고 있음을, 나를 지배하고 있는 어떤 힘을 따라가고 있음을 감지했다.

나는 어느 외양간의 볏짚 위에 누워 있었다. 주위는 어두웠고 누군가 내 손을 밟았다. 하지만 내 마음은 더 멀리 가고자 했으며, 그건 나를 더 강하게 멀리 끌어당겼다. 다시 나는 어떤 차 속에 누워 있었고, 나중에는 들것이나 사다리에 실려 갔다. 나는 점점 더 강하게 어딘가로 오라는 명령을 느꼈고 드디어 그곳으로 가고자 하는 갈망 외엔 아무것도 느끼지 않았다.

그렇게 해서 나는 목적지에 도달했다. 밤이었다. 나는 완전히 의식이 깨어 있었으며 방금 내 속의 끌어당김과 갈망을 강력하게 느낀 터였다. 이제 난 어떤 홀에 누워 있었다. 바닥에 잠자리를 펴고서, 그리고 내가 소환된 곳에 와 있다는 느낌을 받았다. 나는 주위를 둘러보았다. 내 매트리스 바로 옆에 다른 매트리스가 있었고 거기 누워 있는 누군가가 몸을 앞으로 숙여 나를 바라보았다. 그는 이마에 그 표시를 갖고 있었다. 막스 데미안이었다.

난 말을 할 수 없었고, 그 역시 할 수 없거나 원하지 않았다. 그는 그냥 나를 바라보았다. 그의 머리 위쪽 벽에 걸려 있는 신호등의 불빛이 그의 얼굴을 비쳤다. 그는 내게 미소를 지었다.

그는 한없이 오래도록 줄곧 내 눈 속을 들여다보았다. 천천히, 우리 몸이 거의 닿을 때까지 그는 얼굴을 내게로 가까이 내밀었다.

"싱클레어!"라고 그가 속삭이듯이 말했다.

내가 눈으로 알아들었다는 표시를 보냈다. 그는 다시 미소를 지었는데 거의 측은해하는 듯했다.

"애송이 친구!" 하고 그가 미소를 띠고 말했다.

그의 입은 이제 내 입가에 아주 가까이 와 있었다. 그는 나지막이 계속 말했다.

"아직도 프란츠 크로머 기억할 수 있어?" 그가 물었다.

나는 그에게 눈을 깜빡였고, 미소도 지을 수 있었다.

"꼬마 싱클레어, 조심해! 난 떠나야 할 거야. 넌 아마 한 번 더 내가 필요할 거야, 크로머나 뭐 다른 것 때문에. 네가 그래서 나를 부르면, 난 더는 그렇게 거칠게 말을 타고 달려오거나 기차로 오진 않을 거야. 그럼 너는 내면으로 들어가 소리를 들어야 해. 그럼 내가 네 속에 있다는 걸 느끼게 될 거야. 알겠지? 그리고 하나 더! 에바 부인이, 네 상태가 언젠가 나빠지면 너에게 그녀의 키스를 전해주라고 했거든. 그 키스를 내게 함께 주셨지. 눈을 감아, 싱클레어!"

나는 유순하게 눈을 감았고, 피가 좀 맺혀 있었으며 그 피가 줄어들지 않는 내 입술 위에서 가벼운 입맞춤을 느꼈다. 그러고 나서 난 잠이 들었다.

난 아침에 깨어났고 붕대를 감아야 했다. 마침내 제대로 정신이 들었을 때 나는 빨리 옆 침대로 몸을 돌렸다. 거기엔 내가 본 적 없는 낯선 사람이 누워 있었다.

붕대를 감는 건 아팠다. 그 후로 내게 일어난 일은 모두 아팠다. 그러나 내가 가끔 열쇠를 찾아내 완전히 내 속으로 내려가면, 거기엔 어두운 거울 속에 운명의 형상들이 졸고 있다. 그럼 나는 검은 거울 위로 몸을 숙이기만 하면 된다. 그러면 거기서 난 나 자신의 형상을 보는데, 그건 이제 완전히 그를 닮아 있다. 내 친구이자 지도자인 그를.

작품 해설

헤르만 헤세의 생애와 작품

　헤르만 헤세(Hermann Karl Hesse)는 독일계 스위스인 작가로서 1877년 독일 남부 뷔르템베르크 주에 있는 칼프(Calw)에서 태어났으며, 1962년 인생 후반기 43년을 보낸 스위스 몬타뇰라(Montagnola)에서 사망했다. 이 때문에 두 고장에는 모두 헤세 박물관이 세워져 있다. 그는 85년에 걸친 긴 생애 동안 두 번의 세계대전을 겪었으며, 1946년에 노벨문학상을 수상하였고, 수많은 소설과 시, 산문, 여행기 등 다양한 장르를 아우르는 왕성한 작품 활동에 평생 매진했다. 하지만 세계적 명성을 얻은 성공한 작가였다 할지라도 헤세 개인의 삶은 결코 평탄하지 못했다. 헤세의 생애를 살펴보면 그의 문학이 다사다난했던 그의 삶과 긴밀한 영향 관계 속에서 형성된 것을 알 수 있다. 그의 삶의 편력은 한결같이 진정한 자신을 찾아가는 구도의 길로서 이해되었고, 그것은 다시 그의 문학 세계를 관통하는 대주제로서 다양하게 형상화되었다.

헤세는 외조부모와 부모가 모두 개신교 선교사인 집안에서 태어났다. 그의 외조부모는 개신교 선교 단체인 바젤 미션의 후원 아래 인도에서 선교 활동을 했다. 외조부 헤르만 군데르트는 선교사이자 철학 박사이며 여러 언어에 능통했다. 그는 뷔르템베르크 교회사의 중요한 인물로서 손주 헤르만 헤세가 중퇴한 마울브론 신학교를 졸업했다. 신학교 시절 그는 19세기에 가장 주목을 받았던 종교 서적 『예수의 생애』의 저자인 다비드 프리드리히 슈트라우스의 친애하는 제자이기도 했다. 군데르트는 경건주의파 선교사로서 오랜 세월을 인도에서 보냈으며 귀국 후엔 칼프의 출판사를 운영하며 선교 잡지를 편집했다. 인도 남부에서 말라얄람어로 성경을 번역하는 작업에 동참했던 그는 이후 35년간 인도어 연구사에서 가장 큰 업적으로 꼽히는 말라얄람어 문법과 말라얄람어 – 영어 사전을 편찬했다.

헤세의 어머니 마리 군데르트는 1842년 인도 남부의 한 선교부에서 태어났으며, 세 살 때 부모를 따라 독일로 귀환했다가 열다섯 살 때 다시 인도로 돌아갔다. 마리는 1865년 인도에서 선교사 찰스 아이젠베르크와 결혼하여 세 명의 자녀를 두었다. 그 후 5년 동안 인도와 유럽을 오가며 남편과 아버지의 출판 작업을 돕는 한편, 저술가로서 직접 시와 전기를 집필했다. 1870년 첫 남편이 독일에서 사망하자 마리는 자녀들과 함께 칼프에 있는 부모에게로 이사하였으며, 1871년 칼프의 실업중고등학교에서 영어를 가르쳤다. 그녀는 뷔르템베르크주의 고등교육기관에서 근무한 최초의 여교사였다. 1874년 11월 22일 마리는 당시 아버지가 운영하는 출판사의 조수였던 요하네스 헤세와 결혼하며 그와 다섯 명의 자녀를 두었다.

아버지 요하네스 헤세의 가족은 러시아 통치하에 있는 발트해 연안 국가의 독일-발트해 소수 민족에 속했다. 요하네스는 1847년 러시아 제국에 속했던 에스토니아주 바이센슈타인에서 의사의 아들로 태어났다. 따라서 헤르만 헤세는 태어날 때부터 독일 제국과 러시아 제국의 시민이었다. 요하네스는 레발에서 신학교를 졸업하고 인도로 건너가지만 열대기후를 이겨내지 못해 3년간의 선교 사업을 접고 1873년 칼프에 정착한다. 여기서 그는 헤세의 외조부가 운영하는 신학 서적 출판사에서 일하며 친정에 머물고 있던 마리와 부부의 인연을 맺는다.

헤르만 헤세가 유년기를 보낸 고향 칼프 역시 경건주의

사상이 지배하는 곳이었다. 헤세는 기독교 세계관에 둘러싸인 가족과 사회에서, 또한 안정되고 지적인 가족 분위기 속에서 성장했다. 어려서부터 시와 그림에 소질을 보였던 그는 강한 기질의, 상상력이 풍부한 소년이었다. 특히 그의 성장에 큰 영향을 끼친 외조부와 아버지의 서가는 세계문학 작품들로 가득 차 있어 그에게 폭넓은 독서를 장려했고 차후 헤세가 모든 종류의 민족주의에 대항하는 세계시민으로 성장하는 데 큰 양분을 제공했다. 1881년 아버지 요하네스가 선교 잡지 발행자로 바젤에 가게 되면서 가족이 모두 바젤로 이주하여 스위스 국적을 갖게 된다. 1886년 요하네스가 칼프의 출판사를 맡게 되어 가족은 다시 칼프로 돌아오고 1893년부터는 그가 군데르트의 뒤를 이어 출판사의 책임자가 된다. 이 무렵 헤르만 헤세는 이곳과 괴팅겐의 라틴어 학교에 다니면서 뷔르템베르크주의 국가시험을 준비한다. 이 시험에 통과한 학생은 뷔르템베르크주의 공무원이나 목사가 될 수 있는 교육을 무료로 받을 수 있었다. 이 때문에 헤세는 스위스 국적을 상실하고 다시 독일 국적을 취득한다. 1891년 슈투트가르트에서 시험에 통과한 헤세는 그해 가을 마울브론 수도원에 속한 신학교에서 학업을 시작한다. 마울브론은 독일에서 가장 유서 깊고 훌륭한 수도원 중 하나로, 요하네스 케플러, 횔덜린, 뫼리케 등 수많은 유명 시인과 학자들이 이 신학교를 거쳐갔다. 또한 뷔르템베르크의 저명한 인사들, 교수와 성직자들, 그리고 헤세의 선조들도 이 신학교에서 교육을 받았다. 입학 후 처음 몇 달 동안 헤세는 에세이를 쓰고 고전 그리스 시를 독일어로 옮기며 비교적 잘 지내는 듯한 인상을 주었다. 그러나 바로 이 시기에 그의 개인적 위기가 시작된다. 그는 1892년 3월에 갑자기 반항적인 성격을 표출하며 신학교에서 탈출해 다음 날 들판에서 발견되었고, 이로 인해 감금 벌칙을 받는다. 결국 얼마 안 되어 그는 신학교를 중퇴하고 신학자이자 친지인 블룸하르트의 보호 아래 바트 볼에 있는 정신병원에 머물며 치료를 받는다. 그러나 실연으로 자살 기도를 하는 등 치유될 가망이 없다고 판단되어 집으로 돌려보내진다.

헤세는 1892년 말 칸슈타트에서 고등학교를 다니지만 여기서 보낸 1년 동안 술집을 드나들고 빚을 지며 방종함과 세계고로 뒤섞인 청소년기의 격한 성장통을 앓는다. 1893년에 출판사 견습사원으로 계약을 맺지만 3일 만에 뛰쳐나오고 1894년 초여름엔 칼프에 있는 시계 공장에서 기계공으로서 14개월간 견습공 생활을 한다. 마침내 이 기계공 작업을 통해 그는 현실감각을 찾고 "미칠듯한 질풍노도의 시기"를 극복하게 된다. 길지 않은 시간 동안 여러 학교와 기관을 전전하며 깊은 내적 위기를 겪었던 헤세의 청소년기는 그의 자전적 소설 『수레바퀴 아래서*Unterm Rad*』(1906)에 잘 서술되어 있다. 1895년 10월에 헤세는 튀빙겐의 한 서점에서 견습생으로 일하게 된다. 튀빙겐 시절은 책 정리, 책 포장 및 보관 같은 서점 일을 매일 거의 12시간씩 한 뒤 독서와 독학에 정진한 자아 교육의 시기였다. "내 인생을 가치 있게 하는 것은 내 개인적인 생활, 내 공부 뿐이다." 그 당시 헤세는 한동안 괴테에 매료되어 그를 "판단의 기준으로" 삼아 배우고 판단하였다. 또한 브렌타노, 아이헨도르프, 횔덜린, 티크, 슐레겔 같은 독일 낭만주의 작품들을 섭렵하며 이에 매혹되는데, 그를 가장 매혹시킨 작가는 노발리스였다. 또 이 시기에 그는 자신의 정신세계와 문학에 강력한 영향을 끼친 니체를 읽기 시작한다.

1898년 첫 시집 『낭만적인 노래들*Romantische Lieder*』이 출판되는데, 헤세는 이 시집의 서두에 노발리스의 시를 실었다. 1898년 헤세는 자신의 수입으로 살아갈 수 있을 만큼 성장하자 경제적으로 자립한다. 1899년 말부터 그는 "니체와 부르크하르트와 뵈클린의 도시"인 바젤의 저명한 서점에서 일하게 된다. 이곳에서 가족을 통해 바젤의 지식인 가족들과 접촉하게 되고 이 환경 속에서 풍부한 영감을 받으며 정신적으로, 예술적으로 발전한다. 1900년 헤세는 눈병으로 병역 면제를 받는다. 눈병은 신경 장애 및 지속적인 두통과 함께 평생 그의 삶에 영향을 끼친 주요인이다. 1901년 헤세는 처음으로 이탈리아 여행을 하며, 잡지에 시와 소작품들을 발표한다. 1904년 독일 유수의 출판사인 피셔에서 나온 헤세의 『페터 카멘친트 *Peter Camenzind*』가 독일 전역에서 큰 호응을 얻으면서 그는 드디어 작가로서 돌파구를 찾게 된다. 작가로서 생계를 유지할 수 있음을 알게 된 헤세는 1904년 유명한 수학자의 딸이자 아홉 살 연상인 마리아 베르누이와 결혼한다. 헤세 부부는 보덴호에 있는 가이엔호펜에 정착하여 가정을 꾸리고 세 아들을 둔다. 헤세는 1906년 피셔 출판사에서 자신의 두 번째 소설인 『수레바퀴 아래서』를 출간한다. 가이엔호펜 시절 헤세는 이처럼 작가로서 급속한 성공을 거두지만 점차 그곳의 시민적이고 안락한 삶이 자신의 감각과 예술가로서의 삶에 맞지 않음을 확실히 느끼게 된다. 그는 불교에 다시 관심을 갖게 되고 더 자주 여행을 떠난다. 아내 마리아와의 관계에서 불협화음이 커지던 1911년에 헤세는 어머니의 출생지이자 조부모의 흔적이 가득한 인도로 여행을 떠난다. 하지만 "인도 여행"으로 불리는 이 여행에서 헤세는 실제 인도까지 가지는 못했다. 여행은 수마트라, 보르네오, 버마 등 여러 서남아시아 지역을 방문하는 것으로 그치고 만다. 또한 그가 이 여행에서 본래 기대했었던 영적 혹은 종교적인 영감도 받지 못한다. 하지만 이 인도 여행은 차후 그의 문학작품에 강한 흔적을 남겼다. 이 여행 후 1912년 헤세 가족은 베른으로 이사한다.

1914년 제1차 세계대전이 발발하자 헤세는 독일 국민으로서 주어진 의무를 피하지 않고 베른 사령부에 자원병으로 지원한다. 그러나 전투에 부적합하다는 판정을 받고 베른 주재 독일 대사관으로부터 '독일 전쟁포로복지센터'에 배치되어 일하게 된다. 이곳은 1919년까지 외국 수용소에 수감된 독일 군인들을 위해 읽을거리를 제공하는 복지 기관이었다. 이때부터 헤세는 독일 전쟁포로들을 위해 책을 수집하고 보내는 일에 몰두한다. 또한 그는 '독일 전쟁포로들 신문'(1916~17)의 공동 편집자, '독일 전쟁포로들을 위한 일요신문'(1916~1919)의 발행인이자 '독일 전쟁포로를 위한 도서관' 담당자로서 활동한다. 한편 그는 당시 조국과 적국의 작가들 대부분이 서로 증오심을 일으키는 장광설에 열중하는 모습과 전쟁을 향한 세기의 광기에 비판적인 태도를 취했다. 그는 1914년 11월 3일 신문 《노이에 취리히 차이퉁》에 「오 친구들이여, 이 곡조는 아니오O Freunde, nicht diese Töne」라는 제목의 글을 발표하여 동료 지식인들에게 민족주의적 광기와 증오에 굴복하지 말 것을 호소한다. 하지만 이 때문에 그는 독일 언론의 공격과 민족주의자들의 증오에 찬 편지들을 받아야 했으며, 오랜 친구들과는 심각한 정치적

갈등 관계에 빠지게 된다. 오로지 1915년 8월에 헤세를 방문한 그의 친구 테오도르 호이스와 프랑스 작가 로맹 롤랑 등 소수의 지인들만이 이 상황에서 그의 세계주의적 태도에 동감하고 그를 응원하였다. 이 세계대전의 광기를 경험하면서 헤세는 철저한 전쟁 반대자이자 전쟁 거부의 지지자로 변한다.

독일의 공론장으로부터 받은 공격이 가시기도 전인 1916년 3월 헤세는 아버지의 사망, 아들 마르틴의 중병, 아내의 정신분열증으로 더욱 깊은 삶의 위기에 빠져든다. 결국 헤세 자신이 정신과 치료를 받아야 하는 상태에 이른다. 이때 그는 처음으로 정신분석과 접촉하며 매우 큰 효과를 체험한다. 특히 당대의 대표적 심리학자인 카를 융과 개인적 친분 관계를 맺게 되고, 그의 제자인 랑 교수에게서 60회에 걸친 정신분석학적 치료를 받는다. 전쟁 중이던 1917년 9월과 10월에 걸쳐 집필해 1919년에 출간한 그의 대표작『데미안Demian』에는 헤세가 전쟁 중에 대내외적으로 겪었던 삶의 위기와 정신분석에 의한 치유의 체험들이 깊이 반영되어 있다.

1919년 헤세가 병영을 떠나 민간인 생활로 돌아왔을 때 그의 결혼 생활은 이미 파경에 이르러 있었다. 그는 홀로 스위스 티치노의 몬타뇰라 마을로 이사하여 성처럼 생긴 건물

카사 카무치(Casa Camuzzi)의 작은 방 네 개를 빌려 저술 프로젝트를 추진한다. "시민으로서의 생활이 붕괴되자 예술가적인 존재로서의 새로운 삶이 시작되었다." 이 시기 그는 그림을 그리기 시작하는데, 이 체험은 특히 1920년에 출판된 『클링조어의 마지막 여름Klingsors Letzter Sommer』에 자세히 서술되어 있다. 다른 환경에서의 새 출발은 그를 행복하게 했으며, 그래서 헤세는 티치노에서 보낸 첫해를 "가장 만족스러운 해"라고 불렀다. "가장 생산적이고, 가장 열심히 일하고, 내 인생에서 가장 열정적인 시간입니다." 1922년 헤세는 인도 문화와 불교 철학을 주제로 삼은 중편소설 『싯다르타Siddhartha』를 발표한다. 1923년 그는 아내와 이혼하고 1924년 스위스 작가 리사 벵거의 딸이자 가수인 스무 살 연하의 루트 벵거와 재혼하는데, 이 결혼 역시 3년 만에 파경을 맞는다.

1923년 헤세는 다시 스위스 시민권을 취득한다. 그의 자전적 작품들 『요양객Kurgast』(1925)과 『뉘른베르크 여행Die Nürnberger Reise』(1927)은 같은 해에 발표한 소설 『황야의 이리Steppenwolf』를 선취하고 있다. 헤세의 쉰 번째 생일을 맞아 절친이었던 후고 발이 헤세의 전기를 발표한다. 헤세는 1910년 열네 살의 나이에 『페터 카멘친트』를 읽고 자신에게 편지를 보내왔던 니논 돌빈을 1922년에 개인적으로 알게 되고, 미술사학자가 된 그녀와 1927년부터 공동생활을 시작한다. 1930년에 출판된 소설 『나르치스와 골드문트*Narziss und Goldmund*』는 대대적인 성공과 더불어 헤세의 가장 시적이고 아름다운 소설로 평가받는다. 1931년 헤세는 니논과 몬타뇰라 근처에 있는 큰 집으로 이사한다. "카사 헤세"로 불린 이 집은 그의 친구이자 후원자인 한스 보드머가 그의 여생을 위해 지어준 것이다. 헤세 사후에도 니논은 이 집에서 평생을 보냈으며, 헤세 부부가 모두 사망한 이후 집은 다시 보드머 가문에 귀속된다. 이 집에서 헤세는 43년을 살면서 수많은 손님을 맞이했는데, 그의 출판사 발행인들뿐 아니라 토마스 만과 그의 가족들, 로맹 롤랑, 베르톨트 브레히트, 막스 브로트, 한스 카로사, 앙드레 지드, 슈테판 츠바이크와 같은 당대 유럽의 대문호들이 헤세를 찾아 이곳을 방문했다. 카사 헤세로 이사한 해에 헤세는 니논과 결혼하고 장편소설 『유리알 유희*Das Glasperlenspiel*』의 집필을 계획한다. 그 전초작으로 그는 1932년 「동방순례*Die Morgenlandfahrt*」라는 노벨레를 발표한다. 이 시기 헤세의 정치적 입장은 문명 비판적인 문화 염세주의의 특징을 띤다.

헤세는 독일에서 나치가 권력을 장악하는 과정을 매우 우려하며 지켜보았다. 1933년 망명길에 오른 베르톨트 브레히트와 토마스 만은 헤세의 집을 방문한다. 특히 토마스 만은 나중에『데미안』영문판의 서문을 쓰면서 자신과 헤세의 정신적 유대를 강조하는데, 이들은 나치 이데올로기를 거부하고, 나치즘에 대항하는 예술과 문학에 대한 히틀러의 탄압에 맞서고자 한 데서 깊이 결속되어 있었다. 헤세의 세 번째 부인 니논이 유대인이긴 했지만, 헤세는 그보다 오래전부터 공개적으로 반유대주의에 반대하는 목소리를 내왔다. 비록 공개적으로 나치당을 비난하지 않는다고 비판을 받기도 했지만, 그 대신 수십 년 동안 독일 언론에 서평을 발표하면서 자신의 방식으로 유대인 작가와 나치에 박해받는 작가들을 옹호하며 지지했다. 1930년대에 헤세는 프란츠 카프카를 포함하여 금지된 유대인 작가들의 작품을 검토하고 출판함으로써 조용히 저항하는 모습을 보였다. 1930년대 중반부터 독일의 신문과 잡지는 헤세의 작품 출판을 중단한다. 나치가 지배한 11년 동안 헤세는『유리알 유희』를 작업하면서 히틀러 정권과 제2차 세계대전의 세월을 살아남았다고 회고했다. 결국 1943년 스위스에서 인쇄된『유리알 유희』는 헤세의 마지막 소설이 되었다. 또한 이 소설로 그는 1946년 노벨문학상을 수상한다.

생애의 마지막 20년 동안 헤세는 주로 어린 시절의 기억을 소재로 삼은 많은 단편작과 자연을 주제로 삼은 시를 썼다. 이 시기에 그의 일과의 중심은 점점 쇄도하는 편지를 읽고 답하는 작업으로 옮겨간다. 통계에 따르면 헤세가 받은 편지는 약 3만 5천 통에 다다른다. 그는 비서 없이 일하면서 대부분의 편지들에 손수 답장을 썼다. 어느 에세이에서 헤세는 그의 평균 일일 서신이 150쪽 이상에 달한다고 말하기도 했다. 편지들은 당시 몬타뇰라의 "지혜로운 노인"으로 알려진 헤세에게 인생에 대한 조언과 삶의 방향을 묻거나 때론 경제적 지원을 희망했던 독일의 새로운 독자 세대로부터 온 것이었다. 그 편지들은 전후에 다시 부흥한 그의 명성을 입증했다. 1961년에 헤세는 심한 독감에 걸리며 오래전부터 백혈병을 앓고 있었음을 알게 된다. 그는 1962년 8월 9일 잠자는 와중에 뇌졸중 발작으로 세상을 떠난다. 그의 나이 85세였다. 사후 헤세는 친구이자 자신의 전기 작가였던 후고 발과 독일인 지휘자 브루노 발터의 무덤이 있는 젠틸리노의 산트아본디오 묘지에 안치되었다.[*]

---

[*] 헤세의 생애에 관해선 전기 작가인 베른하르트 첼러의 헤세 전기를 참조하였다. 첼러는 국제적 명성을 누리는 독일 '마르바흐 독일문학기록보관서(Deutsche Literaturarchiv Marbach)'의 창립자이자 초기 소장이기도 했다. 베른하르트 첼러, 『헤르만 헤세』, 박광자 옮김, 행림출판사, 1979.

작품에 관하여

　한국에서 가장 사랑받는 독일 작가인 헤르만 헤세는 그의 대표작 『데미안』을 통해 가장 많이 알려져 있다. 출판 당시 헤세가 싱클레어라는 가명을 사용했기 때문에 이 작품은 어느 젊은 무명 작가의 자전적인 글로 이해되었으나 차후 그의 작품임이 밝혀지면서 4쇄부터는 헤세의 이름으로 출판되었다. 제1차 세계대전이 끝나던 1919년에 발표된 『데미안』은 역사적 대위기 상황에서 삶의 방향을 모색하던 당대 청년 세대에게 컬트 북으로서, 그리고 운명의 책으로서 큰 환영을 받았다. 1948년 영문판 서문에서 토마스 만은 당시의 반응을 다음과 같이 회고하고 있다. "제1차 세계대전 이후 수수께끼 같은 인물 싱클레어의 『데미안』이 불러일으켰던, 감전 작용과 같은 영향력을 잊을 수 없다. 그건 더할 수 없는 정확성으로 시대의 신경을 건드렸고, 자신들의 중심부에서 가장 심오한 삶의 고지자가 부활했다고 믿었던(그들이 필요로 했던 것을 준 사람은 마흔두 살이나 되었는데 말이다) 그 젊은 세대를 감사에 찬 열광의 도가니로 몰아넣었던 작품이다." 당대의 수용 상황을 떠나서도 이 작품은 주인공이 성장기에 겪은 개체화 과정, 특히 새로운 자아 정체성에 이르는 성장통을 섬세하게 그려내어 청소년기 소설 및 성장소설로서 오늘날까지 독자의 사랑을 받고 있다.

성장소설, 청소년기 소설로서 『데미안』 읽기

헤세의 다른 작품들과 마찬가지로 『데미안』은 헤세의 문학적 자아 분석이자 자화상이며 자기고백이다. 서문에 나오는 "각각의 존재는 자연이 인간을 향해 던진 투척물"이며 동일한 심연인 어머니에게서 나온 시도로서 우리 각자는 자기 자신의 목적을 향해 노력한다는 말에서 보듯이, 이 소설은 인간의 자기실현의 길을 주제로 삼는 독일 교양소설의 전통 속에 서 있다. 진정한 자신에 이르기 위한 구도의 길이야말로 각 인간의 삶에 주어진 본연의 과제라는 작품의 보편적 메시지는 개체화와 독립적인 인격 구조의 형성이라는 청소년기의 과제와 구체적으로 연결되어 있다.

"에밀 싱클레어의 젊은 날에 관한 이야기"라는 부제가 명시하듯 『데미안』은 주인공이 유년기와 청소년기를 회고 조로 서술하는 자전적 형식의 글이다. 주인공 자신의 진술에 따르면, 조화롭고 아름다운 기억들이 아니라 자신을 앞으로 밀고 나갔던 운명적인 만남과 내면의 체험들을 서술하는 것이 이 글의 목적이다. 그래서 작품은 싱클레어가 라틴어학교 학생이던 열 살 때부터 젊은 병사로 제1차 세계대전에 참전하기까지 성장의 단계들을 여덟 개의 장으로 구성하여 서술하고 있다. 이것을 청소년기 성장소설로 고찰하자면 그 발전 단계를 크게 세 부분으로 나누어 볼 수 있다. 첫 단계는 초기 청소년 단계로서, 싱클레어가 크로머와의 접촉을 통해 외부의 악뿐 아니라 자신 속에 존재하는 악의 세계를 구체적으로 인식하는 내용이다. 이때 그의 초자아를 형성했던 아버지의 밝고 견고한 세계에 처음으로 금이 간다. 동시에 데미안이라는 구제자가 등장하여 그를 다시 밝은 세계로 되돌려놓는다. 하지만 데미안의 통합적 세계관은 선-악으로 구분되어 있는 싱클레어의 유년기 세계에 깊은 의문을 던진다. 싱클레어는 카인과 그의 후손들로 분류되는 인간에 자신도 속해 있다는 예감을 느낀다. 두 번째 단계는 진짜 청소년기에 해당하는 시기로, 부모의 집을 떠난 싱클레어가 새로운 환경 속에서 새로운 정체성을 찾아가는 시기이다. 이 시기의 청소년은 '나는 누구인가' 하는 질문의 중심에 서서 새로운 사랑의 대상 및 또래 집단과의 친밀한 유대 관계를 추구하며 부모의 집에서 배워 내면화한 것과는 다른 독립적인 세계 해석을 찾는 경향을 보인다. 여기서 내적인 자기관찰과 자기 발견, 전지전능의 환상, 백일몽과 몽환적인 삶, 자연의 발견이나 일기 쓰기, 예술적 행위 등 창조적인 경향이 드러난다. 싱클레어에게 부모와의 외적 분리는 그의 유년기를 형성했던 부모 세계와의 내적 이별을 의미한다. 이 분리와 해체의 경험은 다시 한번 어두운 세계로의 침잠과 밝은 세계로의 귀환이라는 '돌아온 탕자'의 모티브를 따른다. 미지의 새로운 자아를 모색하는 청소년기의 방황은 술과 빚에 찌들은 방탕 생활과 학교 친구들과의 허풍스러운 교제로, 이어서 베아트리체 경배와 그림 그리기를 통해 새로운 자기 인식에 형상을 부여하며 다시 내면의 자아와 밝은 세계로 돌아오는 경험을 내용으로 하고 있다. 이 경험은 또 하나의 '잃어버린 아들'이자 정신적 인도자이기도 한 피스토리우스를 만나면서 상징성과 의미를 획득하고, 그럼으로써 분열되었던 두 세계 사이에 최초의 봉합선을 잇는다. 마지막 세 번째 청소년기의 발달 과정은 견고한 자기 정체성에 새로운 이상과 가치를 통합시키는 단계이다. 이것은 작품에서 "새는 알을 깨고 나와 아브락사스를 향해 날아간다"라는 통합의 이미지를 통해 표현된다. 이제 독립적이고 내적인 자아를 구축한 싱클레어는 다시 데미안과 조우하고 통합의 상징인 그의 어머니 에바 부인을 만나 하나의 정신적 가족을 이루게 된다. 싱클레어는 "제 평생 언제나 길 위에 있었던 것 같습니다. 이제 집에 돌아온 겁니다"라는 말로 에바 부인과의 만남을 귀향으로 해석하지만, 에바 부인은

"집에는 결코 도달할 수 없답니다" "그러나 우정 어린 길들이 만나면 그때 잠시 모든 세상은 고향처럼 보이지요"라고 말하며 개체화의 길은 자유와 고독 속에서 계속 진행되는 것임을 암시한다. 모든 것을 파괴하는 전쟁이 일어나자 싱클레어는 오로지 홀로 자기 운명의 길을 가야 함을 깨닫고 그것을 받아들인다. 이 길에서 그는 마침내 자기 삶의 긴 동반자, 친구이자 지도자였던 데미안과 자신이 닮아 있음을, 데미안이 바로 자신의 실현된 모습임을 깨닫는다. "붕대를 감는 건 아팠다. 그 후로 내게 일어난 일은 모두 아팠다. 그러나 내가 가끔 열쇠를 찾아내 완전히 내 속으로 내려가면, 거기엔 어두운 거울 속에 운명의 형상들이 졸고 있다. 그럼 나는 검은 거울 위로 몸을 숙이기만 하면 된다. 그러면 거기서 난 나 자신의 형상을 보는데, 그건 이제 완전히 그를 닮아 있다. 내 친구이자 지도자인 그를."

문명 비판적인 시대소설로서 『데미안』 읽기

흥미롭게도 한 개인의 자기 고백이자 성장소설로 서술된 싱클레어의 개인사는 서구의 문화사 그리고 인류사에 대한 비판적 성찰과 겹쳐져 있다. 싱클레어가 추구한 자기로의 길은 바로 서구 문명과 정신사를 각인한 기독교 세계관과의 고난한 씨름이자 이를 통해 그 편파성과 독단성을 비판하고 해체하는 과정이기도 하다. 세계를 선과 악의 대립 구도로 설정한 기독교의 이원론적 세계관과 도덕률의 문제점은 그의 자기 인식의 출발점이 된다. 싱클레어의 길은 기독교의 교리가 인위적으로 분리시키고 승인한 반쪽 세계, 선하고 밝은 아버지의 세계뿐만 아니라 신의 창조물이지만 부정한 것으로 배척되어왔던 다른 반쪽의, 악하고 어두운 세계도 승인하는 통합적인 세계관을 지향한다. 기독교의 교리를 뛰어넘어 아브락사스라는 통합적인 신의 형상으로 표상되는 새로운 세계 인식은 또한 인간의 자기 이해에도 새로운 관점을 제공한다. 기독교적, 가부장적인 시민사회의 질서 속에서 억눌려 왔던 자연적 본능을 긍정하고 받아들이는 총체적 인간상이 바로 그것이다. 이때 온전한 자기가 되기 위해 고군분투하는 주인공에게 큰 조력자로 등장하는 것이 꿈의 언어이다. 싱클레어는 꿈에서 받은 영감에 따라 '알을 깨고 나오는 새의 그림'을 완성시키며, 이 그림을 전달받은 데미안은 "새는 아브락사스를 향해 날아간다"라고 답함으로써 싱클레어의 새로운 자기 이해가 통합의 세계관과 직결됨을 암시한다. 마침내 싱클레어는 자신이 꿈에서만 보았던 '그 여인'이 바로 데미안의 어머니 에바 부인의 모습으로 현실에 존재함을 알게 된다. 어머니이자 연인이며, 여성적이자 동시에 남성적이고, 정신적인 동시에 에로틱하고 감각적인 존재로서 에바 부인은 아버지로 표상되던 기독교의 가부장적 세계상을 수정하며, 이 통합의 에바 상에서 새로운 인류가 출현한다는 믿음은 구시대의 종말과 정화를 뜻하는 전쟁과 상징적으로 연결되어 있다. 작품은 구세계의 종말과 새로운 시대의 도래를 상징하는 세계대전에 이 아들들이 참전하는 것으로 끝난다. 바로 이 접점에서 작품은 한 개인의 성장소설이라는 차원을 뛰어넘어 문명 비판적인 시대소설로서의 면모를 드러낸다.

주지하다시피 이 작품에는 헤세의 세계관에 영향을 끼쳤던 당대의 주요 사상과 학문의 발전이 반영되어 있다. 헤세는 반기독교적 철학자로 알려진 니체의 사상에서 개체의 길을 수용하고, 독일 낭만주의 작가 노발리스에게서 내면으로의 길과 운명으로서의 삶을, 꿈을 자기 이해의 길과 암시로 해석하는 정신분석학과 융의 심리학을, 그리고 진화론의 역사적, 과학적 연구 결과들을 수용하여 자신의 문학적 자아인 싱클레어의 구도의 길을 형상화하였다. 또한 이를 위해 수많은 성서의 모티브들이 사용되었다. 아벨과 카인의 이야기, 잃어버린 아들, 예수와 함께 십자가에 처형된 악인, 겟세마네 동산의 예수, 천사와 싸우는 야곱, 에바 부인, 약속의 땅 등은 싱클레어의 통합적인 세계관 형성 과정에서 기존의 교리적인 의미를 뛰어넘어 새로운 해석과 상징성을 획득하며 서사를 이끌어간다. 싱클레어가 자기 고유의 운명을 찾아가는 길에서는 특히 헤세가 니체와 융에게서 받은 정신적 영향이 각별하게 느껴진다. 일찍이 데미안이 언급했던 카인의 표시는 고독과 자유 속에서 자신의 운명을 개척해가는 개인을 지칭하며, 예수와 니체가 이 길을 간 선구자로 제시된다.

그런 한편 소설은 싱클레어가 대학 생활을 시작하는 후반부에서 '자신의 운명을 추구하는 고독한 개인상'을 '운명으로부터 도피하는 군중과 그들의 획일화된 공동체'에 대비시킨다. 이로써 이 작품이 옹호하고 있는 개인화의 길이 실은 구체적인 시대적 현상과 연결되어 있음이 드러난다. 전쟁 발발 직전인 1913년을 암시하는 해에 싱클레어는 대학 생활을 시작하지만, 금방 실망하고 만다. 그가 체험하는 모든 것이 "대량 생산된", "기성품"처럼 "틀에 박혀" 있기 때문이다.

내가 수강한 철학사 강의는 젊은 대학생들의 거동과 매한가지로 실체가 없고 대량생산품 같았다. 모든 게 너무나 틀에 박혀 있었고, 너 나 할 것 없이 똑같이 행동했다. 소년 같은 얼굴 위에 떠도는 열에 들뜬 기쁨은 얼마나 우울해질 만큼 공허하고 기성품처럼 보였던가! 그러나 나는 자유로웠으며, 하루를 온전히 나를 위해 썼고, 교외의 오래된 집에서 조용히 잘 살아가며, 책상에는 니체의 책 몇 권을 올려두었다. 나는 니체와 더불어 살았으며 그의 영혼의 고독을 느꼈고 그를 부단히 몰아붙인 운명의 냄새를 맡았다. 그리고 그와 함께 괴로워하고 그처럼 가차 없이 자신의 길을 간 사람이 있었다는 사실에 행복해했다.

위의 인용문은 싱클레어가 추구하는 개인화의 길에 대한 역사적 대립물이 무엇인지 구체적으로 명시하고 있다. 자기실현의 길을 추구하는 주인공에게 대중과 단체는 의심스러운 것이다. 대학과 청년 문화에도 산업사회의 대량생산 방식과 획일화된 집단 문화가 고스란히 녹아 있다는 문제의식은 대세가 군중과 떼거리 문화에 있음을 증언한다. 술집에서 들려오는 학생 단체의 노래 소리는 활기 없고 균일하며, "어디서든 공동체요, 어디서든 함께 모여 앉아 있으며, 어디서든 운명을 내려놓고 따뜻한 무리 곁으로 도주했다!" 도처에 흥행하는 이런 학생 단체와 그들의 집단 행위는 제1차 세계대전 직전 구유럽의 정신적 분위기를 드러낸다. 데미안은 이것이 "젊은 유럽"의 모습이라고 하며 자조적인 비판을 가한다.

그는 유럽의 정신과 이 시대의 표지에 관해 얘기했다. 어디서든 동맹과 떼거리 짓기가 널리 군림하고 있지만 어디에도 자유와 사랑은 없다고 말했다. 학우회와 합창단부터 국가에 이르기까지 이러한 동질적 모임은 모두 강제로 형성된 것이며, 그건 두려움과 공포와 당혹감에서 비롯된 공동체이고, 내적으로는 썩고 낡았으며 곧 붕괴될 상태에 있다는 말이었다.

떼거리 집단에 해당하는 이 사이비 공동체는 진정한 자유와 독립성을 가진 개인들의 공동체와는 질적으로 구분되며, 바로 이들의 획일화된 집단행동에서 작가는 데미안을 통해 동시대의 문제를 진단하고 있다.

공동체는 아름다운 거야. 그러나 우리가 보는, 저기 사방에 만연하고 있는 건 공동체가 아니야. 공동체는 개인들이 서로에 관해 알게 되면서 새로이 생겨나는 거지. 그건 한동안 세계를 재형성할 거야. 그러나 지금 저기서 공통성이라고 하는 것은 그냥 떼 짓기에 불과해. 사람들은 서로에게로 도피하지. 왜냐면 그들은 서로를 두려워하니까. 주인들은 주인들대로, 노동자들은 노동자들대로, 학자들은 학자들대로!

데미안에 따르면 사이비 공동체의 유행과 이들의 군중심

리는 물질문명이 초래한 영혼의 결핍에 원인이 있다. 니체와 융의 문명 비판을 대변하는 듯한 데미안의 묵시록적 어조는 헤세가 1911년 인도 여행 후에 인지한 유럽상에 이미 내재되어 있었다. 헤세는 아시아를 향한 서구 열강의 폭력적 침략 행위와 동양에서 무자비하게 이식되고 있는 서구 기독교의 비정상적인 포교 행위 들을 목도함으로써 유럽의 물질문명과 힘의 성장에 비판적이 되었다. 헤세가 본 아시아인의 진정한 신앙 및 민족성과 비교할 때, 세기말의 유럽 사회를 지배한 것은 진정한 믿음의 상실이요, 과학기술의 발전에 의한 천박한 물질주의의 부상이요, 진정한 삶의 무산이었다.

백여 년 동안 유럽은 그저 연구만 하고 공장을 지었던 거야! 그들은 사람을 한 명 죽이려면 탄약이 몇 그램 필요한지는 정확히 알지만, 어떻게 신에게 경배하는지, 어떻게 하면 한 시간 동안 즐거울 수 있는지조차도 모르거든. 학생들이 드나드는 선술집을 한번 봐! 아니면 부자들이 가는 유흥 장소를 한번 보라고! 절망적이야! 싱클레어, 이 모든 것에서 쾌활한 것이 나올 수는 없다고. (……) 분쟁이 일어날 거야. 내 말을 믿어. 분쟁이 곧 일어날 거라고! (……) 지금 있는 이 세상은 죽으려고 해. 이 세상은 몰락하려고 해, 그리고 그렇게 될 거야.

프랑스 작가 로맹 롤랑 역시 이미 다가올 전쟁을 예감하고 있었는데, 슈테판 츠바이크와 나눈 대화에서 그가 당대의 문제로 지적한 것이 바로 군중과 군중심리다. "우리는 군중심리, 군중 히스테리 시대에 살고 있습니다. 그 히스테리의 광포한 힘은 전시가 되면 전혀 예측할 수 없습니다."* 롤랑의 진술은 산업화 시대의 산물인 군중과 그들의 획일화된 지각 방식이 바로 제1차 세계대전의 발발 그리고 그 발발에 대한 도취와 맞물려 있다는 추측을 또 한 번 밑받침해준다. 헤세에게 큰 영향을 끼쳤던 정신분석학자 융 또한 산업사회로의 발전과 더불어 대중의 시대가 도래하고, 개인은 익명의 단위가 되어 조종 가능해졌으며, 과거 개인성의 자리에 이제 추상적 보완물로서 국가가 자리잡게 되었다고 당대의 집단적 무의식을 분석하였다.** 문화비평가였던 크라카우어 역시 대중은 특성을 가진 개인들의 종합체가 아니라, 건축에 쓰이는 돌처럼 그 수와 그 형성 방식만이 문제가 된다고 대중의 본질을 분석하였다. "이 대중의 일원으로서 인간은

---

* 슈테판 츠바이크, 『어제의 세계』, 곽복록 옮김, 지식공작소, 1995.
** C. G. Jung, *Zivilisation im Übergang: Gesammelte Werke 10*, Patmos, 2011.

그저 한 형상의 파편에 불과할 뿐이다."[*] 20세기 사회에 날카로운 분석의 칼을 들이대고 있는 이 동시대인들의 진술은 20세기 전환기에 형성된 '대중사회'와 '대량생산'의 모델이 바로 전쟁 이데올로기를 구성하는 데 이바지했음을 시사한다. 개별 인간의 개체성이 제거되고 획일화된 대중의 시대는 개인의 가치 소멸과 영혼의 상실을 징후로 품고 있다. 이것이 헤세의 『데미안』이 보여주는 "우리 시대와 현재 유럽에 대한 비판"의 핵심 내용이다. 현재의 유럽은 엄청난 노력 속에서 인류의 강력하고 새로운 무기를 만들어냈지만, 마침내는 극심하고, 종국엔 절규하는 정신의 황폐화에 빠져들고 말았다. 왜냐하면 유럽은 전 세계를 얻었지만 그럼으로써 영혼을 잃어버렸기 때문이다.

구유럽 사회의 현대화가 이룩한 엄청난 부와 물질적 풍요는 그 반대편인 정신적 가난, 삶의 의미의 위기와 한 짝을 이루고 있다. 이 때문에 『데미안』의 서문은 "정말로 살아 있는 인간이라는 것, 그게 뭘 말하는지 오늘날 사람들은 그 어느 때보다도 잘 모르고 있다. 그래서 인간을 무더기로 쏴 죽이는 거다"라고 전쟁의 야만성을 비판하며 대량생산과 대량

---

[*] Siegfried, Kracauer, *Das Ornament der Masse*, Surkamp, 1977.

살상의 시대에 "개인"이 지닌 가치를 전면에 내세운다. 이로써 서문은 이 작품이 성장소설의 차원을 넘어 문명 비판적인 시대소설로서 던지는 메시지를 분명하게 표출하고 있다. 그런 만큼 이 작품은 군중, 무리, 떼거리의 구체적 형태로서 당대의 "학생 단체"나 배타적 "민족주의"에 대해 비판적인 성찰을 요구한다. 즉 현대적 대중의 탄생과 개인의 가치 소멸이 결국엔 인간을 민족이나 국가라는 추상적이고 배타적인 이데올로기로 묶는 데 용이한 밑바탕이 되었다는 사실을 나타내고 있는 것이다. 실제로 헤세는 "내가 지켜내야만 했던 것은 기계화와 전쟁과 국가와 대중적 이상들로부터 위협받고 있는 사적인 것, 개인적인 삶이었다"라고 고백한 바 있다. 이렇게 보면 『데미안』은 대중화와 획일화라는 시대정신에 맞서 개인의 가치를 되살려내려는 의지를 표방한 작품이다. 그래서 작가는 당대 유럽인이 "기술과 학문의 대목장을 열며 질러댄 소리에 묻혔던 인류의 의지"가 따로 있다고 역설하는데, 이는 다름 아니라 "자연의 의지"로서 "자연이 인간을 가지고 의도하는 것"이며, 그것은 "오늘날의 공동체들과 국가들, 민족들, 단체들, 교회들의 의지와" 같지 않고 예수와 니체에게서 그랬듯이 오히려 "개별 인간들 속에서" 드러난다고 본다. 헤세는 대량생산과 군중심리의 시대가 결국 군국주의와 전쟁으로 흘러 들어간 역사적 체험을 바탕으로 구도적, 개인주의적 인간관을 정립하기에 이른다. 그에 따르면 "각자는 자연이 인간을 목표로 삼아 내던진 존재들"로서 "자신만의 목적을 향해 매진한다." 이 의미에서 각자의 삶은 "자기 자신을 향해 가는 길이자, 그 길로 가고자 하는 시도"인 것이다.

번역에 관하여

한국에서 『데미안』 초역본은 한국의 안데르센으로 알려진 아동문학가 김요섭(1927-1997)이 1955년 헬만 헷세의 『젊은 날의 고뇌』라는 제목으로 옮겨 영웅출판사에서 출간한 것으로 알려져 있다. 이 번역은 출간 당시 거의 주목받지 못했다. 1964년에 여류 독문학자 전혜린(1934-1965)이 다시 한번 신구문화사의 "노벨문학상전집" 중 "헤르만 헤세" 편에 『데미안』 번역을 발표하지만 이 역시 전집에 속한 까닭에 독자의 주목을 받지 못했다. 이른 번역과 출간에도 불구하고 묻혀 있던 이 작품은 1965년 전혜린의 갑작스러운 죽음을 계기로 재발견되기에 이른다. 전혜린이 1966년 출간된 유고 수필집에서 『데미안』을 "독일의 전몰 학도들의 배낭에서 꼭 발견되는 책"으로 소개한 것이 독자들의 강렬한 호기심을 불러일으켰기 때문이다. 이를 계기로 1966년 당시 창업한 문예출판사가 김요섭에게서 원고를 사들여『데미안』을 출간하게 된다. 그리고 이 책은 출간과 동시에 베스트셀러에 올랐으며, 그 이후로도 외국문학 베스트셀러 자리를 고수하며 독자의 지속적인 사랑을 받아왔다.

1955년 초판이 나온 이래 지난 70년간 수많은『데미안』한글판이 출간되었다. 데미안의 번역사는 그 자체로 하나의 문화사이기도 하다. 저마다의 사회역사적 환경 속에서 탄생한 수많은 번역본들은 영향사적 관계를 형성하며 수정, 보완되고 발전해왔다. 지금까지 집계된 한국어 번역본의 출판 권수만 해도 약 213권에 해당하며, 아직 통계에 잡히지 않은 번역본까지 고려한다면 대략 250권에 달할 것으로 추측된다. 초창기 번역부터 최근 번역에 이르기까지 번역본의 출판 역사는 단 한 번의 휴지기를 빼고 점진적인 상승선을 보여주고 있다. 『데미안』은 한국어로 번역된 독일문학 가운데 단연 가장 많이 번역되고 읽힌 작품으로 꼽힐 것이다.

그런데 이처럼 수많은 번역본이 이미 존재함에도 불구하고 새로운 번역에 대한 요구와 필요성은 어디에서 오는 것일까? 그건 시간의 흐름에 따라 변하는 번역 환경과 사회문화적 맥락에서 찾을 수 있을 것이다. 게다가 여전히 불분명하게 남아 있는 원문의 문맥이나 오역 가능성을 개진시켜보려는 의지, 때로는 시대와의 관계 속에서 때로는 시대를 초월하여 말을 걸어오는 이 작품의 폭넓은 메시지와 그 시의성을 전달하려는 사명감, 혹은 정말로 이 작품을 나의 말로 한번 옮겨보고 싶다는 번역 욕구, 나아가 이 책을 자신이 최애하는 책으로 새로이 단장하여 내놓고 싶은 출판 욕구라고 할까, 이런 것들이 동기가 되어 계속 이 작품을 번역으로, 출판으로 인도하는 것이리라.

그렇다면 이번 번역이 지향한 나름의 차별성은 어디에 있을까? 우선은 모든 번역가가 그렇듯이 역자 역시 번역된 단어와 문장 속에 원작이 품고 있는 고유한 어법과 목소리를 잘 살려내어 전달하고자 노력했다. 이를 위해 의미가 통하는 한에서 독일어 원문이 가진 통사론적 구조와 문체를 가능하면 살리려고 애썼다. 그런 한편 이 때문에 역자의 흔적을 지우거나 뒤로 숨기지 않으려고 노력했다. 그것은 '번역된 문학작품'으로서 번역본 자체의 문학성을 만들어내는 역자의 개입을 중시하고자 했다는 말이다. 보통 번역에서 취하는 원문 충실성이나 독자 친화성 같은 양극의 입장 중 하나를 택하는 대신, 역자의 목소리가 반영되어 함께 공명하는 다성적 작업으로서의 번역을 추구했다. 여기엔 헤세의 원작 역시 벤야민이 언급했던 순수 언어를 지향하는 하나의 노력이고, 원작의 번역들 역시 그 순수 언어에 다가가기 위한 공동의 노력이라는 생각이 함께했다. 독자가 실제로 그런 다성적 합창을 여기서 들을 수 있을지는 물론 알 수 없는 일이다. 분명한 점이라면, 원작은 번역을 통해 계속 그 생명을 유지하며, 『데미안』은 이 번역 이후에도 미래의 새로운 번역들을 통해 계속 살아가고 독자의 삶에 영향을 끼칠 것이라는 사실이다. 이미 이루어진 번역들과 앞으로도 계속될 번역 사이에서 이 번역 역시 『데미안』의 존속과 확산에 나름의 작은 역할을 수행한 것이리라.

소소한 역자의 변 외에도 이 번역에 사용된 몇 가지 번역 전략을 밝히면 다음과 같다.

2023년도 6월부터 한국에서 서구식 만 나이를 공식적으로 사용함에 따라 이 작품에 나오는 만 나이를 기존의 한국 나이로 계산하지 않고 그대로 옮겼다.

원작이 번역작으로 전환되면서 발생하는 언어적, 문화적 차이를 균형 있게 조절하고자 하였다. 한편으로는 독일 문화의 고유함과 차별성을 살려 그 나라의 문화적 특성을 전달하고자 했다. 가령 독일에서 크리스마스 때 먹는 과자 렙쿠헨(Lebkuchen)의 경우, 한국 문화권에서 대응물을 찾아 대체하는 대신 원어명 그대로 살려 옮겼다. 이로써 독자는 독일 음식 문화의 일부를 새로 접하고 알게 되며, 인터넷 검색을 통해 렙쿠헨에 관해 보다 상세한 지식을 보충할 수 있을 것이다. 또한 원문에서 지역 표시를 위해 알파벳 약칭으로 표시된 것은 번역문에서도 그대로 알파벳으로 처리하였다. 가령 "H.에 있는 대학" "St.로 떠났다" 등은 그 자체로 충분히 의미가 통한다. 오늘날 상트 페터, 상트 페테르부르크와 같은 유럽의 지역명이 그 자체로 고유명사로 쓰이고 있음을 상기하면, 선행 번역들에서 자주 그랬듯이 St.를 '성(聖)'으로 옮기는 것은 오히려 오해를 불러일으킬 수 있다.

그런 한편 독일어의 인칭대명사는 한국 언어문화에 적절하게 옮기고자 했다. 독일어를 포함한 서구어의 인칭대명사는 한 단어의 반복을 피하려고 사용하는 경제적인 대체어로서 문법적 기능이 강하다. 한국어 문화권에서는 인칭대명사 대신 호칭을 사용한다. 즉 우리는 어머니를 "그녀", 아버지를 "그", 부모님을 "그들"이라고 부르지 않는다. 그럼에도 오늘날 서구 문학의 한국어 번역에서는 호칭 대신 인칭대명사를 그대로 옮기는 경향이 다반사라고 하겠다. 이는 한국의 언어 현실에 맞지 않을 뿐 아니라, 자칫하면 무분별한 외국어 수용의 결과로서 올바른 한국어 사용을 저해하는 역효과를 생산할 수 있다. 게다가 성과 수로 구분되는 서구의 인칭대명사를 그대로 옮길 경우 작품의 여성 등장인물은 모두 나이와 관계에 상관없이 "그녀"가 되어 획일성을 피할 수 없다. 그에 반해 한국어의 호칭은 등장인물의 특성과 인물들 간의 관계성을 훨씬 입체적으로 드러낸다. 이 같은 이유에서 역자는 인칭대명사를 맥락에 맞게 호칭으로 옮기는 데 주력했다. 가령 싱클레어가 자신의 어머니를 'sie'로 표현한 경우 이를 모두 '어머니'로 풀어 옮겼다. 에바 부인의 경우 싱클레어가 꿈에서 보았던 이상의 여인이기도 하지만 동시에 현실에서는 친구 데미안의 어머니이기도 하다. 그러므로 에바 부인을 칭하는 인칭대명사 "sie"를 서술 맥락에 맞게 대부분 "부인"으로 옮기고, 싱클레어가 에바 부인을 마음의 연인으로 언급하는 맥락에서는 '그 여인'이라는 의미에서 "그녀"로 옮겼다.

여전히 남아 있을 번역의 과제와 문제들에도 불구하고, 독자들께서 이 번역을 통해 독서의 즐거움을 누리시길 바란다. 그리고 이 자리를 빌려 번역의 교정과 편집에 애써주신 이서영 편집자를 비롯하여 『데미안』의 출판을 적극 추진해주신 열림원 대표님과 여러분께 깊이 감사드린다.

2023년 7월 김연신

헤르만 헤세 연보

1877   7월 2일 독일 뷔르템베르크주 칼프에서 출생.

1892   마울브론 신학교에서 도주.

1898   시집 『낭만적인 노래들 *Romantische Lieder*』 출간.

1901   『헤르만 라우셔의 유고와 시모음 *Hinterlassene Schriften und Gedichte von Hermann Lauscher*』 출간.

1904   소설 『아시시 성의 프란치스코 *Franz von Assisi*』, 『페터 카멘친트 *Peter Camenzind*』 출간. 마리아 베르누이와 결혼.

1906   소설 『수레바퀴 아래서 *Unterm Rad*』 출간.

1907   단편집 『이 세상 *Diesseits*』 출간.

1908   단편집 『이웃들 *Nachbarn*』 출간.

1910   소설 『게르트루트 *Gertrud*』 출간.

1911   인도 여행

1912   단편집 『우회로들 *Umwege*』 출간. 독일을 떠나 스위스 베른으로 이주.

1913   여행기 『인도에서 *Aus Indien*』 출간.

1914   소설 『로스할데 *Roßhalde*』 출간. 1919년까지 스위스 베른의 '독일 전쟁포로 복지센터'에서 근무. 이후 '독일 포로들의 신문'과 '독일 전쟁포로들을 위한 일요신문'의 발행자로 활동.

1915   소설 『크눌프 *Knulp*』, 단편집 『길에서 *Am Weg*』, 시집 『고독한 자의 음악 *Musik des Einsamen*』 출간.

1916	단편집 『청춘은 아름다워라*Schön ist die Jugend*』 출간.
1919	소설 『데미안*Demian*』, 동화집 『동화*Märchen*』, 정치 팸플릿 『차라투스트라의 귀환*Zarathustras Wiederkehr*』 출간. 새로운 독일정신을 위한 잡지 《비보스 보코*Vivos voco*》 창간 및 발행.
1920	단편집 『클링조어의 마지막 여름*Klingsors letzter Sommer*』, 시화집 『방랑*Wanderung*』 출간.
1921	『시선집*Ausgewählte Gedichte*』 출간.
1922	소설 『싯다르타*Siddhartha*』 출간.
1923	마리아 베르누이와 이혼.
1924	스위스 국적 취득. 루트 벵거와 재혼.
1925	바덴 지방 온천요양에 관한 수기 『요양객*Kurgast*』 출간.
1926	『그림책*Bilderbuch*』 출간.
1927	여행기 『뉘른베르크 여행*Nürnberger Reise*』, 소설 『황야의 이리*Steppenwolf*』 출간. 루트 벵거와 이혼.
1928	『관찰*Betrachtungen*』 출간.
1929	시집 『밤의 위로*Trost der Nacht*』, 『세계문학 도서관*Eine Bibliothek der Weltliteratur*』 출간.
1930	소설 『나르치스와 골드문트*Narziß und Goldmund*』 출간. '프로이센의 예술 아카데미'에서 탈퇴.
1931	『내면으로의 길*Weg nach Innen*』 출간. 니논 돌빈과 결혼.
1932	소설 『동방순례*Die Morgenlandfahrt*』 출간.
1933	『작은 세계*Kleine Welt*』 출간.
1934	시선집 『생명의 나무*Vom Baum des Lebens*』 출간.
1935	『우화집*Fabulierbuch*』 출간.
1936	『정원에서 보낸 시간*Stunden im Garten*』 출간.

1937 『회고록*Gedenkblätter*』,『신시집*Neue Gedichte*』 출간.

1942 『시집*Gedichte*』 출간.

1943 소설 『유리알 유희*Das Glasperlenspiel*』 출간.

1945 동화 모음집 『꿈의 여행*Traumfährte*』, 단편 『베르톨트*Berthold*』 출간.

1946 정치 평론집 『전쟁과 평화*Krieg und Frieden*』 출간. 괴테 상, 노벨문학상 수상.

1951 『후기 산문*Späte Prosa*』,『서간집*Briefe*』 출간.

1954 『픽토르의 변신*Piktors Verwandlung*』,『헤르만 헤세와 로맹 롤랑 간의 편지들*Hermann Hesse-Romain Rolland Briefe*』 출간.

1955 산문 『마법*Beschwörungen*』 출간. 독일서적협회의 평화상 수상.

1956 헤르만 헤세 문학상 제정.

1957 7권의 전집 『헤세 전집*Gesammelte Schriften in sieben Bänden*』 출간.

1962 8월 9일 뇌출혈로 몬타놀라에서 사망.

1963 시집 『후기 시들*Die späten Gedichte*』 출간.

1965 『유고 산문집*Prosa aus dem Nachlass*』 출간.

1966 소설 『요제프 크네히트의 4번째 인생행로*Der Vierte Lebenslauf Josef Knechts*』 출간.

1970 12권의 전집 『헤세 전집*Gesammelte Werke in zwölf Bänden*』 출간.

1973 유고 산문집 『한가함의 기술*Die Kunst des Müßiggangs*』 출간.

1986 4권의 서간 총서 『서간 전집*Gesammelte Briefe in vier Bänden*』 완간.

데미안

초판 1쇄 인쇄 2023년 7월 18일
초판 1쇄 발행 2023년 7월 25일

지은이 헤르만 헤세
옮긴이 김연신
펴낸이 정중모
펴낸곳 도서출판 열림원

출판등록 1980년 5월 19일(제406-2000-000204호)
주소 경기도 파주시 회동길 152
전화 031-955-0700
팩스 031-955-0661
홈페이지 www.yolimwon.com
이메일 editor@yolimwon.com

페이스북 /yolimwon
트위터 @yolimwon
인스타그램 @yolimwon

주간 김현정 책임편집 이서영
편집 조혜영 황우정 김민지
디자인 강희철 표지 디자인 석윤이

마케팅 홍보 김선규 최가인 최은서
온라인사업 서명희
제작 관리 윤준수 이원희 고은정 구지영

ISBN 979-11-7040-194-0 04800
ISBN 979-11-7040-193-3 (세트)